Geschichten, die keiner lesen will

Band IV

Autor Texte und Bilder:

Oswald Arlinghaus

# ETÜDE IN EINEM SATZ

Samstag letzter Woche schwang ich mich mit großer Begeisterung in die Badewanne. Ich wollte eine Stunde lesen, danach Tee trinken und anschließend zu einer latein-amerikanischen Schwoferei nach Vechta fahren.

Plötzlich ein Anruf. „Wer?" „Konny Zinnecker (mein Chorleiter aus Mühlen). Heute ist Sängerball. Du musst Zylinder und weißen Schal mitbringen!" Mist! Rumba, Merenge, Salsa wären mir lieber gewesen, aber „A" sagen bedeutet auch „B" sagen. Vom Ball wusste ich nichts, zumindest war mir nicht bewusst, dass er an diesem Tag stattfinden sollte.

Ich fuhr nach Mühlen, per Fahrrad. Ich betanzte alte Jungfern, wurde betanzt bei Damenwahl oder auch nicht, also auch, wenn keine Damenwahl angesagt war, und versuchte, galant zu sein dadurch, dass ich ein russlanddeutsches weibliches Chormitglied, das samt Zwillingsschwester da saß, ohne betanzt zu werden, ins Geschäft zu bringen trachtete, indem ich mich ordentlich vor ihr verbeugte und um ein Tänzchen bat, dabei auch erfolgreich war insofern, als besagte Dame Anstalten machte aufzustehen, gleichzeitig aber wenig Erfolg verzeichnen konnte, weil ich den nicht unerheblichen Fehler beging, den Gesetzen eines gewissen Herrn Knigge zu folgen, das heißt anstandshalber den danebensitzenden Herrn um Tanzerlaubnis zu bitten und dann feststellen zu müssen, dass besagter Herr, wenig begeistert, seinen Kopf langsam von links nach rechts oder umgekehrt bewegte, um mir damit anzudeuten, dass er das nicht so sehr gern sähe, worauf ich mich dann schnurstracks umwandte unter gleichzeitiger Geste des Bedauerns seitens besagter Dame, was sie dazu nötigte, ihr schon leicht angehobenes, nicht unerheblich ausladendes Gesäß wieder auf den Stuhl zu verfrachten, wonach ich dann die Möglichkeit wahrnehmen konnte, a) mich einer anderen Dame zuzuwenden, b) mich zu meinem Sitzplatz oder c) gegebenfalls an die Theke zu begeben, welch Letzteres ich schließlich tat, weil ich in

Sekundenschnelle bedachte, dass ich mich in einer Situation wie zu Tanzstundenzeiten befand, wo es ja auch ab und zu vorkam, dass die Dame des Begehrens sich schon von anderem Konkurrenten besetzt fühlte oder vom Herzen her so engagiert war, dass sie, obwohl de facto frei zum Tanzen, ihrer Liebe zuliebe (schlechter Ausdruck: zweimal „Liebe"; na ja, besser als keinmal) auf genüssliche Tango-Time zu verzichten, was zu eben beschriebener Situation führte, nämlich bedröppelt (das heißt „mit dem Korb in der Hand") den Rückzug anzutreten oder – wie gesagt – die Theke heimzusuchen, um dort, als wäre nichts geschehen, ein oder zwei Bier zu inhalieren in der Absicht, mit dem zweiten Bier irgendjemanden in ein Gespräch zu verwickeln, das heißt eine Lösung zu suchen, die sich auf dieser Veranstaltung anbot und – wie oben beschrieben – auch von mir wahrgenommen wurde mit dem Ergebnis, dass ich nicht nur ein Bier, sondern gleich zwei bestellte in der etwas bösen Absicht, das ehrenvolle Flirten eines mir bekannten Paares an der Theke zu stören und selbst in den Genuss eines Gespräches mit der nicht unerheblich gut aussehenden und auch noch netten weiblichen Person des Gespanns zu gelangen, was dann auch gelang und letztlich dazu führte, dass sich nach laufender Tanzrunde noch mehr Gesellen nebst Anhang zu fröhlicher Runde dort einfanden, bis eine Schnapsidee der Kapelle, nämlich eine Damenwahl anzusagen, mich diesem Treiben entriss, worüber ich im Nachhinein gar nicht böse war, weil auch diese Dame, die mich zum Tanz mit ihr auserkor, obgleich nicht mit ähnlicher Jugendfrische wie die eben erwähnte flirtende Dame ausgestattet, sich als glänzende Unterhalterin erwies und sich obendrein noch als begabte Tänzerin entpuppte, was mich wiederum dazu veranlasste, nach weiteren zwei Bieren trotz erheblichen Schweißverlustes oder vielleicht gerade deswegen – wer ist sich schon in bestimmten Situationen über die Gründe für jeweiliges Handeln totaliter im Klaren? – eine zweite Tanzrunde nachzulegen, worüber der zugehörige Ehemann entweder gar nicht begeistert war oder sich freute, weil seine konstante regungslose Beobachtung unserer Tanzaktionen von der Theke aus Eindeutigkeit vermissen ließ und mich deswegen zu der Überlegung veranlasste, diese geringe Eindeutigkeit klären zu müssen, um nicht

Gefahr zu laufen, hinterrücks von ihm erstochen zu werden, statt weiter vergnügt feiern zu können, weswegen ich dann nach der zweiten Tanzrunde dem Ehemann gegenüber die Tanzkünste seiner Frau in höchsten Tönen lobte und ihm gleichzeitig – durch die Blume – zu verstehen gab, dass deren Tanzfreude auch durch ihn als Ehemann gewürdigt werden sollte, weil es doch eigentlich unverantwortlich sei, tanzfreudige Wesen weiblichen Geschlechtes einfach im Regen stehen zu lassen, indem man sich an die Theke begebe, lediglich seinem eigenen Vergnügen fröne, ohne zu bedenken, dass man als Verheirateter zumindest der eigenen Dame gegenüber, wenn sie Freude am Tanzen habe, in gewisser Weise verpflichtet sei, und so gleichzeitig der Gefahr entgehe, dass andere galante oder aufmerksame Personen sich genötigt sähen, sozusagen helfend einzugreifen und dabei natürlich Gefahr liefen, dass ihr altruistisches Verhalten vom Ehemann missdeutet werde, worauf mein Gesprächspartner zunächst etwas irritiert reagierte, weil er sich meinem Wortschwall nicht gewachsen fühlte, aber wohl gemerkt hatte, dass hier eine ziemlich infame Taktik ihm gegenüber angewandt wurde insofern, als er einen leichten Angriff abwehren musste, anstatt selbst angreifen zu können, dann aber, obwohl immer noch verunsichert, uns drei, das heißt seine Frau und mich inklusive, zu einem „Mini" einlud und damit ein endloses Geben und Nehmen gegenseitiger Einladungen einleitete, bis ich in später Nacht mein Fahrrad bestieg, um heimatliche Gefilde anzusteuern.

## POLEN–BRANDENBURG UND ZURÜCK

„Die Liebe ist ein seltsames Spiel, sie kommt und geht von einem zum andern", trällerte es aus dem Radio in einem kleinen brandenburgischen Ort an der Grenze zu Polen, gefolgt von „Liebe ist ja nur ein Märchen, Liebe ist ja nur Illusion". Samuel Auster hörte der etwas simplen Musik zu und erfuhr darauf von der Moderatorin dieser Sendung, dass diese Melodien aus den 50er-Jahren stammten.

Er saß, wie an jedem Morgen in letzter Zeit, an seinem ärmlichen Küchentisch, arbeitslos und ziemlich resigniert hinsichtlich der Frage, ob wohl in Bälde mit einem Arbeitsverhältnis zu rechnen sei.

Welche Liebe wohl gemeint sei, fragte er sich, die „sogenannte" Liebe, die zwar nicht tägliches, aber doch häufiges Hüpfen und Springen von einem Partner zum nächsten beinhaltet oder eine ernste Liebe, bei der ja auch ein Wechsel von einer Person zu einer anderen möglich ist. Die zweite Variante schien wenig wahrscheinlich, weil Töne und Rhythmus eben gehörter Lieder so lächerlich simpel, so trivial waren, dass sie nicht zu der ernsteren Auffassung von Liebe passten.

Eine solche Liebe hatte er einst Monica gegenüber empfunden. Aber das war lange her. Er war damals von seiner polnischen Firma in den kleinen Ort an der Grenze zu Weißrussland beordert worden, um in einer Filialfirma eine wichtige Maschine wieder funktionsfähig zu machen.

Eines Abends hatte er sie auf der Straße entdeckt, als sie dort mit zwei, drei Freundinnen lustwandelte. Er war sofort von ihrer Schönheit eingenommen. Ein Erstkontakt kam nur mit Mühe zustande. Die Freundinnen, alle aus Weißrussland stammend, sprachen nur „Beloruss", er – neben Jiddisch – nur Polnisch und ein wenig Französisch, aber immerhin so viel, dass er sich in dieser Sprache gut verständlich machen konnte.

Monica und er verabredeten sich radebrechend für ein weiteres Treffen, bei dem sie, mit Händen und Füßen gestikulierend, mehr voneinander erfuhren.

Sie entstammte einer Musikerfamilie. Ihr Vater bildete in einer Musikhochschule Pianisten aus, die Mutter unterrichtete Gesang. Monica, die Jüngste von vier Geschwistern, hatte ebenso Piano-Unterricht genossen und war auch schon des Öfteren in einem kleinen Kammerorchester aufgetreten. Außerdem liebte sie, wie sie sagte, die Leichtathletik, weswegen sie viel Zeit auf dem Sportplatz oder beim Laufen im Wald verbrachte.

Er hatte nach Abschluss eines Literaturstudiums auf seinem Fachgebiet keine Arbeit gefunden, war auf Anraten seines Vaters, eines weltgewandten Mannes, soweit man in Polen oder überhaupt im ganzen Ostblock Weltmann sein konnte, in die Industrie ausgewichen und konnte dort nach schwieriger Anfangsphase mit einigen Erfolgen aufwarten.

Auch er hatte in seiner Jugend die Leichtathletik geliebt, speziell die Mittelstrecke, 400 und 800 Meter. Obwohl er für die 400-Meter-Strecke eigentlich zu wenig Grundschnelligkeit besaß, wusste er diesen Mangel erfolgreich durch großes „Stehvermögen" auszugleichen.

Jeden Tag hatten sie während seiner Studienzeit trainiert, winters wie sommers, er und weitere fünf bis sechs Freunde.

Im Winter, wenn Schnee lag, legten sie auf der 400-Meter-Rundstrecke per Schaufel eine Bahn zum Laufen frei.

Emil Zatopek, „Lokomotive" von Prag genannt, weil er beim Laufen immer so gequält keuchte, der bei der Olympiade von Helsinki 1952 die 5000 Meter, die 10 000 Meter und auch den Marathonlauf gewonnen hatte, war neben seinem Rivalen, dem Deutschen Herbert Schade, das große Vorbild seiner Trainingsgruppe gewesen.

Alle Teilnehmer dieser Gruppe hatten übrigens eine sogenannte „Macke". So lief der eine immer nur in einem Pullover mit dickem Loch auf linker Schulterhöhe. Ein anderer zog beim Laufen eine lange weiße Unterhose einer Trainingshose vor. Ein Dritter, dem später die Haare aus Vitaminmangel ausfielen, war Rohköstler geworden und aß als solcher im Kino neben Äpfeln auch rohe Kartoffeln, biss sogar in frische Nieren. Er behauptete auch, unterscheiden zu können, ob die Unter- oder die Oberseite eines Salatblatts auf seiner Zunge lag.

Emil Zatopek hatte die Intervallmethode wohl nicht erfunden, wohl aber zur Grundlage seiner Erfolge gemacht. Seinem Beispiel folgend lief die Trainingsgruppe so, dass 400 Meter unter jeweils wechselnden Führungsläufern mit Dreiviertelkraft absolviert wurden, worauf eine Pause folgte, in der der Puls bis zum „Steady-State-Status" sinken sollte, um dann das Ganze zehn- bis fünfzehnmal zu wiederholen.

Bis Samuel und Monica heirateten, verging eine lange Zeit. Genauer gesagt waren es drei Jahre. Er hatte ziemlich gut Beloruss gelernt, um in der weißrussischen Familie nicht als Taubstummer zu gelten. Monica sprach ihrerseits ein wenig Polnisch.

Sie zogen in das heimatliche, ehemals deutsche Gleiwitz, polnisch Gliwice genannt, weil Salomon dort einen neuen Job gefunden hatte.

Vier Kinder kamen auf die Welt. Monica kümmerte sich rührend um sie. Nebenbei erteilte sie, wenn die knappe Zeit es erlaubte, weißrussischen Kindern Unterricht in deren Heimatsprache und bewegte sich samt Kindern in einigen örtlichen Gruppierungen.

Die Kinder wuchsen heran, lieferten glänzende Schul- wie Universitätsabschlüsse und verließen, wie es ja völlig normal ist, irgendwann das heimatliche Nest.

Vom Ersparten kaufte Samuel relativ spät, zu spät, wie er zugeben musste, ein gebrauchtes, aber gut funktionierendes Klavier für einen annehmbaren Preis, damit Monica endlich ihrer Leidenschaft, dem Klavierspiel, frönen konnte. Als ganz uneigennützig durfte dieser Kauf nicht angesehen werden, weil Samuel, was das Klavierspielen anging, eine Kunst beherrschte, die nicht so sehr viele Menschen, auch Monica nicht, beherrschten und die er auch gerne ausüben wollte. Er hatte nämlich in seinem Elternhaus von seinem ältesten Bruder durch Nachahmung gelernt, jede ihm bekannte Melodie, seien es Schlager oder Volkslieder, in jeder Tonart und auf verschiedenste Art zu begleiten. Diese Fähigkeit auf das Akkordeonspiel zu übertagen war ihm nicht schwergefallen. Bei Festivitäten des „gemeinen Volkes", an denen er mit und ohne Alkoholgenuss teilnahm, war er deswegen ein gern gesehener Gast.

Manchmal bat er seine Frau, um ihr einen Gefallen zu tun, mehr aber, weil er Genuss daraus zog, ihm unter Klavierbegleitung Schuberts „An die Musik" vorzuspielen. Ihn begeisterte die schöne Musik, aber auch der Text:

„Du holde Kunst, in wie viel grauen Stunden

7

wo mich des Lebens wilder Kreis umstrickt,

hast du mein Herz zu warmer Lieb' entzunden,

Hast mich in eine bessre Welt entrückt!

...

Du holde Kunst, ich danke dir dafür!"

„Der Tod und das Mädchen", auch von Schubert und deswegen von Samuel geliebt, wollte sie nie oder höchst ungern spielen: Das Lied war ihr zu traurig. Samuel hatte Verständnis dafür. Er musste selbst zur Tat schreiten und fühlte sich deswegen nicht beleidigt.

Die Mauer fiel, und damit war es mit der im kommunistischen System üblichen Vollbeschäftigung zu Ende.

In der darauffolgenden Zeit verdingten sich Tausende von Polen zu aus westdeutscher Sicht miesen Lohnbedingungen auf deutschen Gemüse- und Obstfeldern oder in deutschen Großschlachtereien.

Jeden Morgen trug die Bundesbahn ganze Wagenladungen von Polen und Polinnen nach West-Berlin. Diese Leute arbeiteten dort meistens illegal, das heißt ohne Papiere, als Reinigungskräfte bei Gebäudereinigungsfirmen wie Piepenbrock oder in Privathaushalten sowie als Pflegepersonal für Rentner. Auch das horizontale Gewerbe profitierte von solcher Entwicklung äußerer Verhältnisse.

Samuel Auster sah es, da auch arbeitslos geworden, als notwendig an, dem Ruf einer ostdeutschen Firma, deren Angestellte wegen zu geringer Bezahlung in den Westen abgewandert waren, zu folgen. Seine polnische Firma hatte im Gefolge der politischen Entwicklung Pleite gemacht und ihn auch zwangsweise entlassen.

Seine Kartenspielfreunde fingen an, ihn aufzuziehen: „Ashaver, der ewige Jude, wieder auf Wanderschaft!"

So richtig antisemitisch und bösartig hatten sie sich ihm und „Wampe", einem weiteren Mitglied der Kartenrunde, mit dem er in der Erregung einer Spielrunde des Öfteren jiddisch sprach, nie verhalten. Sie wussten alle, dass die Eltern beider Kumpels nur mit knapper Not dem Holocaust entkommen waren, und zwar mit Hilfe polnischer Landsleute. Dennoch hatten sie manchmal im Scherz, wie das in einer Kneipe so üblich ist, zwar nicht beleidigende, aber doch auch nicht unbedingt sehr lustige Bemerkungen vom Stapel gelassen:

„Du mit deinem Spitzbubengesicht siehst gar nicht so langweilig wie eine Auster aus. Sahen deine Eltern oder Großeltern so aus?"

Oder, auf „Wampe" gemünzt:

„Fraßen deine Vorfahren so viel?"

„Wampe" sowohl wie Samuel nahmen solche Bemerkungen zur Kenntnis, ohne ihnen Bedeutung beizumessen. Sie waren daran gewöhnt. Sie wussten, dass die Polen vor gar nicht so langer Zeit ihren polnischen Landsleuten Phantasienamen wie Auster, Wampe oder, schlimmer noch, Schweinefuß verpasst hatten, um „Ben Soundso" von „Ben Soundso unterscheiden zu können oder, und das war wahrscheinlicher, sie einfach zu ärgern. War „Lech Dickof", das ja eine Ableitung von „Lech Dickkopf" darstellte, schöner? Hatten die Vorfahren dieses Lech einen dicken Kopf, oder glänzten sie durch Sturheit? Völlig unerheblich: Dieser Lech hieß einfach Dickof.

Gliwice auf der Suche nach Arbeit verlassen zu müssen, fiel ihm nicht ganz leicht. Immerhin war es ja eine größere Stadt, und außerdem war die Stadt eine polnische Stadt. Und nun sollte er sozusagen aufs Land ziehen, in eine kleine Stadt in der Nähe von Görlitz im Brandenburgischen.

Er lebte sich dort relativ schnell ein und fand ziemlich bald neue Freunde.

Auch Monica lebte sich gut ein. Sie erteilte in der Musikschule Klavierunterricht und wurde Lehrerin für Russisch an der Volkshochschule.

Natürlich gab es unter den Eheleuten manchmal Reibereien, die im Wesentlichen daher rührten, dass er überhaupt nicht mit Auseinandersetzungen, vor allem wenn sie in ziemlicher Lautstärke ausgetragen wurden, umzugehen wusste. Monica neigte zu beträchtlicher Lautstärke. Er schwieg dann, zog sich zurück, und immer für einen langen Zeitraum, weil er vor neuer starker Diskussion zurückschreckte und sie durch Schweigen vermeiden zu können glaubte.

Die Annahme, dass Völker des ehemaligen Ostblocks von gleicher Kultur zehren und deswegen ohne Ärger miteinander leben können, ist ebenso falsch, wie zu glauben, dass Leute aus zehn bis fünfzehn Nationen in einem Asylbewerberheim sich erstklassig deswegen verstehen, weil sie das gleiche Schicksal, nämlich Flüchtling zu sein, teilen.

Eines Tages aber war Monica weg, einfach weg. Samuel wusste zwar, dass sie nach Minsk zu reisen beabsichtigte, um ihre Eltern und Bekannte zu besuchen. Sie hatte für diese Reise zwei dicke Koffer gepackt. Samuel hatte sich gewundert, dass man für eine relativ kurze Reise so viel Gepäck benötigte, glaubte aber, dass wohl eine Menge Geschenke in den Koffern verborgen seien.

Die Fahrt zum Bahnhof hatte Samuel wieder einmal sehr viel Kraft gekostet, nicht weil er erahnte – er ahnte ja nichts –, dass sie nicht wiederkommen würde, sondern weil sie wegen der entsetzlichen Neigung seiner Frau, nie pünktlich zu sein – so dass sie, wie Samuel des Öfteren scherzend, manchmal auch wütend ihr gegenüber bemerkte, wohl auch zu ihrer eigenen Beerdigung zu spät kommen würde –, im wirklich allerletzten Moment mit buchstäblich letzter Kraft die Koffer in den Wagen wuchten konnten, bevor er gnadenlos in der Ferne verschwand. Nicht einmal für geziemendes Abschlusswinken blieb Gelegenheit übrig.

Dass sie nicht wiederkommen würde, erzählte ihm bei Gelegenheit eine der Nachbarsfrauen, denen gegenüber sich Monica geöffnet hatte. Die Nachbarsfrau fügte hinzu, Samuel solle ihr nicht allzu sehr nachtrauern.

Im Nachhinein war Samuel einigermaßen böse auf seine Kinder, die von Mamas Plänen wussten, ihm davon aber keine Mitteilung gemacht hatten. Die Kinder bedauerten ihr Verhalten später auf seine Vorhaltung hin, versuchten es aber zu rechtfertigen, indem sie sagten, dass die Feier seines Geburtstags, die drei Tage vor Monicas Abreise stattgefunden hatte und zu der die drei Kinder, die Nachbarn und auch die „Bässe" des deutsch-polnischen Männergesangvereins gekommen waren, nicht so schön verlaufen wäre, wenn Samuel gewusst hätte, was ihm in Kürze bevorstehen sollte. Im Übrigen sei es ja vermutlich gar nicht so schlecht, und zwar für alle, wenn die Eltern für zumindest eine gewisse Zeit getrennte Wege gingen.

Na ja, nun war sie weg. Der „Verlust" schien – das jedenfalls versuchte er sich einzureden – nicht allzu groß zu sein. Er fühlte sich von einem ständigen Druck befreit.

Leider befiel ihn bald darauf wiederum eine Krankheit, die seine Seele betraf. Er kannte diese von Ärzten und Psychologen so genannten „Episoden" zur Genüge, weil er schon fünf bis sieben Mal – so genau wusste er es gar nicht mehr – solche Episoden, die mit entsetzlicher Trauer, Einsamkeit, Unfähigkeit, irgendetwas zu tun, und so weiter verbunden waren, hatte durchleben müssen.

Zu Anfang dieser „Karriere" hatte er nach Gründen für ein solches Entgleiten gesucht, gemäß dem ihm auch eingeredeten Grundsatz, dass jede Wirkung eine Ursache haben müsse. Eine Diagnose, die man ihm relativ früh unterbreitete, nämlich die, dass er unter endogener Depression litte, die durch exogene Faktoren zum Ausbruch käme, konnte ihn letztlich nicht davon abbringen, nach exogenen Faktoren zu forschen.

Manchmal glaubte er, fündig geworden zu sein.

In von Psychologen geschriebenen Aufsätzen und auch Büchern hatte er gelesen, dass man nicht annehmen dürfe, das Leben sei vom Schicksal oder von Zufälligkeiten beherrscht. Eine solche Einstellung mache den Menschen zu einer Marionette, zum „Nihilisten" in dem Sinne, dass der Mensch seiner Existenz jeglichen transzendentalen Sinn abspreche. Sogar diese „nihilistische" Denkweise entbehre nicht eines Sinnes insofern, als sie daran hindere, sich zwei größeren

Ängsten zu stellen, nämlich der Angst vor der Freiheit und der Angst vor der Leere. Solange man dem Glauben anhinge, das Leben werde nicht von einem selbst bestimmt, enthebe man sich jeglicher Art von Verantwortung. Außerdem könne man bei solcher Einstellung auch keine Antwort finden auf die Frage, wozu man lebe. Nach dem „Wozu" zu fragen, statt zu fragen, „warum" gewisse Ereignisse einträten, biete die Chance, die jedem Ereignis, welcher Art es auch immer sei, zugrunde liegende Möglichkeit, aus ihm zu lernen, wahrzunehmen.

In diesem Zusammenhang könne, ja müsse man sogar die Quantenphysik bemühen, die ja im Wesentlichen lehre, dass die Wirklichkeit unendlich viele Möglichkeiten enthalte, von denen nur die zur Realität würden, die man bedacht und akzeptiert habe. Das hieße in der Realität, dass augenblickliche, reale Umstände das Ergebnis dessen seien, was man im Laufe des Lebens gedacht, bedacht und umgesetzt habe.

Um gerade Vorgetragenes besser verstehen zu können, dürfe man sich folgenden Beispiels bedienen:

Wenn jemand glaube, er habe in dieser Welt eine monotone Beschäftigung auszuüben, um seinen Lebensunterhalt bestreiten zu können, so sei diese Vorstellung ein Ergebnis dessen, was Gedanken, Entscheidungen und Verhaltensweisen gezeitigt hätten. Wenn ein solcher Mensch seine Denk- und Verhaltensweise ändere, könne er den Lauf seiner Existenz ändern und werde zu anderer als oben genannter Lebensweise gelangen. Der Glaube daran, dass so etwas möglich sei, dürfe als erster Schritt dahin angesehen werden.

Die Amis, dachte Samuel, müssten wohl alle sehr viel von Quantenphysik verstehen.

Gedanken dieser Art schienen Samuel allerdings nur Binsenweisheiten zu sein. In lichten Momenten war er versucht, sie als überzeugend anzusehen. Im Großen und Ganzen jedoch konnte er trotz größter Anstrengung in solchen „Episoden" keinen Gewinn aus derartigen Überlegungen ziehen.

Auch der „Tipp" einer psychologischen Spezialistin, die sich für ganz schlau hielt, er solle sich einer Verhaltenstherapie unterziehen, führte, in die Tat umgesetzt, zu nichts. Die Zeit, eine lange manchmal, Chemie und Elektroschocks halfen mehr als alle Versuche, mit Hilfe der Psychologie der Misere zu entkommen.

In der jetzigen Episode lief er zunächst, wie immer, ziemlich, nein, absolut lustlos durch die tristen – so schienen sie ihm jedenfalls – Straßen, ohne noch zu wissen, wohl aber erahnend, dass es wieder so weit sei. Seine letzte Krankheitsphase vor drei Jahren hatte fünfzehn Monate und mehr gedauert. Sie war geprägt gewesen von ungefähr vierzig Elektroschockbehandlungen in Frankfurt am Main. Die Nebenwirkungen waren schlimmer gewesen als bei vorangegangener Schockbehandlung. Er litt unter starkem Gedächtnisverlust und dem Verlust der Wahrnehmungsfähigkeit.

Jetzt sah er sich nach heftigem Zögern schließlich doch gezwungen, einen Arzt aufzusuchen, um sich mit Chemie, mit Medikamenten also, Hilfe zu verschaffen.

Der Arzt erklärte ihm, eine kürzlich überstandene schwere Lungenembolie mit dazugehörigem Krankenhausaufenthalt sei für seinen jetzigen schlechten Seelenzustand haftbar zu machen. Was auch immer als Ursache gelten konnte: er fühlte sich wieder einmal krank, sehr krank, sprach mit niemandem, tat nichts, konnte nichts tun außer spazieren zu gehen.

Eines Tages grüßte ihn eine sehr schöne Frau während eines Spaziergangs ausgesprochen freundlich, aus relativ großem Abstand heraus.

Eine übergroße Freude durchflutete ihn. Irgendetwas passierte in ihm, das er nicht erklären konnte.

Einige Tage später, als er anlässlich eines weiteren Spaziergangs wiederum dieser Frau begegnete, glaubte er, sich bei ihr bedanken zu müssen, stellte sich ihr, wahrscheinlich völlig überraschend für sie, in den Weg und sagte ihr, dass sie eine sehr liebe Person sei.

Die Nähe zu dieser Person, ob bewusst oder unbewusst herbeigeführt, verstärkte das Gefühl, das er nach eben beschriebener Erstbegegnung erlebt hatte, beträchtlich.

In die Wohnung zurückgekehrt, klappte er das lange nicht genutzte Klavier auf, spielte Chopin-Etüden und Schlager, kurz gesagt alles Mögliche, unter anderem auch „Ich liebe dich, so wie du mich, am Abend und am Morgen! Noch war kein Tag, wo du und ich nicht teilten unsere Sorgen." Er wunderte sich über sich selbst. Was war passiert? Erlebte er gerade eine sogenannte Spontanheilung, so wie damals, als ihm, in schwerer Depression befindlich, morgens sozusagen ein Vorhang vor seinem Auge weggezogen wurde und er sich plötzlich nicht mehr krank fühlte?

„Der Flügelschlag eines Schmetterlings kann einen Tsunami am anderen Ende der Welt auslösen", sagt ein chinesisches Sprichwort. Dieser Schmetterlingseffekt ist mit der Chaos-Theorie verbunden, die, stark verkürzt dargestellt, unter anderem besagt, dass sie mit Hilfe komplizierter und genialer Berechnungen die allen scheinbar zufälligen Phänomenen zugrunde liegende Ordnung zutage fördert. War der Gruß der Frau der Flügelschlag des Schmetterlings? Welche Ordnung sollte durch diesen Flügelschlag freigelegt werden? Eines stand fest: Die Tonfolge B-G-F-ES, mit der die Silben „Ich liebe dich" koinzidierten – das Lied war ja für eine Bassstimme vom ursprünglichen A-Dur in „Es" transponiert worden –, klangen ihm nicht sauber genug, sollten aber rein klingen.

Unmittelbar nach erneutem Spielen dieses Kunstlieds rief er einen Klavierstimmer, einen Russen, an, damit der sein Klavier für eine Summe Geldes, die er eigentlich nicht übrig hatte, stimmte. Er erhielt aber so die Möglichkeit, ein Lied, aber auch andere Musikstücke richtig genießen zu können.

Samuel fühlte sich mehr und mehr gesunden, dachte weniger an gerade erlebtes Unwohlsein, dachte vielmehr an diese freundliche Frau, von der er bei weiterer zufälligen Begegnung erfuhr, dass sie Ukrainerin war und in der Praxis des Arztes arbeitete, von dem er chemische Hilfe ersucht hatte.

Gegen das Reglement ihres Berufsstandes, nämlich keine Beziehungen zu Klienten oder möglichen Klienten – Samuel konnte höchstens als potentieller Klient bezeichnet werden – aufzunehmen, verabredeten sie sich zu einem Abendessen in einem Restaurant unter der von ihr gestellten Bedingung, dass sie die Kosten übernehme. Sie wollte wohl auf keinen Fall in irgendeine Art von Abhängigkeit geraten.

Das Treffen war unglaublich schön. Im Kerzenlicht des Tischschmuckes spürte er ein wunderbares Gefühl, ja sogar ein Gefühl des Verlangens, das er seit langem, auch krankheitsbedingt, nicht mehr erlebt hatte.

Auf dem Nachhauseweg blieben sie wie zufällig auf einer baumbestandenen Allee im Schein einer Laterne stehen und sahen sich an. Es war nicht zu verkennen, dass beide ein unschuldiges, aber berauschendes Gefühl durchflutete. Unter anderem verriet es der Ausdruck der Augen, überhaupt der gesamten Physiognomie.

In der Folgezeit wuchs bei ihm der Wunsch, ihr nahe zu sein oder wenigstens ihre Stimme zu hören. Das Telefon macht Letzteres möglich. Sie sprachen abends bis spät in die Nacht hinein miteinander. Einmal hielten sie ein Gespräch acht Stunden lang durch. Er stand morgens – nicht immer – um sechs Uhr auf, um ihr, die in einer anderen Stadt wohnte und sehr früh aufstehen musste, um zu ihrer Arbeitsstelle zu gelangen, einen guten Morgen und eine gute Reise zu wünschen.

Es hatte während dieser Gespräche auf seiner Seite tektonische oder vertikale – wie sie es nannte – Verschiebungen gegeben, die drei, vier Mal in sehr lauten, bisher nie, wirklich nie erlebten Explosionen, die durch ihre für ihn ungewohnte freie, aber in ihrer Wirkung sehr schöne Ausdrucksweise – man nennt es wohl „Dirty Talk" – verursacht waren, ihr Ende fanden, während sie zu verstehen gab, dass auch sie, von Nässe begleitet, diese Situationen genoss.

Das Ganze war sehr „platonisch", da virtuell, aber dennoch für Samuel überwältigend schön. Er sehnte sich nach Wiederholung. Er staunte darüber, dass Sentenzen seiner Jugendzeit ihm in den Sinn kamen, so der Satz „Rein bleiben und reif werden" von Walter Flex, eines Vertreters der deutschen Jugendbewegung, der auch in Polen damals Beachtung gefunden hatte. Aber wie sollte er diesen Satz einordnen? „Rein bleiben"? O. k.: Lieben, ohne von sexuellen Begierden beherrscht zu werden. Aber „reif werden"? Gut, das war auf die Jugendlichen von 1913 bis 1914 aufwärts gemünzt. Sie sollten, laut Walter Flex und ähnlich schreibenden Leuten der Jugendbewegung, mit allzu großer „Fleischeslust" warten, bis sie dazu „reif" seien, was auch immer das heißt.

Samuel war überreif und fühlte sich auch so. Dennoch gefiel ihm dieser Satz, der ihn irgendwie während seines ganzen Lebens begleitet hatte, jetzt wegen seines ersten Teils: Er wollte Olga – so hieß die ukrainische Psychologin – „platonisch", das heißt „rein" verbunden sein. Bei Lichte betrachtet schien ihm die Einstellung, „rein" bleiben zu wollen, die ja reine Kontemplation beinhaltete und andere, „banalere" Regungen ausschloss, zumindest für sein „reifes" Alter kindisch. Er war in diesem Zusammenhang auch wütend auf seinen Griechischlehrer, der ihn – und natürlich auch seine Mitschüler – im Abitur eine Szene aus Platons „Symposion" übersetzen ließ, in der der betrunkene, allseits bekannte junge und schöne Armee-Offizier Alkibiades des Nachts ein Gastmahl, bei dem Sokrates die angesehenste Person ist, stört, daraufhin in einer flammenden Rede den Eros im Allgemeinen, aber auch den Sokrates gegenüber preist, um sich danach zu ihm zu legen. Der Griechischlehrer hatte natürlich nur die reine Eros-Idee im Sinn, ohne zu bedenken, geschweige denn seine Schüler, die davon nichts wussten, darüber aufzuklären, dass auch körperliche Liebe zu Epheben oder jungen Leuten bei den Griechen die natürlichste Sache der Welt war, dass also auch Alkibiades, ohne erröten zu müssen, ein Lager neben Sokrates einnehmen konnte, weil er ihn schlicht und ergreifend als seinen Lehrer liebte. Warum darf man nicht als Liebender „ein wenig Spaß haben", wie Olga sich ausdrückte?

In der Folgezeit wuchs der Wunsch, ihr nahe zu sein, immer mehr. Er machte ihr unbeholfene, von ihm selbst hergestellte Geschenke, nicht

16

aus einem der Gründe, weswegen man sonst Geschenke macht, so zum Beispiel wenn jemand einen Geburtstag feiert, sich verheiratet oder eine erwiesene Gefälligkeit Dankbarkeit erfordert, nein, lediglich deswegen, weil er ihr ein Stück von sich selbst schenken wollte. Augenscheinlich missfielen ihr diese kleinen Geschenke nicht. Es schien so, als ob sie die diesen Geschenken zugrunde liegende Absicht erahnte.

Konnte es sein, dass bei diesem ganzen Geschehen unbewusste Naturgesetze eine Rolle spielten? Amerikanische Psychologen hatten experimentell zum Beispiel herausgefunden, dass die Schönheit ovulierender Frauen von Männern ohne feste Beziehungen in den Himmel gehoben würde, während Männer in fester Beziehung sich über dieselben Frauen gegenteilig äußerten, wahrscheinlich aus Furcht, durch die Anziehungskraft solcher Frauen und offenes Aussprechen eigener Vorstellungen, gar Wünsche, ihre eigene Beziehung in Gefahr zu bringen. Aber Olga konnte doch nicht dauernd ovulieren!

Man fand auch heraus oder glaubte herausgefunden zu haben (Samuel maß Studien dieser Art keine große Bedeutung bei, weil nach seiner Meinung die sogenannte Wissenschaft „l'art pour l'art" betrieb, sich also um Dinge kümmerte, die nur für sie, die Wissenschaft oder die sie vertretenden Menschen, die Wissenschaftler, von Bedeutung sind; er selbst hatte sich ja nach Beendigung seines Literaturstudiums anderthalb Jahre zur Erlangung eines Doktortitels mit Kriegsschuldfragen und Kriegserklärungen bei Livius beschäftigt, einem höchst interessanten Thema, das aber nur im Kreise von Altertumsforschern von Interesse sein konnte), man fand also heraus, dass das Verhalten ovulierender Frauen sich ändere: Ihre Stimme werde lauter, ihre Kleidung ändere sich, sie wollten in Diskotheken gehen, die Gerüche, die sie absonderten, seien auch einem Wechsel unterworfen; sie kritisierten ihre Männer, wenn sie nicht ausgesprochene „Adonis-Typen", also sexuell so attraktiv waren, wie ein Pfau mit zur Schau getragener Federpracht es für seine Partnerin ist, in der von den Psychologen vermuteten Absicht, eine besseren Gen-Pool für die Nachkommenschaft finden zu können. Kurzum:

17

Man glaubte, auch durch eben beschriebene Verhaltensweisen erneut belegen zu können, dass wir, die Hominiden, evolutionstechnisch gesehen anderen Säugetieren ähnlicher sind, als wir glauben.

War sie, die Psychologin, für ihn so anziehend, weil sie ovulierte? Aber sie konnte doch nicht, wie schon oben angesprochen, so lange ovulieren! Fühlte sie, die Psychologin, sich, ohne dass sie, obwohl Psychologin, es wusste, trotz der Notwendigkeit, sich wegen ihres Berufes jeglichen näheren Kontaktes zu potentiellen Klienten zu enthalten, sozusagen wegen auch ihr nicht geläufiger Naturgesetze quasi gezwungen, durch sehr, sehr freundliches Grüßen Kontakt aufzunehmen beziehungsweise durch ein Abendessen zu pflegen? Eine solche Vermutung, von welcher Seite auch immer vorgetragen, war absurd. Wieso durfte eine Frau, ohne an Naturgesetze gebunden zu sein, sich nicht nett benehmen? War oder ist jegliches Verhalten von Determination bestimmt? Wo bleibt der freie Wille, jedenfalls der des Menschen?

Diese zumindest für ihn so glückliche, unverhofft zustande gekommene Beziehung fand ein unglückliches, ebenso wenig erwartetes Ende. Auf der Insel Guernsey, auf die Samuel sich entgegen allen für Arbeitslose geltenden Gesetze wegen eines Sonderangebots zum Wandern, gelegentlichen Schreiben und stümperhaften Malen geflüchtet hatte, dachte er unter anderem über die Gründe für das Zerbrechen der Begegnung nach.

Dass er, obwohl Monica ihm übel mitgespielt hatte, immer noch den Ehering trug, was er Olga gegenüber nur mit diffusen, irrationalen Gefühlen zu erklären versuchte, ärgerte sie offensichtlich sehr. Ihr Vorwurf, er „investiere" zu wenig, verwirrte ihn erheblich. Er verstand diesen Vorwurf nicht. Hätte er ihren heftigen Wunsch, nicht geküsst zu werden, dem gegen sein heftiges Verlangen seinerseits nachgekommen zu sein er stolz war, irgendwie brechen sollen, um sich als „Alphatier" zu erweisen? Was bedeutete ihr Vorwurf, „alles zu wollen"? Hatte er den Wunsch dazu geäußert? Er wollte nichts, nur ihre Nähe spüren. Seine in diesem Zusammenhang nicht beiläufig geäußerte Frage, ob sie nicht wenigstens Freunde bleiben könnten, wie sie selbst es einmal vorgeschlagen hatte, endete damit, dass sie jeden, auch telefonischen Kontakt abbrach. Lag diesem Verhalten ein irgendwie geartetes Ergebnis erneuter Ovulation zugrunde? War sie mehr als andere weibliche Wesen vom Verhalten weiblicher Alphatiere bestimmt? Irgendwann hatte sie ihm mitgeteilt, dass sie einen sehr starken Willen besäße – was in diesem Moment keine sehr große Neuigkeit für ihn bedeutete – und auch in früheren Beziehungen eine schwierige Partnerin gewesen sei, die sich vom Verhalten der Partner, welcher Art es auch immer gewesen sein mochte – Samuel wusste nichts davon, wollte es auch nicht wissen –, enttäuscht gefühlt und deshalb die Beziehungen abgebrochen habe. Wie hätte er sich verhalten sollen? Samuel wusste es nicht. Er wusste lediglich – und das seit langem –, dass er kein Alphatier mit „dicken Eiern" repräsentierte, sondern eher als Gutmensch durchgehen musste, der im Gefüge der Welt für sein „Gutsein" irgendwie „büßte" und es in Würde und Stolz tat. Irgendwie kam ihm auch nicht in den Sinn, Olgas mögliche Gedankenwelt, was ihn betraf, irgendwie zurechtzurücken beziehungsweise korrigieren zu wollen. Die Kraft dazu fehlte ihm. Vielleicht war er zu stolz dazu. Er sah es bei ihrer Stärke auch als vergebliche – in diesem Falle passte der Ausdruck im wahrsten Sinne des Wortes – Liebesmüh an, auf irgendeine Weise irgendetwas in ein anderes Lot richten zu wollen.

Wie alles auch sei: Nach einem einwöchigen Abstecher zu einer seiner Töchter, die in Göteborg arbeitete, kehrte er in das heimatliche Gliwice zurück, weil er dort – Polen erlebte ja nach Eintritt in die EU wie vorher schon Irland oder Spanien einen wirtschaftlichen Boom – nach einwöchiger Probearbeit einen neuen Job gefunden hatte.

# LIEDER

FEMME FATAL

„Heißa, Kathreinerle, schnür dir die Schuh, schürz dir dein Röckele, gönn dir kein' Ruh. Didl, dudl, dadl schrumm schrumm, schrumm, geht schon der Hopser rum …“

Das war ein Lied, sagte John, der in Wirklichkeit Hans hieß, das im Musikunterricht seiner Zeit, als er etwa zwölf bis vierzehn Lenze zählte, gesungen wurde.

20

Paul staunte darüber, dass John sich nach so langer Zeit dieses Liedes entsann. Vielleicht sei die Ursache dafür, bemerkte John, dass dieses Lied einen so lächerlichen Text aufwiese. Trotzdem hätten sie, die Kinder, dieses Lied ohne zu murren und sogar mit Begeisterung gesungen.

Paul fügte hinzu, dass Volkslieder wiedergeben müssten, was das Volk empfinde; deswegen hießen sie ja so. Offensichtlich handle es sich hier um ein Lied, das zum Tanz auf dem Marktplatz eines Dörfchens oder Städtchens während der Kirmeszeit einlud. Entsprechend simpel sei der Rhythmus dieses Liedes, ein einfacher Dreivierteltakt: Der Hopser im Dreivierteltakt und der Text seien kongruent; Inhalt und Form passten zueinander, fast wie bei großer Literatur. Es sei natürlich etwas verwegen, hier von einem Kunstlied zu sprechen, weil es einfach zu simpel im Texte sei. Er könne verstehen, dass sein Musiklehrer die Zusammenhänge von Form und Inhalt an diesem Lied nicht habe klarmachen wollen und vielleicht auch gar nicht können. Später habe er es aber nachgeholt, als er Schuberts musikalische Intention bei der Vertonung des Textes „Der Tod und das Mädchen" und anderer Texte wie zum Beispiel den „Erlkönig" sauberst erläutert habe. Er sei ein toller Musiklehrer gewesen, allerdings – und das widerspreche eben gebrauchter Wendung „toll" ein wenig – bar jeglicher pädagogischen Fähigkeit, das heißt bar jeglicher Fähigkeit, die jungen Schüler wie auch immer zu disziplinieren. Er staune darüber, wie dieser Mann dreißig, vierzig Jahre in Unfrieden mit rüpelhaftem Schülerbenehmen im Unterricht habe überleben können und es dennoch fertiggebracht habe, ständig einen guten Schulchor nebst – und das schien ihm, John, vor allem bemerkenswert – respektablem Orchester, das „Concerti grossi" von Telemann und Vivaldi spielte, am Leben zu erhalten. John habe während zweier Jahre in diesem Orchester am Klavier dienen dürfen.

Er habe von diesem Lehrer auch den Unterschied zwischen einfacheren und komplizierteren Volksliedern, das heißt Liedern mit anderem musikalischen Hintergrund, beispielsweise mit Verwendung von lydischer, mixolydischer und dorischer Tonart, kennengelernt

21

Er danke ihm auch dafür, quasi gezwungen worden zu sein, nach dem Schulgottesdienst am Montag nicht sofort das Gotteshaus zu verlassen, sondern noch eine Weile dem Orgelnachspiel des Musiklehrers zu lauschen zu. Er habe so Toccata und Fuge von Bach kennengelernt und sei dabei in eine Art Trance, zumindest aber in Meditation versunken.

Das Tollste aber, was er diesem Lehrer verdanke, sagte John, sei seine, Johns, Fähigkeit, vom Blatt zu singen, und zwar in allen möglichen Tonarten. Grundlage dafür sei das Do-re-mi-fa-so-usw.-System gewesen, das man ja auf alle Tonarten übertragen könne und nach dem sie im Unterricht hätten singen müssen. In jeder Musikstunde sei trainiert worden: ti-do; so-do; do-mi-so, do-fa etc., das heißt Quinten, Quarten, Sexten, Oktaven und so weiter, langweilig für die einen, spannend für die anderen Schüler.

Paul hatte geduldig zugehört, nicht belustigt, sondern mit der Frage beschäftigt, warum John ihm quasi monologisch „Heißa, Kathreinerle" und daran anschließende Gedanken vorgetragen habe, fragte John auch danach, obwohl er dessen mögliche Antwort antizipierte, und fand seine Vermutung bestätigt, als John ihm antwortete, er wolle die Gedanken vom Vortage vergessen, als sie, wie heute, bei einigen Getränken auf der Strandpromenade gesessen und dem Spiel der auf den Strand direkt unter ihnen zu- und von ihm zurückrollenden Wellen zugesehen und die ihnen dabei einfallenden Gedanken einander mitgeteilt hätten, wobei Paul, wie er sich sicherlich entsinne, die großen Längswellen, die auf den schmalen, von sehr großen, mittelgroßen und kleinen schwarzen Steinen gebildeten Strand unter ihnen strömten, beobachtet und danach bemerkt habe, die kleinen Wellen, die sich senkrecht zu den großen bildeten und nach rechts und links, immer schneller werdend, davoneilten, erschienen ihm wie langsam erwachsen werdende Kinder, die sich dem Einfluss der Eltern entziehen wollten, ohne es zu können, weil die Eltern, das heißt die nächste große Längswelle, die sich gebildet hatte, sie gnadenlos überrollte, während John bei den größeren Senkrechtwellen, wenn sie aufeinander zuströmten und sich ineinander verwoben, erwachsene Körper erblickt habe, die in heftigem Drängen sich aufeinander zubewegten, ihre Brüste zu gegenseitiger Berührung einander entgegenstreckten, bis ihre Körper eins wurden, um dann unbarmherzig vom Schicksal, den Umständen, realiter von der nächsten Welle an endgültiger Vereinigung gehindert zu werden.

Wenn die kleineren Senkrechtwellen, statt nach rechts und links auseinanderzudriften, aufeinander zuströmten, ein wenig ineinanderflossen, fühlte sich John, so hatte er am Vortag erklärt, an das Fingerspiel zweier auf einem Glastisch einander gegenüberliegender Hände eines schüchtern verliebten Paares erinnert, das sich zunächst nur mit den Fingerkuppen berührt, dann aber, peu à peu, dazu übergeht, zunächst alle Finger miteinander spielen zu lassen und schließlich wechselseitig die eine Handfläche auf die des Gegenübers zu legen, bis wiederum die Umstände in Form einer großen Welle dieses vorsichtige Liebesspiel beenden.

Wie schwer es doch sei, wagte John zu sagen, immer wiederkehrende Gefühle der Sehnsucht zu unterdrücken. Tag und Nacht, und das über einen langen Zeitraum, davon betroffen zu sein, sei, um einen euphemistischen Ausdruck oder – besser – eine Litotes zu gebrauchen, nicht gerade die reine Lust. Er wisse, dass, wer liebt, auch leiden müsse. Warum könne er nicht wenigstens ihre Stimme hören? Seine letzten drei Versuche, telefonisch ihr nahezukommen, habe sie missachtet insofern, als sie den Hörer einfach nicht abgenommen habe. Sich aufzudrängen, jemanden zu bedrängen, entspreche nicht seinem Charakter: er sei dazu zu höflich. Aber er leide, und zwar sehr.

Vor drei Tagen habe er, von innerer Not getrieben, um 22.30 Uhr nachts ihre Nummer gewählt, habe sie besetzt gefunden, habe den Versuch der Kontaktaufnahme zunächst alle fünfzehn Minuten, danach alle zehn Minuten erfolglos wiederholt, bis er gegen zwei Uhr am Telefon eingeschlafen sei. Die Vorstellung, sie rede mit einem Liebhaber, habe er zu verdrängen versucht, indem er sich sagte, sie liebe ja lange Telefonate und habe sicherlich mit irgendjemandem aus ihrem großen Bekanntenkreis gesprochen.

Am nächsten Morgen habe er seine versuchte Kontaktaufnahme fast bedauert, weil er sich sagte, sie hätte sich sicherlich belästigt gefühlt, wenn der Kontakt zustande gekommen wäre. Dennoch habe er am darauffolgenden Abend wiederum, von innerem Drang getrieben, eine erneute Kontaktaufnahme versucht und habe sich, obwohl sein Bemühen wiederum nicht von Erfolg gekrönt worden sei, dennoch irgendwie glücklich gefühlt, weil er sie sich am anderen Ende der Leitung vorgestellt habe, zwar nicht im Gespräch mit ihm, wohl aber auf dem Sofa liegend, in eine Decke gehüllt, in einer Position, die sie liebte, wenn sie telefonierte.

„Gelbe und violette Sonne unter klarer, manchmal trister Bläue, Sonne wie aus gelbem Diamant, Februar-, März-, Aprilsonne, wie ein Schmetterling, wie ein trockenes Blatt." Paul versuchte abzulenken.

„Oh ja, kalte Sonne, Sonne für einen Ver-rückten, für einen, der aus der richtigen Lage, aus der richtigen Position, der richtigen Ordnung ver-rückt ist", setzte John fort.

Paul startete einen neuen Versuch des Zurechtrückens. Er fragte John, ob er folgende Töne singen könne: do-fa-fa, do-la-la, do … John unterbrach sofort und sagte, dass das die Melodie des berühmten Volksliedes „Kein Feuer, keine Kohle" sei. Ob er den Text kenne, wollte Paul von ihm wissen.

„„Kein Feuer, keine Kohle

kann brennen so heiß

als heimliche Liebe,

von der niemand weiß"",

zitierte John. Er ergänzte: „Ich kenne auch die zweite Strophe, die in Metaphern spricht:

‚Keine Rose, keine Nelke

kann blühen so schön

als wenn zwei verliebte Seelen

so beieinanderstehn.'

Ja, ja, hier werden nach der Schilderung emotionaler Erregung in der ersten Strophe die Wonnen des Beisammenseins beschrieben."

Paul ergänzte seinerseits, dass, wie John sicherlich sagen würde, hier das liedästhetische Zeitideal, will sagen, Simplizität und Singbarkeit, exakt getroffen sei. Diesem Ideal entspräche auch das Lied von den beiden Königskindern, die einander sehr liebten, aber nicht zusammenkommen konnten, weil das sie trennende Wasser viel zu tief war.

„Kennst du Herbert Grönemeyers ‚Fanatisch'?", fragte John.

„Nein. Lass es hören!"

„‚Liebe ist leicht, doch heimlich ist es einfach unerreicht.

Und kein Feuer, keine Kohle kann brennen so heiß.

Ich tanz für dich (so wie in Bremen auf dem Bahnhofsvorplatz bei Jazzmusik),

sterb für dich ...'


Das ist die zweite Strophe."

„Und die dritte, wenn es eine gibt?"

„‚Lass mich bloß keinen Millimeter näher,

wir kommen zusammen, früher oder später.

Verstoß mich, solang dir deine starke Sekunde bleibt.

Du kannst kreischen und schreien,

du kannst dich nicht befreien."

„Herbert ist schon eine Klasse für sich. Offensichtlich hat er alles Gesagte selbst erlebt, sonst könnte er nicht so plastisch, so leicht nachempfindbar schreiben."

Es trat eine lange Pause ein. Paul und John hingen jeweils eigenen Gedanken nach. Nach einer Weile malte John ein Notensystem und einige Noten dazu auf eine Serviette.

„Ja, ja, ich weiß. Auch ein Königslied:

‚Es war ein König in Thule,

gar treu bis an das Grab,

dem sterbend seine Buhle

einen goldenen Becher gab.'

Ist die Buhle seine Frau oder seine Geliebte? Wie auch immer: Bei jedem Mahl benutzt er diesen Becher, das Unterpfand der Liebe.

Dritte Strophe:

‚Und als er kam zu sterben,

zählt er sein' Städt' im Reich,

gönnt' alles seinen Erben,

den Becher nicht zugleich.' (Also nicht.)

Das Ende kommt mit Riesenschritten, seine Ritter stehen in seiner Sterbestunde im Rittersaal um ihn herum, begleiten ihn auf seinem letzten Weg.

Fünfte Strophe:

‚Dort stand der alte Zecher,

trank letzte Lebensglut

und warf den heil'gen Becher

hinunter in die Flut.'

Sechste Strophe:

‚Er sah ihn stürzen, trinken

Und sinken tief ins Meer.

Die Augen taten ihm sinken,

trank nie einen Tropfen mehr."'

„Dieses Lied, das die den Tod überdauernde Liebe eines Königs zu einer Frau besingt, muss, von einer schönen Frauenstimme vorgetragen, zumal es in Moll gesetzt ist, jeden Hörer, besonders aber einen liebenden, betören, in Melancholie versetzen."

„Ja, ja, die Macht der Stimme! Ich lasse mich manchmal dazu hinreißen, irgendeiner völlig unbekannten Frau, die irgendwas am Telefon von mir will, die mir meinetwegen einen Staubsauger andrehen will, zu sagen, dass das mit dem Staubsauer nichts wird, dass sie aber eine schöne Stimme habe."

„Und ich gerate in besondere Schwingungen, wenn mir eine wohlvertraute Stimme spätabends am Telefon ein unnachahmliches ,Hallo' entgegen haucht. Und wenn sie dann bei der Frage ,Wollen wir uns treffen?' die Endsilben *-en* wie *-än*, also breiter ausspricht als unser *'n* wie in *treff'n*, dann, ja dann ... brennen Sicherungen durch", sagte John.

## REISE ZUM STRAND „LAS ARENAS"

Mit einem schrillen und kurzen Pfiff verließ der kleine Zug holpernd den Eisenbahn-Bahnhof der Endstation aller Züge aus der näheren Umgebung von Valencia, von dem die Valencianer sagten, dass er bis vor kurzem der bedeutendste Bahnhof von Europa gewesen sei, weil alle Bauern der „Huerta Valenciana", des „Gartens von Valencia", hier ankommen mussten, wenn sie ihre Produkte auf den vielen großen und kleinen Märkten der Stadt anbieten und verkaufen wollten.

Tatsächlich war dieser Bahnhof auf der linken Seite des einstmals beeindruckenden, jetzt aber zu einem armseligen Rinnsal verkommenen Flusses Turia, dessen großartiges Bett die Verantwortlichen der Stadt in letzter Zeit zu einem grandiosen und prächtigen Park ausbauten, an Werktagen immer noch sehr belebt. Aber an diesem Sonntagmorgen bewegten sich nur wenige Passagiere auf den zum Teil zerstörten, aber dennoch gepflegten und sauberen Bahnsteigen.

Es war ja auch noch recht früh am Morgen. Nur Frühaufsteher, wie die Valencianer solche Art von Leuten nannten, konnten auf die seltsame Idee verfallen, schon um 10 Uhr morgens den Zug in Richtung Strand zu besteigen, um dort am Meer von „Las Arenas" die Morgensonne zu genießen.

Es waren, um genau zu sein, nur vier Personen, die diese kleine Exkursion gemeinsam antreten wollten. Eine von ihnen, ein Mann von etwa fünfzig Jahren, gemäß seiner Physiognomie ein Fremder, der offensichtlich gute, aber wenig gepflegte Schuhe trug, unterschied sich auch durch seine übrige Bekleidung von einem zweiten Herrn, der nach ihm die schrägen und schon sehr abgenutzten Stufen zum Abteil bestieg. Die Nadelstreifen seines grauen Maßanzugs, elegante und sorgfältig geputzte Schuhe nebst äußerst modischem blauen Mantel wiesen darauf hin, dass dieser Herr seine äußere Erscheinung pflegte, während die Jeans und die nachlässige Art, wie der andere seinen ebenfalls blauen, aber sehr alten und abgenutzten Mantel zugeknöpft hatte, zu erkennen gaben, dass es ihm wenig bedeutete, besonders gut gekleidet auszugehen, nicht einmal an Festtagen.

Die beiden wählten sich einen Fensterplatz an einander entgegengesetzten Punkten des Waggons aus, während zwei verliebte Jugendliche rauchend und gestikulierend in der Nähe des Eingangs zum Abteil Platz nahmen.

Der kleine Zug bestand aus nur zwei Waggons. Von seinem Sitz konnte der Fremde also sehr gut den Zugführer im ersten Waggon sehen, der, mit einem Zigarettenstummel im Mund, vielleicht gelangweilt die Gleise beobachtete und mit wahrscheinlich wenig Krafteinsatz die zwei, drei Hebel bediente, die nötig waren, um das Gefährt in die gewünschte Richtung zu lenken.

An der ersten Haltestelle stieg ein Mann mit mürrischem Gesichtsausdruck zu, an dem nichts außer seiner recht großen Dienstmütze darauf hinwies, dass er der Schaffner war.

Ohne jegliche freundliche Geste forderte er von dem jungen Paar mit ausgestreckter rechter Hand die Fahrkarten. Als er sie mit der Linken zerriss, um damit zu zeigen, dass sie entwertet seien, konnte der Fremde beobachten, dass sogar dieser Beamte eine Zigarette in der linken Hand hatte, was ihn eigentlich sehr verwunderte, weil im hinteren Teil des Waggons eine mit einem roten „X" durchkreuzte Zigarette auf weißem Hintergrund ganz eindeutig das Rauchen verbot.

Es schien so, dass auch andere Reisende an anderen Tagen diesen vielleicht gut gemeinten Hinweis missachtet hatten, denn fast der ganze Waggon war gefüllt mit Papierschnitzeln, zerrissenen Billetts, Sonnenblumenschalen und auch Zigarettenstummeln. So fühlte sich der Fremde ermutigt, sich seinerseits eine „Winston" anzuzünden.

Das unfreundliche Gesicht des Schaffners stand in starkem Kontrast zur strahlenden Morgensonne. Die Sonnenstrahlen machten den Jeansträger froh, weil er das Gefühl hatte, es sei Frühling, obwohl das Jahr sich seinem Ende näherte.

Es mochte zwischen 15 und 17 Grad über null warm sein. Eine so angenehme Wärme, dachte der Fremde, könnte um diese Jahreszeit vielleicht am entgegengesetzten Ende der Welt vorherrschen, in Bolivien vielleicht, oder in Peru oder Argentinien.

Und in der Tat fühlte sich der Herr mit den Jeans auch durch andere Umstände in diese Teile der Welt versetzt. Hatte er nicht viele Male in Dokumentarfilmen über südamerikanische Länder Züge dieser Art gesehen, die langsam und laut pfeifend durch Berglandschaften schlichen? Auch die blaue Farbe dieses Zuges – wenn er denn diesen Namen verdiente – stimmte überein mit seiner Einbildung, dass die Bevölkerung dieser Bruderländer sehr zu schrillen Farben neigt. Und wenn er aus dem Fenster guckte und die Bilder, die langsam an seinem Auge vorbeizogen, bedachte, so verstärkte sich der Eindruck, an dem Randgebiet irgendeiner südamerikanischen Stadt vorbeizufahren, obwohl er sich dem Randgebiet von Valencia in Spanien näherte.

Enorme traurige Wohnblocks, einige offensichtlich kürzlich in blauer Farbe gestrichen, die in einem Wald von Fernsehantennen endeten, Veranden mit halb vertrockneten Blumen und vielfarbige Planen aus Segeltuch oder Plastik, die die verschiedenen Stockwerke voneinander abhoben, wechselten einander ab mit halb oder total ruinösen Gebäuden.

Manchmal wurde diese relative Monotonie der Fassaden durch Häuser gebrochen, die, wie man sich vorstellen konnte, zu einem anderen Jahrhundert gehörten, weil ihre kleinen Veranden, von Stockwerk zu Stockwerk variierend, mit detailliert ausgearbeiteten Gittern geschmückt waren und mit ein wenig Farbe und Arbeit in Schmuckstücke von Häusern hätten verwandelt werden können. Und in der Tat hatten einige Häuser – wenige, wie der Fremde feststellen konnte – diese Restaurierung erfahren. Es bereitete Vergnügen, mit den Augen an den Linien der Fassaden aufwärtszugleiten und dabei zu beobachten, wie die Architekten dieser Häuser bis zum letzten Stockwerk Ideen umgesetzt hatten, die sich enorm von den Ideen der Architekten besagter Wohnblocks unterschieden, denn jeder Dachgarten, buchstäblich jeder auf seine Art, wurde von einem künstlerisch gestalteten und mit Gitter, Wappen oder anderem Zierrat geschmückten Mäuerchen begrenzt. Insgeheim hoffte der Fremde, dass die Besitzer dieser schönen, aber nur zum Teil renovierten Häuser genügend Stehvermögen besäßen, um sich gegen die Wünsche gieriger reicher Leute zur Wehr zu setzen, die mit großem Eigeninteresse solche Häuser aufkaufen und niederreißen wollten, um langweilige, sogar tödlich langweilige, aber gewinnbringende Wolkenkratzer an ihre Stelle zu setzen. Valencia musste einst eine auch in ihren Außenbezirken schöne Stadt gewesen sein. Nicht umsonst besingen die Valencianer mit Enthusiasmus in ihrer alten, wunderschönen, melodiösen und in der ganzen Welt bekannten Hymne die Schönheit ihrer Stadt.

Je mehr sich der Zug vom Zentrum der Stadt in Richtung „Las Arenas", ein Synonym für den Strand von Valencia, bewegte, desto mehr verringerte sich die Anzahl der Wohnblocks und der Einzelhäuser. Statt ihrer sah der Herr mit den Jeans immer mehr Artischocken-, Mangold- und Reisfelder nebst Feldern mit anderen essbaren Gemüsepflanzen, alle gespeist durch ein raffiniertes Bewässerungssystem, das seinerzeit die Araber erfunden und das die Valencianer über Jahrhunderte hinweg ausgebaut hatten. (Jemand, der die Bedeutung dieses Bewässerungssystems nicht kennt, muss sich donnerstags um 12 Uhr am linken Seiteneingang der Kathedrale einfinden. Dort tagt das sogenannte Wassergericht, das Bewässerungsprobleme unter den Bauern der „Huerta" klärt, ohne dass die staatliche Justiz zu intervenieren vermag.)

Einige nicht bepflanzte Felder, in deren Mitte man ab und zu typische Valencianer- Bauernhäuser, mehr oder weniger gut gepflegt und mit Ried gedeckt, sehen konnte, legten Zeugnis ab von der Sorgfalt, mit der die Bauern ihr Medium für das tägliche Brot pflegten: Sorgfältig gezogene Furchen kontrastierten stark mit der Unordnung, die man außerhalb der Felder überall dort sah, wo neue Häuser gebaut wurden und alte inmitten von Unrat der sogenannten Zivilisation zerfielen.

Je mehr sich der Zug der Endstation näherte, desto mehr Häuser tauchten auf, die zu ihrer Zeit in irgendeiner Form der Industrie gedient hatten, was man zweifelsfrei an den teilweise schon verblassten Beschriftungen dieser Häuser ablesen konnte. Sie standen alle leer und waren im Verfall begriffen.

Die Endstation nun ähnelte mehr einem Bahnhof im Wilden Westen als dem Bahnhof eines der bedeutendsten Strände von Valencia. Ein blauer Pfeil, auf eine zerfallende Mauer gemalt und kaum noch sichtbar, zeigte auf einen Bogen – man konnte ihn fast als romanischen Bogen bezeichnen –, unter dem hindurch man nach Überqueren einer erstaunlich belebten Avenue das Strandgelände erreichte.

Hier, auf der linken Seite des Weges zum Strand, hatte der Mann mit den Jeans vor 21 Jahren im Restaurant „Las Arenas" seine Hochzeit mit einer schönen aus Aragon stammenden jungen Dame gefeiert. Die Wellen, die der Mann, jetzt vor einem der vielen netten Lokale rechts des Weges sitzend, beobachtete, waren immer noch die gleichen. Auch der Espresso mit einigen Tröpfchen Cognac darin schmeckte noch wie früher. Aber sonst hatten sich viele Dinge verändert, zum Guten, aber auch zum Schlechten.

# NACH ENDE DER FOLTER (1987)

(... das heißt nach 40 Nächten erfolglosen Schlafentzugs)

Endlose Weiden mit Schafen, und Pferden, durchzogen von Gräben und breiten Bächen, Pappelreihen, im Dunst verschwindend. Ein Bussard erhebt sich, lautlos, und lässt sich, ein wenig weiter, auf einem Weidenpfahl nieder.

Hoch über mir fliegen Gänse, vielstimmige Rufe ausstoßend. Reiher sieht man, kaum Menschen. Der Weg schlängelt sich durch alte Obstgärten. Herbst – hat viele schöne Gesichter: farbiges Laub, kreischende Vögel, bizarre Wolkenformen, Wind, Nebel. Die Menschen bleiben lieber zu Hause: es könnte ja regnen oder die Sonne nicht scheinen.

Ein anderes Bild! Von Ferne grüßt die Sierra. Im Licht der Sonne glitzert der Schnee. Unten im Tal, stadteinwärts, lebhaftes Treiben. Studenten, Touristen, wenige nur, Zigeuner, Nelken und Rosen feilbietend, die Capilla Real, Grabmal von Großen: Isabella, ihr Gatte Ferdinand, allzu katholisch. Katholisch auch Juana la Loca: Die Geschichte wird lebhaft.

Ein Gang durch die Stadt: Die Kathedrale, mächtig, ein Bollwerk, Zentrum der Stadt. Auf dem Vorplatz Gruppen von Menschen, die Alten vornehmlich, gestikulierend oder sinnierend. Nur wenige Schritte entfernt singt eine Stimme im Radio, fast melancholisch: „Wie ist es möglich, zwei Frauen gleichzeitig zu lieben? Ich werd's dir erklären." Ganz nahe gelegen – es führt der Schritt durch schmale Gassen – die Uni. Es muss ein Genuss sein, hier länger zu weilen, Bücher zu lesen, zu rauchen, zu schwatzen, in Innenhöfen zu dösen.

Gedanken wandern zurück, fast dreißig Jahre. Damals schrieb ich in jugendlicher Verzweiflung.

„Aus den Schalen des Morgens trinken wir, stumm, die heiße Müdigkeit des Abschieds. Und der Spiegel unserer Nacht ist voller Tränen. Schon baut der Tag die endlose Brücke der Einsamkeit."

Die Studenten sind jung. Wie Kinder erscheinen sie mir, und jugendlich kindisch ist auch ihr Gehabe: lebhaft, lustig und froh, ein erfreulicher Anblick. Das Colegio Mayor, die Kirche San Rafael, San Juan de Dios mit Hospital und Kirche, eindrucksvoll alle, alt und doch neu, nicht verbraucht, besucht und genutzt, als wären sie gestern geboren.

Der Hauch der Vorzeit weht weiter.

Diese Zeilen entstehen in einer Bar, begleitet von „vino fino", in schlankem Glas, ein leichtes Aroma versprühend.

Erregung lässt mich erzittern bei dem Gedanken, morgen erneut die Alhambra zu sehen, arabische Kunst zu bestaunen, dem Plätschern des Wassers im Generalife zu lauschen.

## SCHRANKINHALT ODER ANZÜGE

Er passte schon seit sehr, sehr langer Zeit nicht mehr und hing noch immer, ganz links, im Schrank. Als er zur zweiten Anprobe kam, hatte er, wie immer, wenn er in die Werkstatt kam, die Schneidergesellen bewundert, wie sie geradezu artistisch mit gekreuzten Beinen auf dem breiten Tisch saßen.

Das Anzugskelett hing, von weißen Fäden durchzogen, gelangweilt auf einem Bügel. Die Tochter des Schneiders – ein paar Jahre älter als er, aber viel schöner –, von der er glaubte, niemand könne so schön lächeln wie sie, nahm Maß und zeichnete mit einem dünnen, ganz runden Stück Kreide irgendwelche Striche auf das Skelett. Das Radio dudelte wie immer. „Du hast so wunderschöne Augen. Wenn du mich damit ansiehst, bin ich hin", spielte es gerade. Er fragte sich in diesem Augenblick, ob die Schneiderstochter wohl gemeint sei.

Der Anzug hatte gute und schlechte Tage gesehen, zum Beispiel Umzüge bei Sänger- oder Musikerfesten. Einen Zylinder hatte er sich immer ausleihen müssen und war sich jedes Mal sehr komisch vorgekommen, wenn er, wie bei Beerdigungen beispielsweise, so ein Utensil tragen musste.

Bei Beerdigungen sang der Kirchenchor „Cäcilia". Er sang im Bass. „Wie sie dort ruhen, all die Toten." Der Tenor sang schön, so schön, dass er bei diesem Lied fast immer sehr ergriffen war und sich vor dem Weinen in Acht nehmen musste. Der Musikverein spielte auch was Trauriges. Manchmal, wenn ein Jäger zu Grabe getragen wurde, erklang aus gehöriger Distanz „Ich hatt' einen Kameraden. Einen besseren find's du nicht." Das war das Schlimmste.

„Die Anzüge der anderen sind sicher genauso warm wie deiner", dachte er. Keiner trug einen Mantel, nicht einmal im Spätherbst. Es war ja auch ein ganz schwerer Stoff und wog entsprechend. Seit mehr als fünfzig Jahren hing der Anzug schon im Schrank, obwohl er schon lange, lange nicht mehr passte. Aber es war sein erster Anzug.

Mehrfach hatte er ihn im Koffer zu seinen Studienorten mitgeschleppt, weil bei offiziellen Veranstaltungen seiner Studentenverbindung ein schwarzer Anzug vorgeschrieben war. Der Koffer war dann immer schon halb voll.

Der andere Anzug war fast genauso alt. Auf Fotos aus seiner Jugendzeit konnte man sehen, dass alle Kameraden aus der A-Jugend und später auch aus der „Ersten" nach dem Spiel bei sonntäglichem Zug durch die Kneipen der Gemeinde Zweireiher mit Schlips trugen. In der Messe am Vormittag natürlich auch. Sie waren alle handgemacht. Anzüge von der Stange gab es damals noch nicht.

Später, als das Studium hinter ihm lag und er als Junggeselle Geld verdiente, kam ein Smoking hinzu. Er passte jetzt natürlich auch nicht mehr und hing ebenfalls arbeitslos herum.

In der Ballsaison war bei bestimmten Bällen, dem Ball des Tennisvereins zum Beispiel, Smoking vorgeschrieben. Er spielte ja auch fast jeden Tag Tennis, ganz oft in der Mittagszeit, weil dann die Plätze nicht belegt waren. An der Theke des Tennishauses ergaben sich abends immer ganz interessante Gespräche mit Ärzten, Geschäftsleuten und anderen Personen, die zur High Society gehörten oder gehören wollten. Einige Frauen schwärmten für ihn und küssten ihn auf die Backe, wenn sie etwas getrunken hatten. Die zugehörigen Männer waren meistens froh, wenn ihre Frauen beschäftigt waren. Ein Mann jedoch, Kommandeur auf einem in der Nähe gelegenen Militärflugplatz, forderte ihn einmal fast zum Duell heraus, als seine Frau sich allzu intensiv mit ihm, dem Junggesellen, beschäftigte. Ein ganz Schlauer sagte ihm einmal, einigermaßen betrunken: „Die meinen dich gar nicht. Die meinen sich selbst, weil ihre Männer so langweilig sind." Der Mann hatte wohl recht.

Eigentlich fühlte er sich in normalen Kneipen auch wohler, im „Briefkasten" zum Beispiel, wo Schüler verkehrten, ehemalige Schüler, aber auch anderes Publikum. Felix, der Besitzer des Lokals, ein ganz kluger Mann, freute sich über sein Kommen. Er sagte immer, dass alles ganz schlimm sei. Keiner konnte sagen, was er damit meinte. Immer wusste er interessante Gespräche anzuleiern, zu denen seine Gäste natürlich beitrugen.

In der Stadtschänke verkehrte er am liebsten. „Laudaten-Bernd", der so hieß, weil er Laudate-Gesangbücher in seinem Buch- und Druckladen verkaufte, war immer mit den schulischen Leistungen seines Sohnes unzufrieden, der irgendwann den Laden übernehmen sollte.

Auf einem kleinen, leeren Bierfass auf der Theke thronte eine Holzfigur, die deswegen, weil sie einem örtlichen Zahnarzt glich, „Berges" hieß. Wenn irgendjemand am Spielautomaten rechts der Theke etwas gewonnen hatte, musste er, einem ehernen Gesetz zufolge, einen ausgeben. „Aber nur bis Berges!" Die Leute drängelten dann auf einen Stehplatz rechts von Berges.

Armin hatte eine Fahrschule und war ein von allen Seiten anerkannter Frauenheld, obwohl er von Statur und Aussehen her eine ziemlich mickrige Figur abgab. Er ertrug seinen Ruf mit Gelassenheit, ohne besonders stolz darauf zu sein.

Die Frau eines bekannten und beliebten Hausarztes galt unter vermeintlich Eingeweihten als Alkoholikerin. Sie war mutig, weil sie sich als Frau alleine in eine Kneipe begab, was damals noch verpönt war. Wenn sie hereinkam und ihn an der Theke entdeckte, hängte sie sich gleich bei ihm ein. Sie war dankbar dafür, dass er ihren Sohn davor bewahrt hatte, ein Schuljahr wiederholen zu müssen.

Einmal die Woche bevölkerte nach schweißtreibendem Fußballspiel eine Gruppe von Leuten, zu denen auch er gehörte, einen Tisch, an dem es bei Strafe einer Bierrunde verboten war, über Jagd oder Politik zu reden. Die Leute, derentwegen diese Regel eingeführt worden war, mussten oft zahlen.

Der Gedanke an den Smoking für den Tennisvereinsball weckt Erinnerungen ...

Warum die Schlesier im Gegensatz zu Sängern, Musikern, Handwerkern und Geflügelzüchtern auch bei ihrem Ball einen Smoking als notwendiges Accessoire ansahen, war nicht unbedingt klar. Dass die Schausteller ihrem Ball durch smokingbewehrte Gäste Glanz verleihen wollten, hatte vielleicht damit zu tun, dass viele Schausteller Zigeuner waren und ihren zu Unrecht schlechten Ruf aufzubessern suchten. Vielleicht glaubten auch die Schlesier, zu deren Gruppe alle Vertriebenen aus dem Osten gehörten, dass sie, die in der Bevölkerung immer noch als gewisse Fremdkörper angesehen wurden, durch Eleganz mit dem Tennisverein gleichziehen könnten. Vielleicht waren sie aber auch nur eleganter als die ortsansässige Bevölkerung.

Die Schlesier erzählten immer gern, wenn man sie darauf ansprach, von dem, was sie als Vertriebene so erlebt hatten.

„Wir landeten", sagte zum Beispiel ein schon betagter Herr, „als die Polen uns rausgeschmissen hatten, nach einigen Tagen in irgendeinem Dorf und waren ganz froh, dass die Einwohner dieses Dorfes zum Empfang für uns das Dorf schön geschmückt hatten. Auf einmal fing es an zu regnen. Die Dörfler verschwanden in ihren Häusern, keine Menschenseele war da, um uns zu empfangen. Es stellte sich heraus, dass das Dorf wegen Fronleichnam, nicht unseretwegen so schön geschmückt war. Das Riesengebirgslied durfte nie fehlen: ‚Riesenjebirge, deitsches Jebirge ...'"

Der weiße Anzug, der unter einer Plastikhülle im Schrank ein trostloses Dasein fristete, konnte einem wirklich leidtun. Es war ein Zweireiher, der einem Kapitän gut angestanden hätte. Es war ein wirklich schöner Anzug, leider ein typischer Fehleinkauf. Spontankauf nennt man wohl einen solchen Kauf. Bei einem Spaziergang durch eine andalusische Stadt stach er in der Auslage eines Herrenausstatters ins Auge. Begeisterung siegte über die sich naturgemäß einstellende Frage, bei welcher Gelegenheit er diesen Anzug im hohen Norden wohl tragen könnte. Kann sein, dass er eine Vorliebe für Besonderes hatte. Bei späteren Problemen mit seiner aus dem Ausland stammenden Frau hatte seine Mutter Bekannten gegenüber oft erzählt, dass er immer das irgendwie Besondere geliebt habe. Nun müsse er auch mit dieser besonderen Frau auskommen. Nebenbei sei es gesagt: Sie liebte diese Schwiegertochter. Umgekehrt war es auch so, was ja gar nicht so oft vorkommt.

Es gibt auch sonst Anzüge oder Kleider, die man nicht so oft anzieht. Hochzeitskleidung zum Beispiel. Dieser weiße Anzug kam das erste Mal zum Zuge anlässlich eines Gartenfestes bei den Nachbarn. Er hatte lange überlegt, ob er sich wohl in diesem etwas extravaganten Aufzug sehen lassen durfte. Die Nachbarn waren nett und lobten ihn in höchsten Tönen. Wahrscheinlich aber belächelten sie ihn innerlich.

Ein weiteres Mal – und das war gleichzeitig das letzte Mal – kam dieser Anzug zum Einsatz, als er gebeten worden war, anlässlich einer Hochzeit die Orgel zu bedienen. Einige Hochzeitsgäste werden ihn wohl anfänglich mit dem Bräutigam verwechselt haben. Nach Hochzeitsmarsch und Largo von Händel während der Zeremonie war er zum Bankett eingeladen. Anschließend wurde getanzt. Das Schicksal wollte es, dass bei einer vielleicht ungewöhnlichen Bewegung die Hose hinten platzte. Die Hochzeit fand für ihn ein jähes Ende.

Manchmal trug er später Einzelteile des Anzugs als Kombination: weiße Jacke mit blauer Hose oder umgekehrt. Allzu oft kam das nicht vor.

Nach Gustav Stresemann ist wahrscheinlich der „Stresemann" benannt. Er hatte ihn des Öfteren bei Beerdigungen am Leib von

Leuten gesehen, die irgendeine höher gestellte Person zur letzten Ruhe begleiteten. Er war immer des Glaubens gewesen, dass ein solcher Anzug nur bei festlichen Anlässen, Empfängen zum Beispiel, getragen würde.

Eines Tages kam er in den für ihn zweifelhaften Genuss, eine solche Verkleidung tragen zu dürfen oder zu müssen. In den Präliminarien zur Hochzeit hatte seine Freundin ihn nicht unbedingt gezwungen, aber schließlich doch überredet, ein solches Utensil bei einem Schneider anfertigen zu lassen. Auf die Idee, neben der Stresemannhose noch eine schwarze Hose zu erstehen, war er selbst gekommen. Er dachte unter anderem an Beerdigungen.

Er musste zugeben, dass er, Fotos vom festlichen Akt zufolge, mit diesem Stresemann eine nicht unbedingt hässliche Figur abgegeben hatte. Der Anzug hing seitdem im Schrank, war aber nicht allein diesem Schicksal unterworfen, weil ja noch andere Leidensgenossen dort ihr Dasein fristeten.

Einmal wollte er wenigstens der Stresemann-Hose einen Gefallen tun und sie aus der erzwungenen Tatenlosigkeit befreien. Er kombinierte sie mit irgendwas und ging dann in die nächste Kneipe, natürlich irgendwie nervös und gespannt darauf, wie die Leute wohl reagieren würden. Sie taten indifferent. Keiner machte sich lustig. Dennoch konnte er sich des Eindrucks nicht erwehren, dass sie sich fragten, was das soll. Vielleicht kannten sie ein solches Kleidungsstück auch nicht und schwiegen aus Verlegenheit.

Bei einer anderen Hose war die Reaktion, als er sie ausführte, anders.

Er hatte sie anlässlich eines Besuches bei schottischen Bekannten, die in einer Kleinstadt in Mittelengland wohnten, mit Hilfe der Hausdame gekauft. Ein blauer Blazer mit schottengemusterter Hose zierte ihn beträchtlich. Der Restaurantbesuch in Corby konnte losgehen.

Zu Hause wurde der Blazer, weil er elegant war, so oft in Gebrauch genommen, dass er eher den Geist aufgab als die Hose.

Als er einmal die Schottenhose, wieder mit irgendwas kombiniert, alleine ausführte, um auch sie vor Vereinsamung zu bewahren, wollten die distinguierten Herren vom Golfclub – so wollen Golfer ja gerne angesehen werden – in der Brasserie ihn sofort zum Präsidenten des Clubs machen. „So kann man auch mit kleinen Sachen Beamtenkindern Freude machen", dachte er.

Ein blauer Einreiher und sein Zwillingsbruder, ein grauer, beides Sommeranzüge, hingen ebenfalls vereinsamt im Schrank herum. Sie mussten ein ganz besonderes Schicksal ertragen: Außer beim Einkauf waren sie nie getragen worden. Auch sie waren das Ergebnis eines Spontankaufs: Sie luden in der Auslage eines ganz guten Geschäftes zum Kaufen ein. Alles passte: die Farbe, Blau, der Stoff, die Beinfreiheit, der Preis. Warum nicht im selben Abwasch einen grauen dazukaufen?

Als sie dann ausgeführt werden sollten, passte nichts: Der Schritt hing in den Kniekehlen, daher die „Beinfreiheit", die Ärmel der Jacke reichten bis zur Mittelhand und so weiter. Total: Statt Größe 25 oder 26 hatte man ihm Größe 56 angedreht.

Die russische Änderungsschneiderin versuchte ihr Bestes, um wenigstens die Hosen einigermaßen gebrauchsfähig zu machen. Sie wurden trotzdem nicht benutzt, die Jacken sowieso nicht.

Er war der König der Anzüge: wieder ein Zweireiher, bläulich mit unauffälligen senkrechten Streifen, in mehr als zwanzig Jahren unzählige Male benutzt, auch dann noch, als die Umschläge unten an den Hosenbeinen schon einigermaßen ausgefranst wirkten. Wer achtet schon auf Hosenbeine, dachte er. Er hat Stürze überlebt – mit und ohne Fahrrad, aber einigermaßen oft durch Bier verursacht –, bei denen der Stoff erheblichen Schaden hätte nehmen können, aber er stand souverän darüber. Festivitäten aller möglichen Couleur hat er lässig an sich abtropfen lassen. Er will nicht an idiotische Reden bei Vernissagen oder, was noch schlimmer ist, Finissagen, erinnert werden, wohl aber an gelungene Elogen auf einen Freund zum Beispiel oder eine Freundin. Mit Freude erinnert er sich an Bälle, bei denen

Gesetze der Höflichkeit dazu aufforderten, aber auch Sinn für Schönheit und Neugier es ermöglichten, alle Tischdamen alternierend zu betanzen, um danach eventuell mit einigen besagter Damen bei einem oder zwei Glas Sekt ein nettes Gespräch in Gang zu setzen.

Er passt noch immer, dieses gute Stück, und soll daher nur durch widrige, vielleicht sogar durch widerliche Umstände verursacht aufs Altenteil geschoben werden.

Zur Hochzeit der Tochter musste ein neuer Anzug her, sagte man ihm. Es musste wieder ein Zweireiher sein, dunkelblaue Farbe. Er mochte ihn nicht so richtig. Die Farbe stimmte zwar, nur wirkte sein Besitzer so dick und aufgeblasen, wenn er ihn anzog. Eigentlich konnte er ihn nur tragen, wenn die Jacke nicht zugeknöpft war. Er wird wohl seine Dienste tun müssen.

Zwei Elemente stören das Ensemble möglicherweise, verlangen aber sehnlichst danach, erwähnt zu werden. Es sind zwei Mäntel, ebenso, wie bei ihm üblich, im Zweierpack gekauft. Auch das ist lange her. Sein Umfeld erklärt sie jetzt wegen der Länge unverständlicherweise für hoffnungslos unmodern. Sie reichen beide bis zu den Waden. Der eine, von bräunlicher Farbe und von erlesenem Stoff, hat einen Gürtel. Als er ihn trug, hat er den Gürtel nie geschlossen: Es sah so wenig lässig aus, sagte man ihm damals. Und weil es so lästig war, den Gürtel immer wieder von neuem in den Seitentaschen zu versenken, zog er den anderen Mantel vor.

Er ist von dunkelgrüner Farbe und gürtellos. Auch sein Stoff ist äußerst weich. Warm ist auch er. Es machte Spaß, sich diesen Mantel umzuwerfen, weil es so einfach war. Ob er wirklich gelitten hat – durch häufigen Gebrauch sieht sein Innenleben etwas mitgenommen aus –, steht dahin. Auch bei ihm hat die russische Änderungsschneiderin ihr Bestes versucht: Das Futter an Nahtstellen zwischen Rumpf und Ärmeln und zusätzlich an anderen Punkten seiner Existenz musste mehr oder weniger gelungene Reparaturversuche über sich ergehen lassen, die Knopfleiste vorne beispielsweise war arg mitgenommen.

41

„Du brauchst was Neues", sagte jemand. Jetzt habe ich was Neues: Ein schwarzes Utensil, kniehoch, ziert meine Figur. Ich sehe aus wie alle anderen. Das ist modern. Den zugehörigen Schal werde ich nach Altvätersitte um den Hals schlingen. Ich bin nicht Jogi.

## HALBE WAHRHEITEN / MEDIAS VERDADES

Der Sommer 1968 war der Sommer des Prager Frühlings.

Jan hatte sich von seinem Bruder ein Zelt geliehen, ein Hauszelt für zwei Personen, obwohl sein älterer Bruder es auch mit Frau und zwei kleinen Kindern nutzte. Clemens war ja genauso bescheiden in seinen Ansprüchen wie Jan. Das Zelt war nicht zu groß, nicht zu klein, schön aussehend, weil blau-gelb gefärbt, leicht und auch leicht zu handhaben, wie Jan feststellen konnte, als er es im Garten seiner Mutter probehalber aufstellte.

Er wohnte trotz seiner dreißig Jahre bei seiner Mutter, weil sie es sich so wünschte. Nur ihretwegen war er in den 30 000-Einwohner-Ort zurückgekehrt, obwohl man ihm an anderer Stelle in einer größeren Stadt schnellen beruflichen Aufstieg in Aussicht gestellt hatte und ihm sogar einigermaßen böse war, dass er quasi klammheimlich von dort verschwand, nachdem der Direktor des jetzigen Arbeitsortes seine Bewerbung angenommen hatte, unter anderem auch deswegen, weil er sich bereit erklärte, die dringend benötigte Stelle eines Musiklehrers anzutreten, obwohl er gar nicht dafür ausgebildet war. Seinetwegen musste ein Mitbewerber, dessen Zeugnisse erheblich schlechter als die seinigen waren, sich eine andere Stelle suchen, ein Umstand, der ihm sehr, sehr leid tat. Es war das erste Mal in seinem Leben, dass er einem Bekannten Leid zufügte, nein, Leid zufügen musste, weil es ja zum Wohle seiner Mutter geschah. Seine Mutter hatte sich im Jahre 1964 ein kleines, neues Reihenhaus an seinem Arbeitsort gekauft, wollte nicht gerne alleine darin leben und hatte ihn deshalb gebeten, doch zu ihr zu ziehen.

Als Jan zu Anfang des Zusammenlebens mit der Mutter nach durchfeierter Nacht morgens von ihr befragt wurde, was er denn die halbe Nacht über getrieben habe, antwortete er ihr, dass, wenn sie ihn nicht befrage, er ihr immer alles erzählen wolle. Nur wolle er nicht wie ein kleiner Junge regelmäßig verhört werden. Seine Mutter befragte ihn danach tatsächlich nie wieder, war aber immer, wie von ihm versprochen, über sein Tun und Lassen informiert worden.

Sie war „Kriegerwitwe" eines Volksschullehrers, den sie seinerzeit auf dem Gipfel der Weltwirtschaftskrise 1930 geehelicht und dem sie danach fünf Kinder geschenkt hatte. Er hatte es sich aber nicht nehmen lassen, um mal in einem Gott sei Dank überholten Deutsch ein wenig pathetisch oder in ehemals gebräuchlichen Euphemismen zu sprechen, nach kurzem Wehrdienst im Ersten Weltkrieg gleich zu Beginn der neuen Konfrontation, im August 1939, also noch vor Kriegsbeginn, erneut in den Waffenrock zu schlüpfen mit dem Ziel, auf dem Felde der Ehre Meriten zu erwerben, mit dem allerdings erbärmlichen Ergebnis, dass er zwar die ersten Kriegsjahre in der Etappe wohlbehalten überlebte, gegen Ende des Kräftemessens aber doch noch an die Südostfront geschickt wurde. In einem letzten noch erhaltenen Brief von Ende März 1945 an seine Frau und Kinder schrieb er „Grüß mir die Kleinen" und berichtete von einem angenehmen Quartier auf einem Bauernhof in der Slowakei und von der Notwendigkeit, vor weiterem Einsatz – lächerlich geradezu – noch einen einwöchigen Lehrgang ableisten zu müssen. Er hüllte sich danach aber in sehr verschämtes Schweigen, bis fünf Jahre später nicht er, sondern jemand anders das Schweigen brach, der, kurz vor des Vaters wenig ruhmvollem Ende, als Plenni in russischer Gefangenschaft, dem bis auf die Knochen Abgemagerten, also erbärmlich Verhungernden, in die schlappe Hand versprochen hatte, er werde, falls er selbst überlebte und in die Heimat zurückkehrte, über welche Kanäle auch immer seiner Frau mitteilen, dass er persönlich ihn beerdigt habe, nachdem er ihm in seiner langen Agonie, in der der Sterbende ihm nicht nur einmal von seiner fünfköpfigen Familie – wenn man nur die Kinder zählt – berichtet habe, immer wieder habe

43

versichern müssen, dass er zu seinem Versprechen stehen werde, was immer auch passiere, und so ein wenig dazu beigetragen habe, dass er einigermaßen friedlich habe sterben können.

Kriminalbeamter von Beruf, machte sich der Kriegskamerad unmittelbar nach seiner Rückkehr aus der Gefangenschaft im Jahr 1949 oder 1950 daran, über das Rote Kreuz sein Versprechen einzulösen, ebendeswegen vielleicht, weil sein Zivilberuf von ihm verlangte, korrekt zu sein, und sich so eine Form von Zuverlässigkeit in ihm entwickelte, dass er trotz aller erlebten Widerwärtigkeiten des Krieges – bei anderen vielleicht Anlass, in Zukunft auf jede Art menschlicher Regung zu verzichten – nie den Gedanken hatte aufkommen lassen, das seinem toten Kriegskameraden gegebene Versprechen dem Vergessen zu überantworten.

„Dulce et decorum est pro patria mori." *(Süß und ehrenvoll ist's, fürs Vaterland zu sterben.)*

Wer konnte nur einen solch dummen Satz proklamieren? Es konnte nur jemand sein, der nie „gedient", nie das Elend des Krieges erlebt hat! Hatte Horaz (römischer Dichter, 65 v. Chr.) nie gedient? Wahrscheinlich nicht. Horaz war sicherlich kein „Veteran". Als fanatischer Patriot, der nach langer, leidvoller Bürgerkriegszeit die Segnungen des augusteischen Zeitalters erlebte, fühlte er die Verpflichtung, sie dichterisch in den Himmel zu heben, und verstieg sich dabei zu der kühnen Behauptung, dass nur ein Volk wie das seine in der Lage sei, den Völkern zu Recht und Ordnung zu verhelfen.


„Tu regere imperio populos, Romane, memento."

Durfte, ja *konnte* man so von der Sendung des eigenen Volkes überzeugt sein? War es nicht eher denkbar, dass Horaz, im Gegensatz zur herrschenden Altphilologen- und Althistorikermeinung, nur ein ganz popeliger Ululator, ein Schmeichler, ein mieser Konjunkturritter war, der es sich auf dem ihm vom reichen Mäzenas geschenkten und auch unterhaltenen Landsitz bequem gemacht hatte, sich allerdings genötigt sah, die Politik des Mäzenas-Freundes Augustus literarisch zu verklären? Was sind sechs schmeichlerische Römer-Oden im Verhältnis zum Gesamtwerk?

„Tu regere imperio, Romane, memento!" Ja, einverstanden! Aber dann ist da auch der andere Vers: „Et prodesse volunt et delectare poetae!" Was sagst du von „Vides ut alta stet nive candidum Soracte"? Das ist keine Kriegslyrik, beileibe nicht, Gott sei es gedankt!

„Exegi monumentum aere perennius": In der Tat hast du, Amigo Horaz, ein Werk geschaffen, das die Jahrhunderte überdauert hat und nicht von Kriegsgeschrei geprägt ist.

Irgendjemand hat mal gesagt, Horaz habe nur mit einigen Gläschen Wein im Bauch dichten können. Vorstellbar ist so etwas, und es macht ihn, Horaz, nicht unsympathischer, aber es ist auch denkbar, dass er, durch ein paar Prozent animiert, so abstruse Ideen zur Verherrlichung des Krieges abgesondert hat.

„Paz, primero la guerra", lasen sie, Jan und seine Familie, irgendwann, viele Jahre später, an eine Wand im Baskenland gemalt, hinter einem riesigen Krater, den eine Stunde vorher eine Bombe der ETA gerissen hatte, der sie also durch reinen Zufall entkommen waren. Dieser Satz, von ihm fotografiert, vergrößert und mit einem Glasrahmen versehen, verzierte oder verunzierte jetzt eine Bildergalerie im Treppenhaus seines Hauses. Warum? Weil er so grotesk klingt und, antithetisch, das abstruse Denken der baskischen Volksbewegung besser charakterisiert als jeder andere Satz.

Aber muss man nicht auch bedenken, wie viele GI's im Einsatz für den gleichen Satz im Sinn der Pax Americana ihr Leben gelassen haben? Immer, wenn er in Wochenschauen nach Kriegsende oder in Dokumentarfilmen später amerikanische Soldaten, vermutlich die letzte Zigarette ihres Lebens rauchend, am D-Day vor der Luke von Landungsbooten stehen sah – von der sie unmittelbar danach am Omaha- und Utah-Strand in der Bretagne ins Wasser und damit in den fast sicheren Tod sprangen, weil sie ein wildes Abwehrfeuer deutscher MGs erwartete –, musste Jan fast heulen, denn er stellte sich vor, dass diese Kameraden ja nur gestartet waren, wenngleich auch durch ihren

Staat gezwungen, weil sie Europa von einem äußerst großen Übel befreien wollten, koste es, was es wolle.

Und später war er sehr böse auf Jean-Jacques Servan-Schreiber, gaullistischer Bürgermeister von Bordeaux, als er in seinem Buch, deutsch als „Amerikanische Herausforderung" betitelt, eine wilde Invektive gegen die Amerikaner und alles Amerikanische vom Stapel ließ. Er kreidete ihm an, dass er als Franzose die Amerikaner, die im Ersten wie auch im Zweiten Weltkrieg den Franzosen unter großen eigenen Verlusten aus der Patsche geholfen hatten, so verteufelte.

Jaja, alle wissen nach Vietnam, Irak und Afghanistan, dass diese Pax auch ein anderes Gesicht zeigen kann, dummerweise.

Al Arlinghaus aus Fort Mitchell in Kentucky – Kriegsveteran des Ersten Weltkriegs wie alle seine neun Brüder mit Ausnahme von Carl, der, für den Zweiten Weltkrieg zu jung, dafür im Koreakrieg dienen durfte –, ein weiterer Verwandter von Jan's Familie, sagte ihm, als er eines Tages mit ihm darüber sprach, wie er sich gefühlt habe bei der Erstürmung der Brücke von Remagen. „Miese! Ganz miese! Wir haben, glaube ich, überhaupt nicht gedacht. Ich bin nach dem ersten Sprung auf die Brücke und nach einigem Warten hinter einer Bewehrung einfach losgerannt und heil angekommen, während 75 Prozent meiner Kameraden umgemäht wurden."

Im Anschluss daran hätten die paar, die die Brücke lebend überquert hatten, mit entsichertem Gewehr benachbarte Häuser durchkämmen müssen. „In einem Haus forderte ich ein älteres Ehepaar auf, ihren Schrank zu öffnen. Sie weigerten sich, bis ich ihnen durch Zeichensprache erklärte, ich würde den Schrank mit der Knarre öffnen. Was glaubst du, was in dem Schrank versteckt war?"

Jetzt musste er lachen. „Eine Ziege!", sagte er. Die Erklärung dafür: Die alten Leute glaubten, dieser Soldat sei ein deutscher Soldat, der sie verpfeifen würde, weil sie entgegen der Anweisung, alle Tiere zu melden, ihre Ziege in den Schrank gesperrt hatten, um eine Quelle für Milch zu haben.

Im weiteren Gespräch habe Jan ihm dann – spaßeshalber – klarzumachen versucht, dass Al am Tode seines Vaters mitschuldig sei. Wie das?

Al erzählte ihm, dass er auch am Sturm auf Berlin als Scout in vorderster Linie beteiligt gewesen war. Und die Amis hätten Berlin ganz locker genommen, wenn nicht plötzlich ein politischer Ukas gekommen wäre, dem zufolge Berlin von den Russen erobert werden sollte.

„Wenn ihr diesem Erlass nicht gefolgt wäret, hättet ihr Amis auch nicht die deutschen Gefangenen, die ihr in der Slowakei gemacht habt und zu denen auch Clemens Arlinghaus gehörte, den Russen übergeben. Diese Übergabe war tödlich für meinen Vater."

Al war, nebenbei sei es gesagt, überhaupt nicht stolz auf seine Kriegsauszeichnungen, mit denen die Wand hinter seinem Ohrensessel vollgekleistert war. Er sei sogar, sagte er, Einladungen von Veteranengruppierungen, die zu Erinnerungstreffen nach Remagen luden, nicht ein einziges Mal nachgekommen. Die Erinnerung an all die toten Kameraden habe es nicht zugelassen. Jan dachte an den Film „Die Brücke von Remagen", von Wolfgang Staudte, einen Antikriegsfilm erster Sahne, der dem Betrachter erklärt, wie die Nazis in der Lage waren, junge Leute, ganze Klassengemeinschaften auf Gymnasien, für ihre Sache zu begeistern, einerseits, aber auch in beeindruckender Weise demonstriert, andererseits, wie schnell dann die jungen Leute im grausamen und verlustreichen Kampf um die Brücke erfahren, welch schlimmen Verführungen sie aufgesessen sind. – Nie wieder Krieg! Wie schön wäre das!

Die Geschichte der Gefangennahme hatte seine Mutter natürlich von dem eben erwähnten getreuen Kriegskameraden ihres Mannes erfahren, die dieser an Eides statt bei entsprechenden Behörden abgegeben hatte. Ihre Einheit – oder wie auch immer sich der Haufen von alten Kerls nannte, zu denen auch Jan's Vater gehörte – sei von den Amis gefangen genommen, später aber an die Russen übergeben worden. Diese Gefangenen seien dann zu Fuß aus der Tschechei zum

Schwarzen Meer marschiert. Am 20.12.1945 sei sein Vater entkräftet gestorben und von ihm beerdigt worden.

Diese Nachricht war, so traurig sie auch klang, für seine Mutter und ihre Kinder Gold wert. Seine Mama bekam nämlich von keiner öffentlichen Seite außer von einem katholischen Lehrerinnenverein, der einen Fonds zur Unterstützung bedürftiger Witwen gegründet hatte, eine finanzielle Zuwendung, weil sie sich beharrlich geweigert hatte, ihren Mann für tot erklären zu lassen, in der Hoffnung, er sei lediglich vermisst, werde also irgendwann unerwartet wieder auftauchen. Und so hatte sie bis zu diesem Zeitpunkt ihre fünf Kinder irgendwie alleine durchbringen müssen.

Wie sie das geschafft hat, war für Jan auch in der Zeit, als er längst erwachsen war, ein Rätsel gewesen. Gut, Milch bekam die Familie vom Pächter der Oma, später auch auf Bezugsschein von der Molkerei. Jan musste täglich den Weg durch das Dorf zu deren kleinem Gehöft gehen, hatte immer entsetzliche Angst, weil das Haus von einem riesigen Schäferhund bewacht wurde, dem es auszuweichen galt, der ihm aber auch noch gefährlich vorkam, wenn er längst den seitlichen Eingang zum Haus betreten hatte. Manchmal lief er nämlich in der Küche herum. Frau Schlotmann oder ihre angenommene Tochter Elfriede suchten, während sie die Milch in eine Düppe füllten, ihn zu beruhigen. „Hierher! Hierher!", sagten sie dann zum Hund, der ihren Befehlen auch folgte. „Er tut nichts." Das sagten, so viel wusste Jan aus Erfahrung, alle Hundebesitzer, und war heilfroh, wenn er das Haus mit Milch in der Hand unbeschadet verlassen konnte.

Ein Teil der Milch landete in einer leeren Schnapsflasche, die, mit einem Korken versehen, von irgendeinem Kind so lange geschüttelt werden musste, bis sich oben im Flaschenhals etwas Butter, vielleicht drei, vier Zentimeter, abgesetzt hatte. Das dauerte in der Regel etwa fünfzehn Minuten.

Die übriggebliebene „Buttermilch" wurde mit Resten vom Vortag abends auf dem torfbeheizten Herd gekocht. Sie musste während des Kochvorgangs ständig gerührt werden, damit sie nicht gerann. Jan rührte gerne, obgleich mit diesem Job der Nachteil verbunden war, dass die immer heißer werdenden Schwaden, die von der Milch aufstiegen, unangenehm die Rührhand attackierten. Wer rührte, brauchte nämlich nicht in die Knie zu gehen, das heißt kniend den Rosenkranz mit nachfolgender Lauretanischer Litanei zu beten. Noch schlimmer war es, wenn Mama nicht die Lauretanische, sondern die Allerheiligen-Litanei herunterbeten ließ. Rühren wie Beten dauerte etwa gleich lang: eine Viertelstunde. Danach gab es Milch mit Brot. „Milch mit Brot macht Wangen rot!", hieß ein gängiger Spruch. Jan konnte sich nicht entsinnen, dass diese Mischung ihm jemals nicht gemundet hat.

Unverhofft – in keinem Falle erhofft – kam die Todesnachricht. Jan spielte mit irgendwelchen Kameraden so um sechs Uhr nachmittags vor der Kirche. Ein Kind kam angerannt und erzählte freudestrahlend, weil es eine Neuigkeit wusste: „Euer Papa ist tot!" „Ja und?" war Jan's lakonische Frage. Das kann doch einen Seemann nicht erschüttern. Sie spielten weiter.

Franz Schildmeyer, Veterinär im Ort, der laut Erzählungen von Jan's Mutter seine spätere Frau – auch im Jahre 1902 geboren wie Jan's Mutter, die bei Bünnemeyers „in Stellung" war, also bei Bünnemeyers als Hausangestellte ihr Brot verdiente – vor der Ehe geschwängert und damit ein Kunststück bewältigt hatte (weil die spätere Frau Schildmeyer damals in einem Zimmer ohne eigenen Zugang hinter dem Schlafzimmer der Brötchengeber nächtigte, also gezwungen war, das Ehezimmer der Bünnemeyers zu queren, wenn sie schlafen wollte, und er somit genötigt war, falls er bestimmte Absichten hegte, sich ihr durch das Fenster zu nähern), hatte sie nach erfolgter und erfolgreicher Tat geheiratet, mit ihr vier Kinder gezeugt, die allesamt sehr liebe Kinder waren.

Jan war nicht böse, wenn Franz in der Gaststätte seiner Mutter auftauchte und er ihn bedienen durfte, sprach er doch ein wunderschönes Dammer Platt, dass sich von dem seines eigenen Ortes unterschied, und verzehrte auch viel. Manchmal wollte er auch ein wenig angeben mit dem, was er als Akademiker so alles wusste.

Einmal hatte er Jan gefragt, ob er wisse, wie die Jungfrauenfiguren am Erechtheion auf der Akropolis in Athen genannt würden. Als Junge, der humanistische Bildung genieße – er wollte damit darauf anspielen, dass Jan auf dem Gymnasium Griechisch lernte –, müsse er so etwas ja wissen. Jan fühlte sich irgendwie in die Ecke gedrängt, weil er verneinen musste, erfuhr dann, dass sie Karyatiden hießen, hatte somit sein Wissen für die Lösung von Kreuzworträtseln erweitert, konnte aber auch gewaltig auftrumpfen, wenn Franz ihn bei anderen Gelegenheiten, immer leicht angeheitert, wiederum danach interviewte, weil er dann vergessen hatte, dass er Jan diese Frage schon öfter gestellt hatte. „Das weiß doch jeder: Karyatiden!"

Franz war dann glücklich, weil er einen Partner hatte, mit dem er sich vor anderen Gästen auf einer Ebene unterhalten konnte, von der diese nichts wussten. Franz nickte zufrieden, vor allem wenn Jan, der sein Wissen über den Areopag längst durch Konsultierung von Lexika erweitert hatte, hinzufügte, dass nur noch ein paar Originale auf dem Areopag stünden. Die meisten Originale seien im Britischen Museum in London zu finden. Die Tommis seien ja Weltmeister, was das Klauen besonders von antiker Kunst angehe.

Das Gespräch plätscherte dahin: Deutsche als nicht minder freche Kunsträuber, in Griechenland, Ägypten, praktisch überall auf der Welt; es fielen weitere Namen: Nebukadnezar, das Tor von Ninive, der Pergamon-Altar; nach dem Brand der größten Bibliothek in der antiken Welt, der von Alexandria, habe Antonius, der Cäsar-Anhänger, seiner Geliebten Kleopatra die nächstbeste Bibliothek, die von Pergamon, geschenkt. „Merk dir das: Im Bett kann man sehr, sehr viel bewegen."

„Doch Brutus ist ein ehrenwerter Mann!" Wo war der Zusammenhang? Brutus, Pergamon, Kleopatra? Nein, Shakespeare ließ Antonius so reden.

Jussi staunte. Er war der Älteste der Schildmeyer-Kinder, ein bisschen jünger als Jan. Mit vollem Namen hieß er wohl Franz-Josef, wie sein Vater, der ja Franz hieß. Schon sehr früh begleitete er seinen Vater, wenn der ganze Hühnerställe impfen musste. Damals begannen die

Versuche vieler Leute, Junghennen zu züchten, die dann nach acht bis zwölf Wochen verkauft werden mussten, weil es nicht profitabel war, sie über einen längeren Zeitraum im Stall zu behalten. „Nach mehr als zwölf Wochen fressen sie dem Züchter die Haare vom Kopf", hieß es.

Auch Jan's Bruder glaubte, mit Junghennen-Aufzucht Geld verdienen zu können. Er kaufte einmal, nein, mehrere Male, tausend Eintagsküken, die im Stall im Kniepgarten, das heißt ihrem Garten neben Diekmanns Haus am Bach, aufgezogen wurden.
Dort hatte einer Fotografie zufolge schon Jan's Opa seinen Hühnerstall gehabt. Die Eintagsküken hockten unter einer Infrarotlichtlampe, um nicht zu erfrieren, und fingen sich teilweise eine Krankheit ein. Offensichtlich kranke Tiere mussten, damit sie nicht gesunde Tiere infizierten, aussortiert werden. Dieses Aussortieren ging so vor sich, dass man sie griff und an die Hühnerstallwand warf. Ob das Aussortieren allenthalben so vonstattenging, wusste Jan nicht. Er hatte jedenfalls gewaltige Abscheu davor, so verfahren zu müssen, tat es aber, wenn auch mit geschlossenen Augen oder indem er sich umdrehte, wenn das unschuldige Küken an der Wand landete.
Später hat er dann erfahren, dass Großbetriebe ihre kranken Tiere einfach den Schweinen, lebend in den Trog geworfen, zum Fraß anboten.
Sollte nach zwölf Wochen keine Möglichkeit bestanden haben, die Tiere zu einem einigermaßen annehmbaren Preis auf dem heimischen Markt abzusetzen, musste versucht werden, sie in Hamburg auf dem Fischmarktgelände in der Nacht von Samstag auf Sonntag abzusetzen.
Der Markt wurde kurz vor Eröffnung des Fischmarktes beendet.
Es herrschte nächtens eine seltsame Stimmung auf dem Markt. Alles war dunkel. Potentielle Käufer suchten mit Taschenlampenbeleuchtung herauszufinden, ob das Angebot auch gut war. Manchmal hörte man Geschimpfe, wenn ein Verkäufer glaubte, verhindern zu müssen, dass ein Kunde seine Ware zu sehr betatschte und dadurch Krankheiten übertrug.

Natürlich war es sehr ärgerlich, wenn auch auf diesem Markt kein Geschäft zu machen war, man also unverrichteter Dinge wieder nach Hause fahren musste.

Wie immer auch das Geschäft verlaufen war, nie wurde versäumt, in aller Herrgottsfrühe auf der Großen Freiheit in St. Pauli die Sonntagsmesse zu besuchen.

Für einen unbescholtenen Jungen wie Jan war es schon seltsam zu erleben, was es alles so gibt auf dieser Welt. Besonders die Huren auf den Stufen von St. Josef und der unverfängliche Umgang des Pastors von St. Josef mit Gestalten dieser Güteklasse hinterließen einen bleibenden Eindruck.

Auch die Enttäuschung, wenn das gesamte Unternehmen erfolglos auslief, war schwer aus der Erinnerung zu löschen: Alles umsonst, das Einfangen der Tiere, das Verpacken in flache Kisten, erneutes Freisetzen der Fracht, dazu noch die Sorge, dass diese schon relativ großen Tiere die Haare vom Kopf fressen.


Jussi, der also, wie gesagt, schon in sehr jungen Jahren seinem Vater assistieren musste, war wohl nicht sehr klug, so dass er auch nicht das Gymnasium besuchte, sondern sich mit der Realschule zufriedengeben musste. Er erlangte Berühmtheit im Ort, weil er sich, ebenso wie sein jüngerer Bruder Wolfgang, zu einem begabten Fußballspieler mauserte, dann aber leider auf Abwege geriet, weil er gerne Bier trank, zu viel, wie manche Leute meinen.

„Clemens war ein Idiot! Er war viel zu „gut", sagte Franz fast immer. Das Wort „Clemens" sprach er auf der ersten Silbe, im Gegensatz zur Aussprache der Dörfler, immer sehr kurz aus. Er meinte, dass Jan's Vater nicht mit ihm aus der Gefangenschaft getürmt war, sei dumm gewesen. Hatte sein Vater keinen Mumm bewiesen? Das störte Jan. Er wusste auch nicht, ob er amerikanische oder russische Gefangenschaft meinte. Außerdem dachte Jan, dass dieses Verhalten seines Vaters höchstens dumm, keinesfalls aber Zeichen von Güte habe sein können.

Andererseits suchte Franz Jan klarzumachen, dass sein Vater auf einer Schreibstube tätig gewesen sei, von der ein oder zwei Personen am

Kriegsende hätten zur Front gehen müssen. Eine von diesen Personen habe vier Kinder gehabt. Sein Vater sei gegangen und habe auf Vorhaltungen von Franz gesagt, es mache ja keinen großen Unterschied, vier oder fünf Kinder zu haben.

Jan konnte auch später noch nicht einschätzen, ob das Verhalten seines Vaters richtig war. Wohl allerdings wusste er ganz sicher, dass er an seines Vaters Stelle auch in einen Riesenkonflikt geraten wäre hinsichtlich der Frage, wer jetzt gehen müsse oder auf welche Weise eine befriedigende Entscheidung herzustellen sei.

Er fragte sich auch immer wieder, wie Onkel Bitter, Freund seines Vaters aus Ramsloh, den er zusammen mit seinem Vater in Uniform auf Bildern vor Ausbruch des Krieges kannte, und auch Onkel Anton, Bruder seiner Mutter, ein Jahr älter als sein Vater, den er auch in Uniform des Zweiten Weltkriegs auf Bildern gesehen habe, es geschafft hatten, nicht im Krieg dienen zu müssen.

Anlässlich des Requiems, der Totenmesse zum Gedenken des Verstorbenen, wurden Totenzettel verteilt. Man hatte als Totenbild das Bild eines jungen Clemens ausgewählt. So hatte er ausgesehen, wie Jan später erfuhr, als er sich mit seiner späteren Frau verlobte, also vor rund zwanzig Jahren. Den Text dazu hatte Onkel Josef, Vikar im Ort, bei dem die Hinterbliebenen wohnten, Bruder seines Vaters, verfasst. Er klang verquast, etwas pathetisch und – das war viel schlimmer – nach Jan's Meinung grammatisch falsch: „… hat die ewige Vorsehung ihn für würdig befunden, in Adjadari bei Sochumi am Schwarzen Meer das Opfer seines Lebens von ihrem treuen Diener anzunehmen."

Jan hatte den Verdacht, alle feierlichen Aussagen müssten wohl so seltsam klingen, wenn sie etwas darstellen wollten. Oder war es so, dass Onkel Josef sich gar nicht besser ausdrücken konnte?

Jan befiel, als er sich das Zelt von seinem Bruder lieh, die leise Befürchtung, dass er es möglicherweise während der Nutzung beschädigen könnte, verwarf diese Befürchtung aber bald, indem er sich sagte, dass er ihm dann ein neues kaufen würde, denn über Geldmangel durfte er sich nicht beklagen. Er musste sich allerdings die

Frage stellen, warum er nicht selbst ein Zelt sein Eigen nennen konnte. Aber seit der Zeit, in der er als Jugendlicher von fünfzehn, sechzehn Jahren, seinen Pfadfinderfreund Werner imitierend, vom „Rüsthaus St. Georg" in Düsseldorf ein Zelt gekauft hatte – das vorne circa 75 Zentimeter hoch und hinten nur knapp fußhoch, also nach hinten geneigt war, und natürlich keinen Boden aufwies, so dass der Nutzer auf dem blanken Erdboden liegen musste –, das insgesamt bescheidene, aber herrliche Dienste erwiesen hatte, das er aber als Student in geldlicher Notlage an einen jüngeren Freund (an dessen Namen Christian konnte er sich perfekt erinnern) für 25 DM veräußert hatte, war ihm, vielleicht aus seltsamer Treue seinem ersten Zelt gegenüber, nie in den Sinn gekommen, ein größeres zu kaufen, um auf Campingplätzen in Deutschland oder außerhalb Deutschlands Urlaub zu machen.

Doch, einmal hatte er lange geschwankt. Das war in dem Jahr, als er mit einem Nachbarssohn, Sohn eines seiner Kollegen und gleichzeitig auch sein Schüler, zum Nordkap starten wollte. Doch die Idee hatte sich verflüchtigt, weil sie damals plötzlich, ohne dass er sich erinnern konnte, woher, zu einem Zelt gekommen waren, mit dem sie auch in den darauffolgenden Herbstferien in die Provence gefahren waren.

„Louis", hatte er am Morgen des ersten Herbstferientages zum Nachbarsjungen gesagt, „willst du mit?"
„Wohin?"
„In die Provence."
„Wann?"
„Gleich."
„Ja, ich komm mit."
„Na, dann bis gleich."
An der französischen Grenze in Diedenhoven – die Franzosen sagten Thionville – erwartete sie ein hochgewachsener, dunkelhäutiger, so gut aussehender französischer Grenzer, dass Jan kurz vor Öffnen der Seitenfenster Ludwig gegenüber die Frage äußerte, ob die Franzosen

für Grenzdienste wohl absichtlich große und schöne Beamte aussuchten.

Der Grenzer wollte natürlich die Papiere sehen. Jan aber konnte, so gut er auch alle Stellen in seinem Auto oder seiner Bekleidung durchforstete, keine Papiere finden, weder Autopapiere noch Ausweispapiere, so dass er nach schnellem Nachdenken den Rückwärtsgang einlegte und in Windeseile wieder in Deutschland verschwand.

Nach einem Telefonat mit seinem Bruder und der Bitte an ihn, die Papiere, die da und dort im Hause liegen mussten, an die Hauptpost in Trier zu senden, verbrachten die beiden verhinderten Urlauber die nächsten zwei Tage mit Besichtigung der Saarschleife und anderer Sehenswürdigkeiten in diesem Raum. Nach Ablauf von zwei Tagen wagten sie einen neuen Anlauf und mussten dem erstaunten Grenzbeamten die Ursache des seltsamen Verhaltens vor zwei Tagen erläutern, was bei ihm ein erstauntes Lächeln und nicht mehr bewirkte.

Später, nachdem sie schon einiges von der Côte d'Azur in Augenschein genommen hatten, verschlug es sie nach Cannes. Jan hatte die Schnapsidee, um 23 Uhr abends an der Pforte zu einem katholischen Kindergarten zu läuten, der, von einem riesigen eisernen Zaun behütet, an der berühmten Avenue lag, die Filmschaffende zu Festspielzeiten nutzen, um sich ins rechte Licht zu setzen.

Die ältere Nonne, die darauf erschien, guckte völlig entgeistert, als Jan sie fragte, ob er mit Isabelle Christiani sprechen könne. Es sei recht spät, meinte die Nonne, war dann aber schließlich doch bereit, besagte Dame zu informieren.

Die Dame erschien, und zusammen verbrachten sie in einer Bar die halbe Nacht mit Quatschen und Knutschen, während Ludwig, zuerst irritiert, später gelangweilt, in irgendeinem Sessel schlief.

Jan hatte die Dame ein Jahr vorher am Ende der Sommerferien auf Korsika kennengelernt.

Er lag am Morgen des letzten Tages auf einer Luftmatratze, nur mit Badehose bekleidet, und dachte an die verflossenen schönen fünf

Wochen, an deren Anfang er sich vorgenommen hatte, in einem Französisch-Lehrbuch mit 42 Lektionen jeden Tag drei Lektionen zu bearbeiten. Dieses Vorhaben war noch ein wenig mehr systematisiert worden, weil er beabsichtigte, an jedem Tag zwischen 9 und 12 Uhr in jeder Stunde eine Lektion hinter sich zu bringen.

„'Allo, 'allo, ici Radio Paris. Le lycée Carnot de Dijon envite un group des élèves allemands pour passer quelques mois en France." Das war der Text, den Herr Brockhaus ihm auswendig zu lernen aufgetragen hatte, als Jan einmal versäumt hatte, seine Hausarbeiten für den Französisch-Unterricht zu erledigen. Das Gefühl von damals, keineswegs ungerecht behandelt worden zu sein – obwohl der Lehrer dieses einmalige Versäumnis auch hätte verzeihen können, weil Französisch nach obligatorischem Latein in Sexta, Englisch in Quarta und Griechisch in Untertertia seine vierte Fremdsprache war, die Jan zusammen mit vielleicht acht oder neun Jungen aus verschiedenen Klassen, unter anderen Otto Mählmann, völlig optional in Obersekunda dazu genommen hatte und die auch noch an Nachmittagen unterrichtet wurde –, war einem Gefühl der Dankbarkeit dem Pauker gegenüber gewichen, weil Jan jetzt bei dem Versuch, mehr von dieser Sprache zu erfassen, wenigstens den beschwerlichen Weg der Erlernung der Aussprache nicht mehr gehen musste und außerdem vor anderen Leuten damit glänzen konnte, einige Sätze Französisch in makelloser Diktion vortragen zu können.

Vier Lehrerinnen aus dem Nordoldenburger Raum mit verwegenen Namen – die eine hieß Insa, die andere Ingeborg, Nummer drei hieß Antje, Nummer vier ich weiß nicht mehr wie –, die sich auch diesen etwas verlassenen Urlaubsort ausgesucht hatten, wollten, als er nach oder bei einer Sauferei ihnen von seiner Absicht, Französisch zu lernen, erzählte, mitmachen, gaben aber, obwohl sie in der Schule viel länger als er Französisch-Unterricht genossen hatten, bald auf, weil Jan zu gut, will heißen zu schnell war. Außerdem wollten sie nach langen durchtanzten und zum Teil auch durchsoffenen Nächten sich nicht so früh aus den Federn quälen.

Nach vierzehn Tagen jedenfalls war das Buch besiegt. Und weil es nicht an Möglichkeiten gefehlt hatte, das Gelernte auch anzuwenden, konnte Jan nach vier Wochen ziemlich gut lockere Gespräche in dieser schönen Sprache führen – und tat es auch, vor allem mit sogenannten „Képis Blancs".

Das waren Fremdenlegionäre, deren Quartier sich im nahegelegenen Ajaccio befand und die erfahren hatten, dass bei uns – die wir in ganz einfachen Betonhütten wohnten, unsere Betten selbst machen mussten, auch selbst für Sauberkeit zu sorgen hatten – deutsche und auch englische Mädchen vorhanden waren, mit denen sie tanzen konnten, wollten und es auch taten, dafür ganz oft den Zapfenstreich, der für 23 Uhr angesetzt war, überzogen und danach böse bestraft wurden, wie sie erzählten. Mit Sandsäcken im Nacken in die Hocke gehen zu müssen und dann in Hocksprüngen sich vorwärtszubewegen, sei eine der leichtesten Übungen. Und trotzdem riskierten sie weiteres Fehlverhalten.

Was will uns das sagen? Es waren arme Schweine, die, aus welchen Gründen auch immer, sich aus der Zivilisation verabschiedet hatten, um für mieses Salär den Ruhm der „Nation Grande" zu mehren, in allen gefährlichen Unternehmungen, sei es im Tschad oder in Vietnam, einen hohen Blutzoll entrichten und um 23 Uhr in der Bude sein mussten, statt mit blonden Mädchen aus Deutschland oder England ein paar Tänzchen wagen zu dürfen.

Jan wusste noch, wie entsetzt er war, als zu Pfadfinderzeiten ein Junge aus Langförden plötzlich, und zwar per Fahrrad, verschwand, der, von Jan begeistert, seiner Vereinigung beigetreten war und sogar von Langförden aus zu ihrem Heim auf dem ehemaligen Flugplatz von Vechta kam, was ein erhebliches Engagement seitens seiner Person erforderte, weil er zunächst die Entfernung von Langförden nach Vechta, das heißt acht Kilometer, zu überwinden hatte und danach weitere vier bis fünf Kilometer zum Heim auf dem Flugplatz zurücklegen musste.

Sehr viel später, erst nach seiner Rückkehr, stellte sich heraus, dass er von „Experten" unter Alkoholeinfluss gesetzt worden war und daraufhin einen 5-Jahres-Vertrag für die Fremdenlegion unterzeichnet hatte.

Als Student in Innsbruck, 1959 bis 1960, hatte sich mir in München auf dem Bahnhof, als ich meine Freundin besuchen wollte, aber nicht konnte, weil bei meiner Ankunft in München schon die Nacht angebrochen war, ich mich also auf dem Bahnhof herumtrieb, wo es zumindest warm war, ein Mann genähert, der mir zunächst „einen Halben" ausgab, sich im Gespräch als ein Herr Schmidtbauer vorstellte, bei späteren Besuchen in Innsbruck aber plötzlich Schiedtbauer oder Schmiedtbauer hieß, mir in Briefen, in denen er mir geldwerte Sachen, will heißen Postwertzeichen in erheblicher Menge unter wieder anderem Namen zukommen ließ, sich schließlich, als ich genügend seltsame Vorkommnisse gesammelt hatte und ihn direkt befragte, als Werber für die Fremdenlegion bekannte.
„Sie müssen, um Erfolg zu haben, allzu viele Fehler vermeiden", sagt ich ihm zum Abschluss unserer für mich nicht wenig lukrativen Bekanntschaft. Ich habe nie wieder von ihm gehört.

Ein kleiner, drahtiger Offizier erschien fast jeden Abend, besser jede Nacht, so um drei Uhr, um seine Mannschaftsgrade zusammen zu pfeifen. Die deutschen Lehrerinnen und Jan versuchten dann, ihn ein wenig gnädiger zu stimmen, was nie gelang. Aber – o Schreck, o, Graus – auf einmal hatte sich der schneidige Offizier in Ingeborg verliebt. Sie war davon nicht sehr angetan, weil sie Jan liebte.
Der Offizier kam seit dieser Zeit auch schon nachmittags oder sogar vormittags, je nach Dienstplan, lag bei ihnen auf der Luftmatratze und erzählte von seinem Soldatenleben.
Einmal zeigte er Jan Fotografien von nackten Frauen, eine schöner als die andere. Eine davon war seine Geliebte gewesen. Wo? In Vietnam.
Er hatte bis nach der Niederlage bei Dien Bien Phu, die General Giáp den Franzosen im Jahre 1954 zugefügt hatte, in Vietnam gedient, war dann nach Hause zurückgekehrt und diente nun in Ajaccio. Legionär zu sein war sein Beruf.

Einmal hatte er eine glänzende Idee: Er wollte mit Ingeborg in die Berge zu einem Lokal fahren. Ingeborg bat mich händeringend mitzufahren, was ich auch tat.

Nach einer schönen Fahrt landeten wir tatsächlich bei dem Lokal „Aux deux guitares". Der Mond schien wunderschön, die Luft war lau, über uns hingen im Gartenlokal draußen dicke Trauben, wir tranken süßen Wein, Moskatel, und zwei Gitarristen unterhielten uns mit passenden Melodien. Das war das erste Mal, dass ich Gitarrenmusik dieser Art genießen konnte. Herrlich!

## MARIO

Ich sah ihn auf einem großen Trödlermarkt. Er saß im Schneidersitz unbeweglich etwa zwei Meter hinter dem Tisch, auf dem er seine wohl selbstgefertigten Tonschalen zum Kauf anbot. Ich sah ihn an. Er machte keine Versuche, irgendetwas verkaufen zu wollen.

„Wir kennen uns doch, nicht wahr?" „Ja", war seine lakonische Antwort. Er blieb unbeweglich sitzen.

Nach einer Weile der Verwunderung über sein Verhalten und auch des Zögerns, ob ich diese so seltsame Begegnung beenden sollte oder nicht, beschloss ich weiterzugehen.

Ich kannte Mario schon lange. Er hatte mir vor Jahren, als ich im Sportverein meines Wohnortes eine Volleyabteilung ins Leben rufen wollte, als damals 16-Jähriger, der vom Handball zu Volleyball gewechselt war, sehr geholfen, weil er Mädchen- und Jungen seines Alters und auch jüngere Kinder trainierte. Viel später, in der Landesliga, war er unser bester Angreifer.

Ein wenig komisch war er auch damals schon. Er lachte selten, auch dann nicht, wenn er einen spektakulären Punkt gemacht hatte und seine Mitspieler auf ihn losstürmten, um ihm zu gratulieren.

In einer relativ schmutzigen Kneipe sah ich ihn zwei Stunden später wieder.

Der etwas verwegen tätowierte Herr hinter der Theke wollte sich, als ich eintrat, gerade aus mir unbekannten Gründen totlachen, verschluckte sich dabei und musste erbärmlich husten. Ein Gast, der grade eine Schmalzstulle verzehrte, entdeckte im Brot eine Fischgräte und wunderte sich verhalten. Ein anderer Gast hatte wohl in seinem Hintern einen Riesenfurz sitzen und erregte durch Lautstärke Aufmerksamkeit. Der Wirt, der sich gerade erholt hatte, lachte daraufhin erneut und hob die Arme, um besser Luft holen zu können.

Mario saß in einer Ecke und lächelte auch. Es war ein ganz feines Lachen.

Neben ihm saß eine hübsche junge Frau mit asiatischen Gesichtszügen.

„Ohne dich wären wir nicht in die Landesliga aufgestiegen", rief ich ihm von der Theke aus zu. „Kann sein", rief er leise zurück.

„Niemand kam an deinem Block vorbei", fuhr ich fort.

Es trat eine Pause ein. Beidseitige Verlegenheit war nicht zu verkennen.

„1,94 Meter ist ja auch eine ordentliche Größe", sagte ich dann.

Ich setzte mich mit seiner Erlaubnis zu den beiden. Die Asiatin lächelte ein wenig.

„Ich werde sie heiraten", sagte er. Die Asiatin lächelte noch feiner.

„Wenn ich mich nicht irre, warst du schon einmal verheiratet?", warf ich fragend ein. „Ich kann aber gar nicht mehr sagen, woher ich das weiß."

„Ja, die Australierin brauchte damals eine Ehebescheinigung für die Einbürgerung. Das war in Paris."

„Ich weiß", sagte ich.

„Sie spricht nur Japanisch", teilte er mit und guckte die Asiatin liebevoll an.

„Wie lange warst du in Japan?" wollte ich wissen.

„Ich war zehn Jahre Mönch in Kyoto."

„Warum das?"

Schlagartig wurde mir bewusst, dass diese Frage allzu persönlich und ziemlich ungehörig war. Keineswegs überrascht antwortete er, dass ihm damals alles so hohl und verrückt vorgekommen sei, besonders das, was seine Mutter, überbegeistert von skurrilen und frommen Ideen, ihm beizubringen versucht habe.

Ich kannte die Mutter und konnte das, was er sagte, gut nachvollziehen.

„Mein Vater war kritischer und verstand mich."

„Und wie ist dein Verhältnis zu den Eltern jetzt?", fragte ich.

„Ich habe den Kontakt zu meinen Eltern vor kurzem wieder aufgenommen."

„Ja, ich weiß. Sie haben es mir unlängst ganz beglückt mitgeteilt."

Es trat wieder Funkstille ein, dieses Mal eine etwas längere.

„Meine Schwester hat auch jeden Kontakt zur Familie abgebrochen. Sie lebt, glaube ich, in Italien."

„Das ist schlimm für deine Eltern, vermute ich."

„Ja sicher, für mich auch."

Ich wagte ihn zu bitten, er solle mir etwas genauer erzählen, was ihn so gestört habe. Offensichtlich hatte seine Bereitschaft zu reden etwas zugenommen.

„Europäische und katholische Denk- und Handlungsmuster. Meine Mutter hatte beispielsweise anlässlich des Todestages meiner schon lange verstorbenen Oma beim Pastor, einem Schwager, Messen für Oma bestellt und auch bezahlt. Als ob sie dadurch höher und schneller in den Himmel käme! Es ist schon lustig, was die Kirche zur Verdummung der Gläubigen auch heute noch an Bord hat."

Er lächelte wieder und zückte ein Papier, das ihm eine ältere Dame in seinen Stand gereicht hatte. Ich erwartete nichts Originelles.

„Mitteilungen der St.-Michaels-Gemeinde mit Gedanken des Bischofs."

Er begann vorzulesen. Bei den Gedanken des Bischofs hörte er auf.

„Klar, bla, bla, bla. Ist das nicht klasse: Der Papst schreibt in seinem dritten Band über Jesus, dass Ochs und Esel wohl erfunden sind. Man müsste ihn wegen Geschäftsschädigung verklagen."

„Er hat sich, glaube ich, sogar mit den Heiligen Drei Königen angelegt", setzte ich seine Überlegungen über Benedikt XVI. fort.

„Ja, ja, die stammen aus Cádiz und nicht aus dem Morgenland."

„Vielleicht hat ihn ein Tourismusbüro bestochen."

„Auch das noch: Korruption. Man wundert sich über nichts mehr!"

Ich wollte weiteres Gerede über die Kirche das ganze Drumherum abwürgen.

„Was hast du vor Kyoto gemacht?"

„Vorher war ich nach dem Studium zehn Jahre Sportreporter beim ‚Weser-Kurier' und der ‚Nordwest-Zeitung'."

Das Gespräch kam wieder ins Stocken.

„Der Religionslehrer lachte immer so dreckig, wenn er im Sexualkundeunterricht vermeintliche Neuheiten von sich gab. Er wollte immer als Kaplan statt als Schulpfarrer tituliert werden."

„Ja, ja, das klingt nach Jungsein", sagte ich.

Ich wollte die Gesprächsrichtung wieder ändern.

„Er hat jetzt eine Glatze und kann auch wegen neuer Hüften nicht mehr Fußball spielen. Aber vorher spielte er sehr gut, war technisch sogar herausragend, wenngleich zu ballverliebt. ‚Nicht reden!', forderte er lautstark, wenn Mitspieler in der Schlacht Pässe forderten."

„Die Mädchen in der Klasse fanden seine Lache ekelig."

Nach einer Weile fuhr er fort: „Der Papst sollte seine Trilogie zur Tetralogie erweitern. Vielleicht kommen noch mehr lustige Sachen heraus."

„Wo hat er neben seinem Fulltime-Job noch die Zeit für so viele wissenschaftliche Bücher hergenommen?", bemerkte ich, um zum wiederholten Male Jeremiaden umzubiegen. Unbeirrt blieb er bei seiner Marschrichtung.

„Vielleicht offenbart er uns, dass das Paradies in Andalusien beheimatet war."

„Möglicherweise waren die Magier aus Cádiz, Zigeuner vielleicht, gute Gitarristen und Flamenco-Sänger", ergänzte ich ihn.

Er blühte zusehends auf.

„Tarsis, das in der Bibel tausendmal erwähnt wird, ist in Benedikts Büchern die Hauptstadt der Tarteser im Delta des Betis-Flusses, des Großen Flusses, der in der Sprache der Araber Guadalquivir" heißt. In Indianergeschichten kommt er als Rio Grande vor."

„Jetzt begreif ich, warum es einen Fußballclub mit dem Namen Betis Sevilla gibt. Oder heißt er ‚Se-vill-nicht'?"

Marion überhörte den Scherzversuch einfach.

„Übrigens: Wo in Palästina hat Noah beim Bau der Arche Pinguine und Nordpolbären aufgetrieben?"

„Die Bibel ist ein Poesiealbum mit Geschichten über Rache, den Verkauf von Kindern als Kindersklaven, über Schlangen, die reden können, über Leute, die übers Wasser gehen können. Das Neue Testament ist nicht so reich an Geschichten."

„Du warst immer skeptisch, nicht wahr?"

„Es gibt Gründe für Kyoto."

„Wovon lebst du hier in Berlin?"

„Unmittelbar nach meiner Rückkehr aus Japan habe ich für einen Pizzabäcker Ware ausgeliefert. Spaßeshalber habe ich daneben eigenhändig gemachte Töpferware auf Märkten verkauft. Nach Anfangsschwierigkeiten kann ich jetzt vom Töpfern leben, nicht üppig, aber für mich langt es. Ich bekam beispielsweise neulich einen Großauftrag vom Adlon. Das ist ein teures Hotel in der Nähe des Brandenburger Tores."

„‚1,94 Meter großer Ex-Volleyballer beliefert das Adlon-Hotel mit eigenen Töpferkreationen': Das wäre doch eine gelungene Überschrift im ‚Stern' – oder sonst wo."

„Ich fahr auch auf andere Märkte."

„Aber riesige Verkaufsanstrengungen ersparst du dir!"

„Ja! Ich will mögliche Kunden nicht nötigen. Ich brauche nicht viel zum Leben, nicht einmal Haare, wie du siehst."

Meine Frau erschien an der Tür. Ich hatte ihr per Handy mitgeteilt, wo ich mich aufhalte. Sie wollte mich abholen. Nach kurzem Begrüßungsgeplänkel verabschiedeten wir uns.

„Schön, dass wir uns getroffen haben, Mario

# DAS HAUS IM MOOR

Das neue Haus, genauer gesagt die neue Schule mit Wohngelegenheit für die Lehrerfamilie, das heißt unsere Familie, lag am Ortsausgang links, in Richtung Strücklingen, kurz vor der Rechtskurve dorthin, in der der Bauer Fugel wohnte. Fugels waren verwandt mit Remmer-Siemer, die uns gegenüber ihren Hof bewirtschafteten.

Alle fünf Kinder der Familie mit Ausnahme von Rolf, dem Jüngsten, der im Krankenhaus zu Barßel das Licht der Welt erblickte, waren sogenannte Hausgeburten und in der alten Schule geboren worden.

Sie lag östlich des Friedhofes, der die etwas höher gelegene Kirche umgab, in einer Senke zur Sagter-Ems hin, hinter einem freien Platz links des Weges in Richtung Elisabethfehn oder Reekenfeld.

Mein Vater, zur Jahrhundertwende geboren, hatte mit 21 Jahren seine erste Lehrerstelle in Bösel angetreten, war dann zum Hauptlehrer aufgestiegen, was einen Ortswechsel mit sich brachte, heiratete im Jahre 1930 meine Mutter, die ihm in regelmäßigen Abständen fünf Kinder zur Welt brachte.

Meine Geburt, sagte Mama, habe sie deswegen in „guter" Erinnerung, weil der Winter 1938 ziemlich kalt gewesen sei. Man habe Eis zerschlagen müssen, um – natürlich auf dem Herd zubereitet – heißes Wasser für die Geburt zur Verfügung zu haben.

Vom „alten" Haus weiß ich außer durch Erzählungen und einige spärliche Fotografien nichts.

Angeblich soll mein Vater während der Zeit, in der die Familie dort wohnte, meinem ältesten Bruder Clemens das Schwimmen dadurch beigebracht haben, dass er ihn in den Fluss Sagter-Ems, der hinter unserem Hause floss, geworfen hat mit dem Tipp, zuzusehen, wie er wieder herauskomme.

Diese Erzählung kommt mir wie ein schlechtes Märchen vor, weil mein Vater – wie ich glaube, aber nicht weiß – selbst nicht schwimmen konnte und heutzutage kein Vater, auch ich nicht, so vorgehen würde, um seinem *filius cadaver* das Schwimmen beizubringen.

Das neue Haus, das wir offensichtlich nicht allzu lange nach meiner Geburt bezogen, ist natürlich mit Erinnerungen verbunden, obwohl ich es nur bis zu meinem sechsten Lebensjahr erlebt hatte.

Parallel zur Straße, etwa zwanzig bis fünfundzwanzig Meter von ihr entfernt, stand das Wohnhaus. Hinter ihm gab es einen ziemlich großen Garten. An der linken Hausecke, von der Straße aus gesehen, war, senkrecht zu ihm, die Schule gebaut worden, an deren linke Seite wiederum sich der Schulhof mit Fußballtor anschloss.

Es muss im Haus einen langen Flur gegeben haben, von dem ich aus Erzählungen meiner Mutter nur so viel weiß, dass mein Vater mich nachts, wenn ich seine Nachtruhe durch lautes Gejaule störte, samt Kinderwagen hineingestoßen hat. Na ja, auch das hätte ich als Vater nie fertiggebracht.

Die drei Gemeinden Scharrel, Ramsloh und Strücklingen bildeten mit einigen Bauernschaften wie Bollingen, Ramsloh-West und Bokelesch das sogenannte Saterland, in der zweitausend bis dreitausend Menschen eine eigene Sprache neben Plattdeutsch und Hochdeutsch sprechen, nämlich das sogenannte Seelters. Diese Sprache soll Forschungen zufolge mit dem Nordfriesischen aus der Gegend um Groningen in Holland verwandt sein. Vor Urzeiten von Neusiedlern, die auf einem schmalen Geestrücken innerhalb weiter Moorflächen siedelten, hierhingebracht, soll es sich erhalten haben, weil die Menschen auf relativ unzugänglichem Gebiet gesiedelt hätten und damit von Fremdeinflüssen verschont worden seien.

66

Ich fragte mich später, warum mein Vater sich wohl diesen Ort zum Broterwerb ausgesucht hatte, wusste ich doch von Bekannten aus dem Lehrberuf, dass sie eine Versetzung in dieses Gebiet als Verbannung bezeichneten.

In der Tat, alles in diesem Ort war zu meiner Kinderzeit „rustikal", um nicht zu sagen primitiv.

Natürlich gab es keine asphaltierten Straßen. Einige Straßen waren zumindest mit Kopfsteinpflaster versehen. Pferde bekamen, falls man mit ihnen außerhalb der befestigten Wege zu arbeiten gedachte, die Hufe weit überragende hölzerne Bretter angepasst, damit sie im moorigen Gelände nicht so schnell einsanken.

Bei jedem zweiten Haus dampfte ein Misthaufen. Manchmal führte von dessen Spitze ein schmales Brett nach unten, auf dem eine neue Ladung Mist nach oben befördert werden konnte.

In einigen Häusern lebte man mit offenem Feuer. Der Boden um das Feuer herum war mit Backsteinen gepflastert.

Alkoven dienten als Schlafstätte.

In jeder dieser Gemeinden gab es eine Kirche mit Orgel und einem eigenen Pastor. Mein Vater versah, im Wechsel mit Herrn Dannebaum, den Orgeldienst in Ramsloh.

Von der Geographie des Ortes sind mir nur einige Dinge präsent: Ich kannte den Kaufmannsladen Bojert nicht weit von unserem Wohnhaus links in Richtung Kirche, den Weg zum Schmied Eilers links vor der Kirche und Bitters Haus am Ortsausgang rechts Richtung Scharrel, kurz vor dem Bahnhof.

Sehr deutlich steht mir vor Augen, dass mein Vater während eines Kurzurlaubs vom Kommiss – es muss im Sommer 1941 gewesen sein, in dem er Kind Nummer fünf, Rolf, ein Urlaubskind, zeugte – sehr böse mit mir war, als er, im Wohnzimmer sitzend, Pfeife oder Zigarre rauchen wollte, aber nicht konnte, weil das dazu nötige Feuerzeug, das seinen Platz hinter einer beweglichen Scheibe im Bücherschrank vor den Büchern hatte, nicht aufzutreiben war, und er dann auf Befragen feststellen musste, dass ich es woandershin getragen hatte.

Er verlangte dann von mir zu sagen, dass ich es nicht wieder tun wolle, was ich ihm verweigerte, mit der Folge, dass ich nach einer Tracht Prügel in den Keller gesperrt wurde unter der Androhung, alle halbe Stunde erneut interviewt zu werden, was auch geschah, bis ich nach dem dritten Interview meinem Vater mitteilte, er habe dummerweise vergessen, das Licht im Keller auszumachen. Ich hoffe heute – damals tat ich es nicht –, dass diese Aussage meinen Vater nicht allzu sehr geärgert hat.

Ein weiteres Ereignis mit meinem Vater ist mir auch sehr erinnerlich.

Nach einem anderen Kurzurlaub wollte meine Mutter ihren Mann zusammen mit mir zur Bahn bringen. Es muss wohl so gewesen sein, dass ich an der Hand von jemand anders zu laufen gelernt hatte. Wir querten die Bahnschienen, und dabei stieß ich mit dem großen Zeh eines Fußes gegen eine Bahnschiene, die das Kopfsteinpflaster der Straße ein wenig überragte. Natürlich tat das weh, und ich begann zu brüllen.

Mama nahm mich auf den Arm, aber ich hörte nicht auf zu brüllen, auch nicht, als Papa den Zug bestieg und davonfuhr.

Eine Frau, die das Brüllen, nicht aber die Ursache dafür miterlebt hatte, näherte sich meiner Mutter und erklärte ihr, sie solle das Kind nie wieder mit zur Bahn nehmen, wenn sie ihren Mann verabschiede. Das Kindergeheul erleichtere nicht unbedingt den Abschied. Ich habe Papa nie wieder verabschiedet.

Ansonsten sind die Erinnerungen an meine Kinderzeit in Ramsloh angenehmer Art, wenn auch manche Ereignisse als durchaus schlimm zu gelten hatten.

Ich durfte beispielsweise Fräulein Völkerding, der unumschränkten Chefin in der Schule, seit Papa eingezogen war, einer freundlichen, sehr, sehr korpulenten Frau aus Holdorf, die mich liebte, ebenso wie ich sie, in der Pause Kaffee mit geschlagenem Ei darin über unseren

Flur in die Schule bringen, lernte – wie und von wem, ist mir entfallen – vor Erreichen des Einschulungsalters Lesen und Schreiben, hielt mich im Hause der uns gegenüber wohnenden Nachbarsfamilie Siemer oder Remmer auf und spielte mit deren Kindern.

Einmal spielten wir Kinder vor unserem Hause auf dem Rasen irgendwas. Plötzlich warf ich den Deckel einer Bismarckheringsdose, dem der Dosenöffner erhebliche Wunden in Form von Zacken zugefügt hatte, im Spiel irgendwohin, traf dabei unglücklicherweise das Gesicht von Margret, unserer Nachbarin gleichen Alters, die natürlich in jämmerliches Weinen ausbrach und in mir ein schlimmes Gefühl von Schuld erweckte.

Zur „Entschädigung" – fast scherzhaft sei es angefügt – spielte ich am Folgetag unter anderem mit ihr das bei Kindern so beliebte „Doktorspiel", zu dem gehörte, sich der Unterhosen zu entledigen, um den Körper, vor allem die untere Hälfte des Spielpartners, einer etwas genaueren Untersuchung zu unterziehen.

Kindliche Neugier fand Befriedigung, ohne das Gefühl verdrängen zu können, etwas Unerlaubtes getan zu haben, das vor den Eltern, vielleicht nicht denen von Margret, sicherlich aber meiner Mutter verschwiegen werden musste.

Später, im Alter von acht oder neun Jahren, als ich zur Feier der Ersten Heiligen Kommunion zur ersten Beichte antrat, plagte mich ernsthaft die Frage, ob ich wohl das Doktorspiel von vor Jahren als sündhaft, nein schwer sündhaft beichten müsse.

„Warst du unkeusch?" – was immer das ist –, stand im Beichtspiegel. „Hast du Unkeusches getan in Gedanken, Worten und Werken? Allein oder mit anderen? Was war das denn schon wieder, allein oder mit anderen? Unverständliches Zeug, aber gefährlich, das war mir klar. Unkeusches war schwer sündhaft und hatte ewige Höllenstrafen zur Folge. Ich entschied mich, mir das Doktorspiel nicht anzukreiden, und beschränkte mich auf das Bekenntnis von Schwätzen in der Kirche, also Reden mit dem Banknachbarn, Umdrehen während derselben

Veranstaltung, Naschen, das heißt Finger-in-den-Zuckertopf-der-Mutter-Stecken, Notlügen und dergleichen.

Diese Entscheidung war keine so gute, denn erst mit vierzehn oder fünfzehn Jahren konnte ich mich von einer Schuld befreien, die seit meinem dritten oder vierten Lebensjahr auf mir lastete:

Ich bekannte nach langem Ringen mit mir meinem Beichtvater, dem Herrn Pastor Josef Bohmann, dass ich mich schon seit fünf, sechs Jahren „im Stande der schweren Sünde befände". Das war der offizielle, auch im Religionsunterricht gelehrte Ausdruck für schwere Vergehen und deren Folgen. Ich sei in diesem Zustand über mehrere Jahre auch zur Kommunion gegangen. Ich hätte nämlich mit drei bis vier Jahren mich auf Doktorspiele mit unserer gleichaltrigen Nachbarin eingelassen, hätte aber nie den Mut besessen, diese schwere Sünden in der Beichte zu bekennen.

Der Pastor wäre, glaube ich, verpflichtet gewesen, wenn er etwas Ahnung von kindlichen Ängsten gehabt hätte, mir zu sagen, ich könne ganz beruhigt sein. „Du warst ja noch so klein damals, und außerdem ist es völlig normal, dass ein Kind oder Kinder überhaupt wissen wollen, wie es bei anderen Menschen untenherum aussieht."

Er war ja auch ganz nett, murmelte irgendwas von „wollen wir alles mal mit dem Mantel der Liebe zudecken" und verurteilte mich zu einer Buße von nur einem Vaterunser.

Die Ursache für dieses schlechte Gewissen kann am besten durch die übervorsichtige, aber sicherlich falsche Verhaltensweise meiner Mutter erklärt werden, wenn es darum ging, ihre Kinder, was Beachtung des sechsten Gebots betraf, richtig zu erziehen.

Manchmal – in welchen Abständen, kann ich nicht mehr sagen – wurden alle fünf Kinder gebadet.

Das ging so vor sich, dass eine Zinkwanne – ich besitze sie immer noch –, mit warmem Wasser gefüllt und auf zwei Stühlen ruhend, zum Bade lud. Es ging nach Alter: Zuerst Marzella und so weiter ...

Immer, wenn eine Person dem Wasser entstieg, musste die ganze andere Bande sich umdrehen, um ja nicht in die Lage versetzt zu werden, sich den Körper des Vorgängers ansehen zu können, zu müssen, zu dürfen. Nie in meinem Leben wusste ich, dass meine Schwester Marzella ein Mädchen war, mit Busen und anderen Dingen ausgerüstet. Sich vorzustellen, dass ich meine Mutter auch nur im Entferntesten jemals nackend gesehen hätte, ist absolut verrückt.

Seit der Zeit, in der meine Tochter Angelina sich als Kleinkind zur Erledigung eines bestimmten Geschäftes freundlicherweise in die Gästetoilette zurückzog und nach vollbrachter Tat, natürlich ohne sich der Hosen entledigt haben zu können, über den Toilettendeckel gebeugt, um Hilfe rief, indem sie entweder mich herbeizitieren wollte mit dem Ausruf „Papa, Popo sauber machen" oder, sicherheitshalber, einen weiteren Hilferuf – „Mama, limpiame el culo!" – vom Stapel ließ, habe ich Angelina nie wieder nackend gesehen. Warum? Ich weiß es nicht, wirklich!

Fünfzehn Jahre später, als in der nicht mehr benötigten evangelischen Schule meines Heimatortes eine öffentliche Dusche eingerichtet wurde, die natürlich von den Dörflern, sauber nach Geschlechtern getrennt, eifrig benutzt wurde, wagte ich nicht, dorthin zu gehen, wunderte mich vielmehr über die Unmoral der Leute, die dort duschen gingen.

Noch viel später, als Student der Leibesübungen, wartete ich nach schweißtreibender Ausbildung in der Leichtathletik oder in Spielen vor dem anschließenden Duschen so lange auf eigenes Duschen, bis der Duschraum dermaßen eingenebelt war, dass die unmittelbaren Duschnachbarn nicht mehr zu erkennen waren.

„Aber das ist doch Liebe", sagte mir um etwa die gleiche Zeit meine Freundin und wollte mir mit diesen Worten helfen, wenn ich ein schlechtes Gewissen hatte, nachdem wir händehaltend spazieren gegangen waren, dabei ab und zu stehen blieben, um uns irgendwie, in jedem Falle unbeholfen, zu küssen, uns manchmal, eine Wiese mit Milchkühen darauf vor Augen, auf das Moos am Rande der Wiese niedersetzten, ich mich dann, wenn auch nicht ganz, nach und nach auf sie legte, bei der leisesten Bewegung des Körpers unter mir explodierte und dabei natürlich eine unbeschreiblich schöne Empfindung genoss, die immer, leider, unmittelbar danach umschlug in ein schlimmes Gefühl von Schuld, dessen ich mich nur dadurch zu entledigen wusste, dass ich spätestens am folgenden Tag den Beichtstuhl in St. Georg links aufsuchte, um Herrn Nieberding zu erklären, dass ich mich schon wieder schwer gegen das sechste Gebot versündigt hätte. Die Wortwahl ist mir nicht mehr geläufig. Wohl allerdings ist mir sehr bewusst, wie ich um Worte rang, um, einerseits, nicht immer die gleiche Leier zu wiederholen – „Sie wissen ja, ich habe eine Freundin, und immer, wenn ich sie auch nur im Entferntesten berühre, geschweige denn, mich auf sie lege, gehen die schlagenden Wetter los", hätte ich als ständige Formulierung herunter rappeln können –, andererseits nicht Gefahr zu laufen, dass der Beichtvater, ob aus Eigeninteresse oder nicht, mich penibel danach befragte, wie die ganze Sache sich zugetragen habe. Es ist zum Kotzen. Ich hätte mir eine Standardformulierung ausdenken sollen, um wieder zur Kommunion gehen zu können. Aber ich war einfach zu dumm dazu, bin es heute noch.

„Aber das ist doch Liebe!", sagte meine Freundin völlig zu Recht. Ja, aber leider sündhaft, hörte ich in mir. „Kann denn Liebe Sünde sein?" Eigentlich nicht, sollte man als Antwort erwarten. Ich antwortete: „Und wie! Liebe ist Sünde!" Oh Gott o Gott! Wie hat man die unbescholtene Seele, diese Tabula rasa, mit falschen Buchstaben geritzt! Es ist schon schlimm, wie Irrlehren ganze Generationen von unbescholtenen Kindern belastet haben! Wie ganze Generationen von netten Jungs und Mädchen betrogen worden sind um Freuden der Jugend, die, einmal vorbei, nicht wiedergutzumachen sind.

O tempora, o mores! Wie haste dir verändert, Kleener, was deine Denkweise in Bezug auf eben Erwähntes betrifft!

Auf einmal fand das Schulleben – ich bin wieder in Ramsloh – bei uns ein Ende! Auf einmal lagen in den Schulklassen Anfang 1945 fremde Männer mit miesen Kleidern und eine fremde Sprache sprechend, auf Stroh: russische Kriegsgefangene, bewacht von zwei Deutschen mit einem Püster. Meine Mutter nannten sie Matka, was so viel heißt wie Mama. Sie schenkten der Matka Schmuckkästchen, hergestellt aus dem Stroh, auf dem sie lagen. Matka kochte manchmal Erbsensuppe für die ganze Bande, obwohl die Wachtposten das nicht so gerne sahen. Einer dieser Gefangenen litt wohl, wie ich hörte, an TBC und verseuchte nach und nach einen beträchtlichen Teil seiner Kameraden mit der gleichen Krankheit.

Das Leben ging weiter, irgendwie.

Jeden Morgen musste das Schaf, das neben anderen Tieren zu unserem Haushalt gehörte, an einen Weideplatz gebracht werden.

Das Schaf schleppte eine lange Kette, die an seinem Hals befestigt war und an deren Ende ein metallener „Stickel", einem Stab von ungefähr dreißig Zentimetern Länge steckte, hinter sich her.

Wenn nun morgens die Reise begann, lief das Schaf voll Tatendrang los. Ich, der hinter dem Schaf die Stange der Kette hielt, damit das Biest nicht irgendwohin rannte oder entkam, versuchte, im Tempo mitzuhalten, was des Öfteren nicht gelang. So schleifte mich das Tier, weil ich es nicht entkommen lassen wollte, also den Stab weiterhin in der Hand behielt, über das Kopfsteinpflaster, bis irgendwo ein Halt erfolgte. Die Erinnerung daran ist nicht besonders schön.

Schön war es, die tausend und mehr Kondensstreifen am Himmel zu beobachten, die, von Westen kommend, nach Osten hin immer länger wurden. Begleitet wurde dieses Spektakel durch einen nicht zu hohen, nicht zu tiefen, immer gleichbleibenden Brummton.

Wir Kinder standen vor oder hinter dem Haus im Garten, schauten zu und freuten uns, während Manfred Huismann und auch Bruder Clemens, mit einem Holzgewehr bewaffnet, auf dem Boden lagen, das Gewehr anlegten und „Äng, äng, äng"-Laute von sich gaben. Sie wollten die Flugzeuge abschießen, diese verfluchten amerikanischen und englischen Bomber, die, von Plymouth in England startend, deutsche Städte in Schutt und Asche legten.

Nach einigen Stunden und nach abgeschlossener Tat sahen wir wiederum Kondensstreifen, dieses Mal aus Richtung Kirche, also aus dem Osten.

Ich fragte später einen amerikanischen Bomberpiloten in Covington/Kentucky/USA, einen Piloten aus unserer Verwandtschaft, einen Arlinghaus, nach seinen Gedanken während solcher Flüge: „God dam, how many Arlinghaus-people may die by this bombing now!" war seine Antwort.

„Bei der Bombardierung welcher Städte hast du mitgewirkt?"

„Wir starteten in Plymouth. Die südliche Grenze war der Zürichsee. Wenn wir ihn sichteten, drehten wir bei."

„Und im Norden?"

„Da orientierten wir uns an Osnabrück als nördliche Begrenzung."

„What about bombing Bremen and Hamburg?"

„Oh yeah, I took part in bombing both cities. Crazy!"

Eines Tages, so gegen 19 Uhr, schauten wir Kinder zu, wie die russischen Kriegsgefangenen auf dem Schulhof zum Appell angetreten waren.

Ein Flugzeug überquerte den Platz in nicht allzu großer Höhe. Kurz darauf, vielleicht eine Viertelstunde später, begann ein fürchterliches Krachen, Knallen, Bersten, Brennen um das Haus herum und in ihm.

Es waren Bomben, die diesen Schrecken verursachten, vierzehn an der Zahl, wie später festgestellt worden ist. Wahrscheinlich hatte jemand im Aufklärungsflugzeug die Schar der unten angetretenen Russen als Drill von Volkssturmmännern eingeschätzt und Bomben angefordert.

Hastig hatte sich, von wem auch immer gesteuert, die Schar der Kinder samt Mama im Keller eingefunden. Ich weiß es noch genau: Ich hing an Mamas Brust, sie betete den Rosenkranz.

Als sich der Lärm ein wenig gelegt hatte und wir Kellerkinder wieder an das Licht des Tages kletterten, war draußen eitel Lichtschein: Es brannte alles hell, schön anzuschauen, aber – realiter – ganz schlimm für uns. Da war nichts mehr von dem, was uns gehört hatte. Es brannte alles schaurig-schön.

Ein Toter lediglich war zu beklagen: der lange, dürre, lungenkranke Russe lag aufgebahrt hinter den Kühen in Siemers Stall gegenüber. Ob seine Mutter, seine Frau oder wer von seinen Angehörigen auch immer wohl jemals erfahren hat, wie er zu Tode kam?

Die Familie, unsere Familie, schaukelte, als es schon ganz dunkel war, ins Moor, Richtung Ramsloh-West.

Die dem Brand des Hauses entnommene Habe war einem Leiterwagen übergeben worden, der auch uns Personen irgendwohin schaukelte. Es war dunkel, sehr dunkel nach all der Helle des Brandes.

Wir landeten in der ersten Nacht auf einem Moorgehöft, dessen Besitzer mit offenem Herdfeuer lebten.

Die Fläche um den Herd war mit roten Backsteinen gepflastert.

Ich kam, bevor ein richtiger Alkoven, das heißt eine Schlafstatt in einem Schrank, zum Schlafen präpariert war, auf diesen Backsteinen zu liegen und hörte den Männern, die um das Herdfeuer versammelt waren und in ihren Gesprächen, natürlich in Seelters vorgetragen, Gegenwärtiges und Vergangenes streiften, zu. Draußen hörte man ein „Tack-tack-tack"- Geräusch, das sich nach einigen Pausen wiederholte.

Die Männer sprachen von Panzerspähwagen als vermutliche Ursache für das „Tack-tack-tack".

Sie sprachen auch vom Werwolf, der hier, in dieser Gegend, sein Unwesen triebe. Ich geriet in Not, stellte mir vor, das nach all dem Seltsamen, das uns vor kurzem zugestoßen war, zu allem Überfluss auch noch Wölfe, „Werwölfe", was immer das auch ist, unser Leben bedrohten.

Den Namen „Werwolf" hatte Nazi-Propaganda zur Bezeichnung derer erfunden, die, wie der Volkssturm, als sozusagen letzte, aber sicherlich erfolgreiche Aufgebote dem deutschen Volk doch noch zum Endsieg verhelfen sollten.

Irgendwie, ich weiß nicht mehr, wie es geschah, gerieten wir beim Wechsel des Quartiers unter Tieffliegerbeschuss. Wir lagen alle irgendwie am Boden, um uns zu verstecken hinter Birken, in einem Graben, wo immer es möglich schien. Zwei Flugzeuge rasten nacheinander im Tiefflug über uns hinweg und beschossen uns mit Bordwaffen. Erstaunt bemerkte ich, wie eine junge Birke in die Luft geschleudert wurde und, sozusagen nach einem Salto, mit der Spitze nach unten wieder im Moorboden verschwand.

Mein Bruder Heinz, ein ganz prima Kerl, drei Jahre älter als ich, rief laut: „Geht ihr nur weiter! Ich bin getroffen!" In der Tat war er getroffen worden, und zwar von einem großen Stück Torf.

Nach einigen Tagen kam Onkel Josef siebzig Kilometer mit dem Fahrrad angeradelt – alle Verkehrsmittel hatten ihren Geist aufgegeben –, um Clemens, Heinz und mich zu sich nach Bakum zu holen. Marzella, Rolf und Mama fanden in dem Pastorat in Ramsloh Unterschlupf. Ich musste hinten auf den Gepäckträger bei Onkel Josef steigen, Heinz fuhr bei Bruder Clemens mit.

Heinz jubelte. Er freute sich auf einen schönen Ausflug. Clemens versuchte, ihm die Freude zu versauern: „Du wirst schon sehen!", sagte er.

Der Küstenkanal, der östlich von Friesoythe zur Nordsee fließt, musste per Ruderboot überquert werden: die Brücke war im Verlauf der Kämpfe um den Kanal verschwunden.

Bei Onkel Josef befiel uns bald schon Heimweh nach Mama. Wir weinten um die Wette, hatten Angst, wenn nachts ein Gewitter aufzog, und kletterten ins Bett zu Clemens, der uns beiden, Heinz und mir, Geschichten von Odysseus erzählte.

Heinz tat mir leid. Er schlief mit mir in einem Bett. Ich allerdings hatte mich bei all der Angst und all dem Heimweh zum Bettnässer zurückentwickelt. Ich schämte mich vor ihm, weil er in meinem Saft liegen musste, aber auch vor Tante Maria.

## IN MAMAS HEIMAT

Nach kurzer Zeit wurden mein Bruder Heinz und ich nach Bussen von Harme umgesiedelt, ins Elternhaus meiner Oma und meines Taufpaten Hannes.

Er lebte unverheiratet mit seiner Mutter, Tante Hanne, und zwei seiner zahlreichen Geschwister auf einem ziemlich großen Bauernhof und betrieb dort gleichzeitig eine Mühle.

Das Leben auf dem Bauernhof war wunderschön für mich. Pluto, ein großer weißer Bernhardiner-Hund, vor dem ich nach kurzer Zeit keine Angst mehr hatte, lag ständig vor der Haustür und bewachte den Hof. Immer, wenn sich jemand, von der Straßenseite kommend, näherte, bellte er wie wild und ging auf ihn los. Er bellte auch, wenn Radfahrer oder Pferdefuhrwerke etwa fünfzig Meter von ihm entfernt auf der Straße vorbeifuhren.

Der Stall, etwa dreißig Meter rechts vom Eingang gelegen, war mit allerlei Tieren bevölkert.

Links drohte hinter dickem senkrechtem Gebälk ein furchterregender Bulle. Ab und zu bekam er weiblichen Besuch.

Ein dickes Pferd, das Arbeitspferd, und dann der schlanke Fuchs, „dei Voss", wohnten nebenan.

Die Milchkühe grasten auf einer Weide rechts, das Pony auch.

Hühner liefen herum, wo immer sie wollten, legten auch ihre Eier, wohin immer sie wollten, erstaunlicherweise aber fast immer an die gleichen Stellen, abgesehen von dem eigentlich für sie vorgesehenen Ort, dem Hühnerstall, so dass ich bald keine Schwierigkeit hatte, sie zu finden. „Took, tok, tok, tok, took!", ließen sie nach vollbrachter Tat verlauten und erleichterten dadurch, als ob sie das beabsichtigten, das Finden auch der Eier, die sie an ungewöhnlichen Orten abgelegt hatten.

An solchen Stellen saß manchmal eine „Glucksche", ein Huhn, auf seinen Eiern, um sie auszubrüten. Diese Kameraden waren nicht ganz ungefährlich. Wenn sie ihre Brut gefährdet sahen durch meine allzu große Nähe, sprangen sie wütend mit wild schräg gestellten Nackenfedern vom Gelege auf, um mich zu verjagen.

Das alles machte Spaß, der allerdings getrübt wurde, wenn ein Schafbock, der mit einigen Artgenossen die Weide teilte, in der der große Hühnerstall des Hofes stand, sich vornahm, mir meine Eiersammelfreude zu vermiesen. Er baute sich dann inmitten der Weide vor dem erschrocken dreinblickenden Piefke, mir, auf, schaute ihn für eine Weile drohend an, ging dann ein paar Schritte rückwärts, um darauf wie ein Kampfstier mit gesenktem Kopf zur Attacke überzugehen. Nicht nur einmal fand Piefke sich am Boden wieder.

Einmal – das war das Höchstmaß des Erfolges für den Bock – schaffte er es, den reichlich gefüllten Eierkorb in ein riesiges Rührei zu verwandeln.

Ich muss ihm dankbar sein, bot er mir doch vier Jahre später, als ich anlässlich eines einwöchigen Tests hinsichtlich der Frage, ob man es wagen dürfe, mich für den Besuch des Gymnasiums zu empfehlen, dafür an, sein Verhalten und das meinige miteinander zu verweben, hieß es doch als Aufgabe, wir sollten eine Geschichte erfinden, in der ein Tier und ein Mensch vorkommen. Darf man sagen, der Bock habe meine akademische Laufbahn gepuscht? Vielleicht ist eine Bejahung der Frage zu viel der Ehre dem Bock gegenüber, aber es klingt doch schön, nicht wahr?

Manchmal brachen die sogenannten „Staaken", Jungtiere, die noch nicht gekalbt hatten, aus der Weide aus. Ich durfte sie dann, einem Cowboy gleich, aber ohne Sattel auf dem Pony sitzend und meine Hände in deren Mähne gekrallt, wieder zur Wiese treiben. Einmal warf mich das Pony ab. Es war auf der Brücke zu Lampings hin.

Wahrscheinlich hatte ich selbst Schuld an dem Geschehen, denn das Pony liebte mich.

Wenn mein Bruder Clemens an Wochenenden mit Freunden aus dem Dorf das Pony auf der Weide einfangen wollte, lief es weg. Ich wurde dann, mit einem Schwarzbrot als Köder in der Hand, damit beauftragt, das Tier für sie einzufangen, was immer gelang, aber gleichzeitig mir immer ein schlechtes Gewissen produzierte, weil ich ja in irgendeiner Weise das Tier betrog: Es suchte meine Freundschaft und wurde damit „belohnt", dass es geritten wurde.

Onkel Hans saß abends oft mit Freunden im Kaminzimmer, das, sehr groß und mit schönen alten Schränken, Tischen und Stühlen ausgestattet, Gemütlichkeit ausstrahlte, vor dem Kamin und trank mit ihnen Schnaps, den sie selbst gebrannt hatten, wie ich später erfuhr. Tagsüber arbeitete er vor allem in der Mühle und ließ mich zusehen, wie Getreide sich in Mehl verwandelt.

Einiges davon verarbeiteten Tante Hanne, Tante Lisbeth, ein ganz schönes Weib, und Tante Hedwig in der Küche zu Pfannkuchen: jeden Morgen wurde ich damit beglückt! Herrlich!!

Onkel Hans, dem ich im Übrigen meinen ersten Namen „Hans" verdanke, rauchte sehr viel. Bei jedem Zug sog er ganz betont und tief den Rauch ein.

In späteren Jahren ging ich, mit Jägerhut bekleidet, jeweils am 24. Juni, St. Johann, zu Fuß von Bakum nach Harme, um ihm mit einem Gedicht, das ich auswendig lernen musste, zu seinem Namenstag zu gratulieren. Er saß dann immer mit den gleichen Freunden – Sandmanns Clemens zum Beispiel –, mit denen er illegalerweise irgendwo im Bruch Schnaps brannte, im Kaminzimmer und freute sich offensichtlich über mein Gedicht.

Er schlief in seiner Kammer rechts vom Kaminzimmer. Mama und ich besuchten ihn dort, als er wenige Jahre später sterbenskrank im Bette lag.

Auf einem Nachttisch stand ein großer Pfannkuchenteller, der ihm aber als Aschenbecher diente. „Ick häv dän Zigarettenkonsum üm füfftich Prozent senkt", sagte er. Er rauchte nur noch vierzig Zigaretten täglich und starb dann bald darauf.

Im Sommer 1945 bauten die Leute aus Harme und Molkenstraße einen riesigen Bogen aus langen Stangen und belaubten Zweigen verschiedenster Baumarten auf der Straße rechts vom Seiteneingang zum Hof in Richtung Lamping zu Ehren von Clemens gr. Siemer, einem Bruder von Onkel Hans, der Ende 1944 zu desertieren gewagt und sich irgendwo im Sumpfgelände, dem sogenannten „Brauck", dem Bruch, versteckt hatte, von seinen zwei Schwestern mit Verpflegung versorgt worden war, es aber nicht gewagt hatte, unmittelbar nach Kriegsende am 8. Mai ins Haus zurückzukehren, weil er dem Braten noch nicht traute, jetzt aber, vier Monate nach dem Kladderadatsch, ins Haus zurückgekehrt war.

Die Leute freuten sich und tranken Schnaps, natürlich selbstgebrannten, auf sein Wohl.

Plötzlich tauchten zwei Fremde auf, wurden von der fröhlichen Feierrunde ergriffen und fürchterlich vermöbelt. Anschließend landeten sie mit völlig zerrissenen Kleidern im fünfzig bis hundert Meter vom Tatort vorbeifließenden Bach.

Ich war ahnungslos, erstaunt, entsetzt. Wie kann man jemanden so zurichten? Was war der Grund?

Die beiden Leute waren ehemalige „Fremdarbeiter" – das waren Polen, Russen oder Ukrainer gewesen, die vor der Kapitulation auf deutschen Höfen zur Feldarbeit gezwungen waren, weil die deutschen Besitzer der Höfe samt ihren damaligen „Knechten", auch arme Schweine, ja im deutschen Heer kämpften, die Höfe also verwüstet waren. Nun waren sie frei und lebten in einem Lager in Vardel, in der Nähe von Vechta, hatten weniger zu beißen als ihre ehemaligen Herren und versuchten, wenn sie über die Dörfer zogen, Eier zu stehlen oder jedem Huhn oder Hahn, derer sie habhaft zu werden vermochten, den Hals umzudrehen, was den Bauern natürlich wenig gefiel.

September 1945 kam Mama mit Marzella und Rolf von Ramsloh in ihren Heimatort zurück. Das schöne Leben für mich auf dem Lande fand ein Ende, leider. Einziger bleibender Vorteil des bisherigen Lebens bei Bussens: ich hatte nicht mehr eine Glatze mit Vorgarten, sondern ganz normal gescheitelte Haare.

Glatze mit Vorgarten hieß Pony vorne mit darauf kurzgeschorenem Kopf bis hinten hin. Das war nun vorbei.

Die vaterlose Familie musste bei Onkel Josef wohnen, konnte nicht in das Elternhaus der Mama ziehen, weil dort schon Flüchtlinge aus Pommern wohnten.

Links des Eingangs in der Vikarie hatten wir in einem langen Schlauch die Küche mit Torfofen. Daran schloss sich ein Raum an, in dem ein Klavier stand. Er diente unter anderem als Raum für Gruppenstunden von Onkel Josef mit Jugendlichen. Tante Maria, die Haushälterin, organisierte von diesem Raum aus auch die Verteilung der verschiedenen kirchlichen Zeitschriften – „Kirche und Leben", „Sämann", „Liboriusblatt" etc. –, die an Wochenenden verteilt werden mussten.

Diesem Raum gegenüber führte eine Tür in die sehr geräumige, mit Bodenfliesen ausgestattete Küche, den Bereich von Tante Maria, von dem aus einerseits eine Tür in die Wohnstube von Onkel Josef und Tante Maria führte und von der man andererseits durch eine sogenannte Waschküche in den Stall mit dem Plumpsklosett gelangte.

Unsere Schlafräume befanden sich „oben", wie wir sagten, im ersten Stock.

Der Raum mit dem Klavier ist für mich mit Erinnerungen an Weihnachten verbunden.

Wir Kinder durften an Heiligabend nie durch das Schlüsselloch gucken, wenn das Christkind seine Vorbereitungen traf. Wir würden blind werden, falls wir dem Verbot nicht Folge leisteten. Natürlich wollte niemand erblinden.

In diesem Raum hörte ich zum ersten Mal, von Marzella vorgelesen, wie es dazu kam, dass das Christkind in der Krippe lächelte. Heinrich Waggerl erzählt in einer wunderschönen Geschichte, dass sich „in jenen Tagen" ein Floh in das Ohr des Christkindes verirrt hat und es mit seinen für einen Floh typischen Bewegungen zum Lächeln reizt. Es kann auch sein, dass der Floh ganz bewusst vom Kopf des Esels einen kühnen Sprung in das Ohr des Knäbleins riskiert hat, um das Leben in einer erbärmlichen Krippe etwas angenehmer zu gestalten. Man sage nicht, dass die immerzu gejagten Flöhe zu nichts taugen.

Auf diese Weise lernten wir, dass wir Menschen einem popeligen Floh, was gute Taten dem Christkind gegenüber angeht, nicht im Entferntesten das Wasser reichen können.

Weihnachten war allein dieser Geschichte wegen schön. Marzella musste sie jedes Jahr von Neuem vorlesen.

Wir sangen auch: „Am Weihnachtsbaume die Lichter brennen. Wie glänzt er prächtig …" „Stille Nacht, heilige Nacht. Alles schläft. Einsam wacht nur das traute, hochheilige Paar. Holder Knabe im lockigen Haar". Was ist ein „holder" Knabe, was ein „trautes" Paar? Getraut? Na, das wollen wir doch hoffen! Kommt uns bloß nicht mit wilder Ehe! Ach, letztlich unwichtig! Hauptsache, es klingt gut! Also weiter: „Es ist ein Ros entsprungen … „O Tannenbaum, o Tannenbaum, wie grün sind deine Blätter …" Wer hat schon einmal einen Tannenbaum mit Blättern gesehen? Das gibt es nur zur Weihnachtszeit! Aus „Es ist ein Ros …" wurde später das Schockemöhle-Lied: „Es ist ein Ross entsprungen aus Schockemöhles Stall!" Macht nichts, der hat genug davon.

Warum neigt der Volksmund zu Verballhornungen? Weil die Ursprungstexte so verrückt, so unverständlich klingen? Kann sein.

Hölschers Alfons aus Elmelage, kl. Siemers Clemens aus Westerbakum, Holthaus „Sieg" aus dem Dorf kamen in diesem Raum zu Gruppenstunden mit Onkel Josef zusammen. Was da genau passierte, war mir unerfindlich. Aber ab und zu sangen diese Brüder: „Wildgänse rauschen durch die Nacht mit schrillem Schrei nach Norden. Unstete Fahrt, habt acht, habt acht, die Welt ist voller Morden."

Wildgänse! Schrille Schreie! Herrliche Bilder im Herzen eines Kindes wurden wach. Aber was ist „unstet"? Das muss was Spannendes sein, das Kinder nicht wissen dürfen. Oder können? „Habt acht!" Halb acht? Ich war oben im Bett hingerissen von solchen Liedern. Wir lagen ja schon ab 19 Uhr im Bett, konnten natürlich so früh nicht einschlafen und suchten deswegen, am Fenster stehend, mit dem Leben dort unten Kontakt aufzunehmen.

„Das Leben unten" war Kreyenborgs Bank vor deren Haus auf der linken Straßenseite in Richtung Kirche. Dort wurde jeden Abend im Sommer gesungen. Hedwig spielte Schifferklavier, ob gut oder schlecht, weiß ich nicht, der Rest der Besatzung sang Volkslieder: Thoben, Tholen, Kreyenborgs, Konerts. Wir oben am Fenster schnitten Grimassen, um die Aufmerksamkeit der Leute auf der Bank zu erregen, und schafften es auch.

Ich fand es sehr bedauerlich, niemals einige Spatzen, Sperlinge also, ernsthaft bei der Aufzucht ihres Nachwuchses unterhalb unserer Fensterreihe gestört haben zu können.

Sie brüteten neben den Füßen des heiligen Nepomuk, dem die Vikarie – aus historischen Gründen – ihren Namen verdankt (sie war eine Stiftung eines meiner Vorfahren) und dessen Figur die in Richtung Kirche weisende Außenwand des Gebäudes zierte, genau in die Mitte zwischen zwei Fenster gesetzt, aber so tief unterhalb dieser Fenster, dass das Nest oder die Nester unerreichbar waren für den, der sich aus dem Fenster lehnte.

Mir ging es um die Eier. Ich wollte sie mit einer Nähnadel an beiden Seiten anstechen, sie danach auspusten, auf ein Stück Nähgarn ziehen und stolz darauf sein, meine schon recht ansehnliche Sammlung verschiedener Eiertypen erweitert zu haben. Taubeneier zum Beispiel waren weiß, Drosseleier etwas bläulich, Spatzeneier braun gesprenkelt.

Die Idee, das Nest mit einem Besenstiel einfach zu zerstören, ohne der Eier habhaft werden zu können, war offensichtlich zu absurd, als dass man sie erwog.

Die Spatzen vertrauten auch – so scheint mir – darauf, dass die Umsetzung eines solches Gedankens überhaupt nie in Frage kam: Sie brüteten einfach weiter, wie sie überhaupt „in jener Zeit" recht mutig und – außerdem – recht zahlreich sich herumtrieben. Kaum ein Spatz hielt es für nötig, die Flucht zu ergreifen, wenn ein Fußgänger dummerweise, könnte man sagen, an einem Haufen Pferdedung, mit dem sich gerade eine Horde Spatzen auf der Suche nach unverdauten Getreidekörnern beschäftigte, vorbeimarschierte. Sie hüpften maximal zwanzig, dreißig Zentimeter zur Seite – man weiß ja nie –, um sich danach wieder laut keifend eben unterbrochener Beschäftigung zu widmen.

Es ist bedauerlich, feststellen zu müssen, dass sogar in Dörfern die Straßen heutzutage von der Straßenreinigung so aseptisch gehalten werden, dass kaum noch ein Spatz Lust verspürt, den Kampf gegen übertriebene Reinlichkeit auf zu nehmen. Er würde ihn ohnehin verlieren.

Gott sei es getrommelt: In Touristenzentren der Mittelmeerländer haben sie sich ihren Mut erhalten, zwischen Tischen und Stühlen herum zu hüpfen in Erwartung von Brotsamen, die von den Tischen der Damen und Herren fallen. Teilweise sind sie sogar so mutig geworden, dass der Tourist sich sozusagen Freunde heranzüchten kann, die ihm nach jeweils zwanzig oder dreißig Sekunden die Brotkügelchen fast aus der Hand picken.

Die Abende in der Vikarie endeten zumindest zweimal die Woche, kurz bevor Morpheus endgültig seine Herrschaft antrat, mit einem herrlichen Lied, gesungen in der Gaststätte Beckmann, rechts neben der Kirche, von Mitgliedern der Kolping-Familie: „… Vater Kolping lebe hoch."

Außerdem hatte vorher schon das Üben des Musikvereins in derselben Gaststätte eine einlullende Wirkung auf die Schläfer ausgeübt.

Auch die kleine Stube linksseitig der Küche, Tante Marias und Onkel Josefs Wohnzimmer, ist mit Gedanken an das Christkind verbunden.

Während des ganzen Jahres für uns Kinder unzugänglich, zeigte an Heiligabend das Christkind, zu was es fähig ist, wenn die Kinder nur andächtig zu glauben bereit sind: es kam zum zweiten Mal. Die diebische Freude bei Onkel Josef und Tante Maria über den Glanz der Kinderaugen lässt vermuten, dass jungfräuliche Personen, vor allem wenn sie so verdächtige Vornamen vor sich hertragen, trotz aller Vorteile ungebundenen Lebens einiger Freuden ebendieses Lebens nicht teilhaftig werden.

Auch Oma freute sich, wenn wir danach bei ihr die dritte Bescherung an einem Abend erlebten.

An banalen Tagen zu anderen Zeiten hatte sie uns Kinder, wenn wir sie mit Mama von Ramsloh aus während des Krieges besuchten, damit überrascht, dass bei ihr an einigen Apfel- und Birnbäumen hinter dem Haus Bonbons wuchsen.

Die lange, schmale Küche links des Eingangs in die Vikarie ist in meiner Erinnerung im Wesentlichen mit vier Bildern verbunden.

Erstes Bild: Mama sitzt vor dem Herd, hält ein Bein, ob rechtes oder linkes, weiß ich nicht mehr, in den Backofen und bewegt mit nicht sehr glücklichem Gesicht den Oberkörper vor- und rückwärts. Sie hat Schmerzen und sucht sie durch Hitze zu bekämpfen. Warum sie in späteren Jahren, ich weiß nicht mehr, ab wann, nicht mehr zu dieser Übung Zuflucht nehmen musste, ist mir ein Rätsel.

Das zweite Bild erinnert an Abende in der Küche. Eines der Kinder rührt Buttermilch, die auf dem Ofen erhitzt wird, damit sie bei dem Erhitzungsvorgang nicht gerinnt. Alle anderen Familienmitglieder beten kniend den Rosenkranz plus anschließende Lauretanische oder – schlimmer noch – die Allerheiligen-Litanei. Ich wollte immer gerne rühren, weil man so das Knien vermied.

Mittags oder in Schulpausen – drittes Bild – gab es „Stipp inne Pann'n", das heißt ausgelassenen Speck. Die heiße Pfanne wurde, natürlich mit Untersatz, auf den Tisch gestellt, und wir tunkten Schwarzbrotstücke hinein, um sie danach zu verzehren. Herrlich! Einmal hatte ich zur Volksschulzeit eine Klassenkameradin nach dem Unterricht mit nach Haus gebracht. Es gab Pudding, der wunderbar schmeckte. Sie aber sagte nach kurzem Test: „Dän Pudding, dän mach ick nich, dei schmeckt ja so wunnerlich." Diesen Spruch habe ich nie vergessen. Er klingt ja auch schön, aber ich konnte nicht verstehen, dass man irgendetwas stehen lässt, weil es nicht schmeckt.

Das vierte Bild betrifft Bruder Heinz, drei Jahre älter als ich, und mich im Wonnemonat Mai. Der Monat war und ist auch heute noch in katholischen Zirkeln der Gottesmutter geweiht. Aus diesem Grunde hatten wir in der kleinen Küche eine Art von Altar, um an ihm die tägliche Maiandacht abhalten zu können. Heinz, dessen Neigung zum Altardienst damit endete, dass er später seinen und seiner Familie Lebensunterhalt als Küster verdiente, obwohl er von Haus aus Gärtner war, liebte es, Messe zu spielen. Ich auch. Er war Pastor, ich sein Messdiener. Meine Verbeugungen bei diesen Messen waren erheblich korrekter als die in der Kirche.

Dass Tante Maria nicht begeistert war, wenn alle fünf Kinder, sobald sie die Notwendigkeit verspürten, das Plumpsklosett zu benutzen, den kürzesten Weg dahin wählten, nämlich durch ihre Küche hindurch, ist absolut verständlich, wurde doch dadurch der Glanz der Küchenfliesen ständig in Mitleidenschaft gezogen. Also erging das Gebot, wir hätten nach gestrecktem Galopp um das Haus herum den Ort zu betreten.

Bei großer Kälte und vor allem, wenn es stark regnete, war ein solcher Umweg mit Unannehmlichkeiten verbunden, aber, so denke ich, Kindern wohl zuzumuten. Dass aber auch Mama um das Haus herumlaufen musste, also bei Regen klatschnass wurde, kann ich dem trauten Josefspaar auch heute noch nicht nachsehen.

Das Anwesen der Vikarie war mit einem Garten ausgestattet, den man als Kleinod bezeichnen muss.

Hinter Onkel Josefs Schlafzimmerfenster und auch seitlich des Hauses konnte man Rasenflächen mit Rosenbeeten darin und Apfelbäumen darauf bewundern, umrankt und durchzogen von Spazierwegen. Diese Wege beschritt Onkel Josef, wenn er das Brevier betete. Für denjenigen, der nicht weiß, was ein Breviergebet ist: Jeder Geistliche musste täglich circa anderthalb bis zwei Stunden das sogenannte Brevier beten. Das waren täglich wechselnde Gebete, in etwa dem Stundengebet der Mönche vergleichbar.

Am rechten Rand der großen Rasenfläche stand ein Gartenhäuschen, einem chinesischem Teehaus vergleichbar. In einer Voliere darin oder davor übte ein Eichhörnchen Tretradfahren.

In diesem Häuschen – das, wie ich später erfuhr, Clemens gr. Siemer, Bruder von Tante Maria und natürlich auch von Onkel Hannes, als Unterschlupf benutzt hat, nachdem er desertiert war und sich verstecken musste – brachte mir mein Bruder Clemens ein tolles Lied bei: „Du sollst an Deutschlands Zukunft glauben, an deines Volkes Auferstehn", tönte er auf einer saxophonähnlichen Tröte. „Und diesen Glauben lass dir nicht rauben!"

Solche Verse im Sommer 1945! Im wahrsten Sinne des Wortes ermunternd: Deutschland hatte gerade kapituliert, war platt, wie es platter nicht sein konnte. Und nun so ein Text! Herrlich!

Ganz rechts, zu Zahnarzt Büssing hin, erstreckte sich der große Gemüsegarten, auch er von Wegen durchzogen.

Ob meine Mama jemals die Gelegenheit gehabt hat, in diesem Garten etwas für ihre Kinder anzubauen, entzieht sich meiner Kenntnis. Wohl allerdings weiß ich, dass Onkel Josef dort Tabak für sich anbaute, den wir zum Trocknen auf Drähte ziehen mussten.

Parallel zur Straße gackerten ein paar Hühner, die sich eines riesigen Auslaufs erfreuen konnten. Leider sind Hühner keine sehr großen Fans von Haselnüssen. Wären sie es, hätten sie wahrlich paradiesisch gelebt: drei Haselnussbäume mit jährlich beträchtlichem Ertrag beschatteten ihr Gehege.

Dummerweise verlangt ein schöner Garten erhebliche Pflege. Einen großen Teil davon erledigten wir Kinder, und zwar Freitags- und Samstagsnachmittags.

Mit einer Schuffel, einer zugegebenermaßen sehr gut funktionierenden scharfen Hacke an einem langen Holzstiel, musste ich Grasbüschel, Marienblümchen und Butterblumen vom Boden der Wege lösen und anschließend die Wege eben harken, so dass Onkel Josef unmöglich stolpern konnte, wenn er mit dem Brevier in der Hand darauf spazieren ging.

Mit einer Schere musste Gras, das die Ränder der Rosenbeete, die parallel zu den Wegen angelegt waren, überragte, kurz gehalten werden.

Einmal saß ich, mit dieser Aufgabe beschäftigt, in kurzen Hosen auf dem Gras. Dabei fiel mir ein, einen der vielen, vielen Falläpfel eines wunderschönen Grafensteiner-Apfelbaums auf der Rasenfläche aufzuheben und ihn zu verzehren. Onkel Josef hatte das von seinem Schlafzimmerfenster aus beobachtet, kam heraus, forderte mich auf, die Schere in das Gras zu legen, und befahl mir, hinter ihm – es war morgens so gegen 10 Uhr – zur Kirche zu dackeln. In dem links der Frauenseite gelegenen Beichtstuhl – seinem Beichtstuhl, in den ich nie ging – musste ich ihm dann beichten, ich hätte ihm einen Apfel gestohlen.

Mein ganzes Leben lang habe ich ihm diese mir aufgezwungene Nötigung nicht verziehen. Irgendetwas, dachte ich, kann hier mit der Beichte nicht stimmen. Aber weil wir ja so erzogen waren, dass wir – jedenfalls ich – uns ständig wegen irgendetwas schuldig fühlten, und da, zweitens, niemandem eingefallen wäre, Kritik zu üben an katholischen Verhältnissen, musste ich mich mit Wut zufriedengeben und mit dem doch schon recht verwegenen Gedanken, dass irgendeiner absolut ungerechtfertigte Macht ausüben will. Oder war Onkel Josef nur dumm? Verblendet durch zu viel Brevier-Gebet? Ich bin nie wieder richtig warmgeworden mit ihm. Vielleicht war das auch gar nicht möglich.

Böse war ich ihm auch, weil er mich mit fünf Reichsmark für eine Sache köderte, die ihn brennend interessierte, mich zunächst auch, dann aber bald gereute.

Ich sollte die lateinischen Texte des Stufengebets, des Gebets zu Beginn der heiligen Messe, auswendig lernen. „Et introibo ad altare Dei: ad Deum qui laetificat iuventutem meam …" Das war im ersten oder zweiten Schuljahr. Es wurde da eine stramme Leistung von mir verlangt. Dierkes Hinnik, mein bester Freund in damaliger Zeit und langjähriger Freund, erklärte Jahrzehnte später, ich hätte um diese Zeit herum nie Zeit gehabt für gemeinsame Unternehmungen, sondern sei ständig damit beschäftigt gewesen, diese Scheißtexte auswendig zu lernen.

Für fünf Reichsmark handelte ich mir ein, dass ich Onkel Josef fortan zur Verfügung stehen musste. Konkret hieß das, dass ich praktisch dauernd werktags um sechs Uhr die erste Messe „dienen" musste, weil es offensichtlich nicht so leicht war für Onkel Josef, für diesen frühen Zeitpunkt einen Messdiener zu finden.

Diese Messe wurde im Wesentlichen von zwei Personen besucht: von Piepers Marie, Schwiegermutter von Friseur Alfons Düvel, schon recht betagt und immer mit einem sogenannten Kapotthut bewaffnet, und, zweitens, einer mittelalten Frau aus Westerbakum, die mir dadurch im Gedächtnis geblieben ist, dass sie ihre Hände so wunderbar schräg faltete und auch den Kopf schief trug, wenn sie sich zum Kommunionempfang auf den Weg machte. Piepers Marie, in einer der ersten Bänke kniend, war in der Regel schon bei der Epistel, spätestens aber zur Opferung eingeschlafen, was zur Folge hatte, dass sie mit einer Hand, die dazu diente, den Kopf zu stützen, unfreiwillig ihren Kapotthut nach hinten schob, wodurch sie ein recht verwegenes Aussehen zeigte, wenn sie, ohne die Position des Hutes verändert zu haben, zur Kommunionbank schlurfte. Der Messdiener kriegte all diese Sachen deswegen so genau mit, weil er damals jedem Kommunizierenden die Patene, einen kleinen goldenen Teller, unter den Mund schieben musste, damit ja nicht ein Fitzelchen der Hostie auf den Boden fiel.

Manchmal tauchten auch Frauen auf, die gerade das Kindbett verlassen hatten. Sie wollten sich „aussegnen" lassen, das heißt wieder rein werden. Wieso das denn? In der Tat galten Frauen, die ein Kind geboren hatten, jüdischem Brauch entsprechend als unrein und mussten, um wieder vollwertige Kinder der heiligen Mutter Kirche zu werden, sechs Wochen nach der Geburt vom Geistlichen gereinigt werden durch Sprüche, sprich Gebete und Segen. Verrückt, nicht wahr?

Ich „messdienerte" mich zu Tode. Sonntags war der schlimmste Tag der Woche: erste Messe und Kindermesse sowieso. Danach musste ich bis zur Predigt des Hochamtes zu Hause, womit gemeint ist, in der Vikarie bleiben, um, falls ein für diese Messe eingeteilter anderer Messdiener nicht erschienen war, auch noch ein drittes Mal anzutreten.

Ich empfand es als sehr ärgerlich, wenn bei feierlichen Messen, in denen zehn oder mehr Messdiener aufgeboten wurden, die dann der Größe nach einmarschierten, ich, da der Kleinste, zwar als Erster auflief, aber am Altar ganz außen Platz fand und quasi nie eine besondere Aufgabe erledigen durfte, z.B. das Weihrauchfass schwenken oder das Messbuch tragen, wenn – wie bei einem Levitenamt – der Altar eingeräuchert werden sollte und dazu das Messbuch vom Altar verschwinden musste.

Einmal hat man es mir freundlicherweise erlaubt, das Messbuch zu tragen. Folge: Ich fiel mitsamt Buch um. Pech gehabt und aus der Traum!

Sehr schön hingegen war es, den Pastor auf Versehgängen begleiten zu dürfen. Was ist ein Versehgang? Entweder bringt der Pastor, vom Messdiener begleitet, altersschwachen Leuten, das heißt Leuten, die die Kirche nicht mehr besuchen können, weil sie zu krank und schwach sind, die Heiligen Kommunion nach Hause, oder er spendet todkranken Personen das Sakrament der „Letzten Ölung", wie es früher hieß. Heute heißt dieses Sakrament das Sakrament der Krankensalbung.

Schön war bei diesem Akt zunächst einmal, dass der Schulunterricht ausfiel. Aber noch etwas anderes war toll.

In der Regel wurde der Pastor mit einer Kutsche, noch besser mit einem Landauer abgeholt. Er stieg hinten ein. Das Kutschenverdeck war heruntergelassen. Der Messdiener, also ich, setzte sich in vollem Ornat auf den Bock neben den Kutscher und klingelte mit einer Schelle, wenn die Kutsche an irgendwelchen Leuten vorbeifuhr. Diese gingen dann in die Knie, will sagen, knieten sich hin, weil sie einerseits am Messdiener in voller Verkleidung und zweitens durch das Geklingel erkannten, dass das Allerheiligste an ihnen vorbeiglitt. Ich war stolz, weil ich die Leute mit meinem Ornat und Geklingel dazu brachte, in die Knie zu gehen.

Todkranke zu besuchen war oft nicht so angenehm. Ich kniete während der heiligen Handlung am Fußende des Betts, aus dem sehr oft schwarze Füße mit ungepflegten langen Zehennägeln herausragten, musste dann geweihtes Öl und Chrisam anreichen, mit dem der Pastor unter anderem Brust und Füße des Sterbenden einrieb. Gleichzeitig war das Röcheln des Kranken deutlich zu hören, aus dem vielfach zu entnehmen war, dass in Kürze hier wohl ein Toter aufgebahrt werden würde.

Angenehmer gestalteten sich Besuche, bei denen es lediglich um das Bringen der Kommunion ging.

Meistens, nein, quasi immer gab es nach getaner Tat Kaffee und Kuchen. Ich versuchte dann jedes Mal einige Plätzchen für meinen Bruder Heinz, der in der Schule saß, heimlich in die Tasche zu stecken. Einmal wurde ich dabei erwischt und bekam zur Belohnung eine Plastiktüte oder eine normale Tüte mit Gaben für meinen Bruder.

Am dankbarsten war ich dem Pastor, wenn er für einen Morgen mehrere Besuche nacheinander organisiert hatte, so dass der ganze Schultag für mich ausfiel.

Schön war auch, Glocken zum Läuten zu bringen. Man konnte sich am Ende des Geläutes so schön, am Seil hängend, vom Seil in die Höhe ziehen lassen.

Wenn mehrere Glocken bimmeln sollten, zum Beispiel bei Hochfesten, bedurfte es einer gewissen Kunst, die vier verschiedenen Glocken so zu ziehen, dass sie nacheinander, nicht gleichzeitig, zum Klingen kamen.

Lustig war es auch, Balgen treten zu dürfen. Was ist das? Bevor Orgeln durch elektrisches Gewerk zum Klingen gebracht werden konnten, musste man früher einen Blasebalg treten, der dem Organisten sein Handwerk ermöglichte. Diese Arbeit kam mit heutigem Spinning verglichen werden.

Gott sei Dank war ich in der Kinderzeit nicht nur Messdiener. Die meiste freie Zeit verbrachte ich mit Hinnik Dierkes in seinem Elternhaus. Ja, eigentlich war Dierkes Haus mein Elternhaus. Ich fühlte mich dort heimisch. Ich mochte die Mutter gern, die Schwester Emma, natürlich auch den Vater, und den besonders gern.

Von Beruf Elektriker, konnte er auch sonst noch wunderbare Sachen, zum Beispiel Uhren reparieren und Kreisel drechseln. Das war ganz wichtig. Das Beste war es, einen Kreisel aus Eichenholz zu besitzen, dessen obere Fläche dann noch mit Heftzwecken bewehrt wurde, so dass Feinde in Gestalt von Büscheler Jungs einem solchen Kreisel nichts anhaben konnten, wenn sie zum Beispiel mit Kreiseln derselben Holzart, aber mit scharfer Dorn unten versehen, versuchten, den Kreisel anderer Jungs zu spalten, indem sie ihren Kreisel auf den der anderen setzten, was leicht gelang, wenn der getroffene Kreisel aus Erlenholz oder ähnlich weicher Holzart hergestellt war. Gespaltene Holzschuhe, die ja in der Regel aus Erlenholz bestanden, gab es en masse. Wenn sie nach erfolgter Spaltung durch feindliche Kösel noch weiterhin Dienst tun sollten, erhielten sie auf der Oberfläche einen mehr oder weniger breiten Blechstreifen.

Bei Dierkes lernte ich, Reparaturen am Fahrrad vorzunehmen. Ich lernte durch Karl-Heinz, wie man eine Hinterradnarbe auseinandernimmt, kam mit Stauferfett, das zum Schmieren der Kügelchen in der Narbe benötigt wird, in Berührung und war immer stolz, wenn das Rad, auch die Speichen, schön glänzte.

Ansonsten hielten wir uns viel in Pastors Busch auf, schnitzten unsere Initialen und die Anfangsbuchstaben von Mädchennamen in Buchenbäume, machten Lagerfeuer, verbotenerweise, an der Bäke, die den Wald von Frillings Wiese trennte, steckten auch den Bahndamm hinter Diekmanns an, was natürlich auch verboten war. Ostendorfs Theo, auf dessen Hof hinter der Vikarie wir oft mit alten Fahrradreifen oder dicken Gummireifen spielte, war der Anführer unseres Indianerstammes, der sein Hauptbetätigungsfeld am Bach Richtung Molkenstraße hatte.

Im fünften Schuljahr lernten wir durch Lehrer Frilling, wie man Schlingen herstellt, um damit Krammetsvögel zu fangen. Dazu brauchte man unter anderem die roten Beeren der Eberesche, Vogelbeeren genannt, die wir im Herbst sammeln mussten, um sie im Winter als Lockmittel für Krammetsvögel zu verwenden. Fernerhin waren Pferdehaare aus dem Schweif von Pferden, aus denen die Schlingen gebastelt wurden, vonnöten. Pferdehaare konnten wir beschaffen, wenn entweder bei Schmied Fette oder bei Schmied Kreyenborg Pferde neue Hufe bekamen.

Dem Hufbeschlag zuzuschauen war an sich schon interessant. Die Pferde standen ganz geduldig, wenn der Schmied ihnen die neuen Hufe anpasste, obwohl der Zuschauer den Eindruck haben musste, sie litten gehörig, weil es qualmte und auch ein wenig roch, wenn das heiße Hufeisen probehalber das Horn des Hufes berührte. Passte es nicht ganz, kam das Eisen wieder in die Esse. Noch erstaunlicher war es, dass die Pferde offensichtlich keinen Schmerz verspürten, wenn der Schmied mit dicken Nägeln das Eisen im Huf befestigte, die Nägel umbog und danach mit einer groben Feile Überstände am Huf glätteten.

Unser eigentliches Interesse galt den Haaren am Schwanz. Vorsichtig und auch ein wenig ängstlich zupften wir an ihm und sammelten sie ein, immer ganz froh und auch erstaunt darüber, dass das Pferd sich kaum beschwerte.

Nebenbei gesagt fand ich es ganz schlimm, wenn die Vögel später sich nicht mit dem Kopf, sondern mit den Füßen in der Schlinge verfingen. Angenehm ist der Tod sicherlich nicht gewesen.

Dullwebers Georg aus Büschel brachte uns bei, wie man die Tiere federt. Sie wurden in Lehm gehüllt, auf offenem Feuer gebrannt, bis der Ton trocken war, dann wurde der Lehm mit einem Beil gespalten und schon hatte man die schönsten gefederten Krammetsvögel, die man sich denken kann. Nur Salz fehlte noch und Pfeffer.

Kreyenborgs Karl und danach Thoben Hans kamen aus der Kriegsgefangenschaft zurück. Sie wurden gebührend gefeiert. Irgendwie freute ich mich auch sehr mit dem ganzen Dorf.

Irgendwann spielten wir auf dem Schulplatz. Da kam jemand auf mich zu und sagte: „euer Papa ist tot." Meine Mutter hatte wohl eben die Nachricht vom Tod meines Vaters erhalten, und die Nachricht davon lief wie ein Lauffeuer durch das Dorf, bis sie auch zu mir gelangte. Ich nahm sie zur Kenntnis, ohne große Gemütsbewegung, spielte weiter. So ist das halt, wenn man den Vater eigentlich nicht kennt.

Wir spielten Fußball auf dem Schulhof. Wenn wir beim Angelus-Kläppen nicht nach Hause gingen, sammelte Lehrer Schmutte die ganze Bande ein, und wir mussten im Klassenraum der obersten Klasse sozusagen „nachsitzen". Ich nehme an, er wollte durch „Nachsitzen" erreichen, dass wir, so erschreckt, beim nächsten Mal sofort nach Hause gingen. Im Winter war der Zeitpunkt schon recht früh, so um 16 Uhr, weil das Angelus-Geläut sich nach dem Dunkelwerden richtete.

Das Fußballspielen auf der Rampe war deswegen einigermaßen schwierig, weil einerseits die Fläche zur Rampe anstieg, und zwar recht ordentlich, so dass eine besondere Taktik nötig war, um den Ball bei einer solchen Geländesteigung unter Kontrolle zu behalten. Andererseits war Bauer Frilling erheblich böse, wenn der Ball auf der der Rampe gegenüberliegenden Seite des Spielfeldes sich in seinem Kornfeld verflüchtigt hatte und bei der Suche nach ihm eine beträchtliche Menge Korn platt getreten wurde.

Am sichersten spielte man auf dem Sportplatz. Dort wurde mit zwei Mannschaften immer nur auf ein Tor gespielt. Jeder wollte ein berühmter Spieler sein. Mein Wunsch war es, Ottmar Walter zu sein. Sein Vorname begann ja auch mit O.

Mit dreizehneinhalb Jahren ging ich zum ersten Mal „auf Fahrt", und zwar mit dem Fahrrad. Heute wundere ich mich, dass meine Mutter das zugelassen hat. Es war ja nicht unbedingt ungefährlich.

Mein Partner hieß Klaus Zöller, Zahnarztsohn aus Steinfeld.

Bis Köln nahm uns Fuhrunternehmer Hönemann aus Dinklage, der Schlachtvieh transportierte, mit. Irgendwo im Ruhrgebiet wollte die Polizei, dass der Wagen anhält. Tat er auch. Der Fahrer öffnete eine Klappe am Wagen, holte einen Strang Koteletts heraus, gab sie dem Polizisten, und die Polizeikontrolle war beendet. „Kiek", dachte ich, „so geht es auch."

Kurz vor Frankfurt taucht das Wort „Seligenstadt" auf einem Straßenschild auf. Klaus nahm das zum Anlass, mir zu sagen, dass er dort vierzehn Tage bei seinen Verwandten bleiben wolle. Ich fand das nicht so rührend und fragte ihn, ob er das ernst meine. Er fand meine Frage komisch. Als er dann nach rechts abbog, um gen Seligenstadt zu radeln, fuhr ich geradeaus weiter. Irgendwo zwischen Gießen und Marburg kaufte ich an einem Kiosk am Straßenrand, der eigentlich für amerikanische Soldaten da war, etwas zum Trinken. Kurze Zeit später fühlte ich mich „blau": ich hatte wohl Alkohol erwischt.

In Warburg besuchte ich meinen Bruder Heinz, der dort eine Gärtnerlehre absolvierte, und war sehr stolz darauf, die Fahrt von dort nach Bakum, ungefähr zweihundert Kilometer, an einem Tag erledigt zu haben.

Es folgten weitere Fahrten, nach Holland zum Beispiel, und auch woandershin, alle schön.

1950 starb Oma. Wir zogen um in Mamas Elternhaus. Ich geriet somit auch in einen neuen Kreis von Spielkameraden, an die ich mich nur sehr schwer gewöhnen konnte.

1952 trat ich der Pfadfinderschaft Sankt Georg in Vechta bei. Das bedeutete, dass ich einmal die Woche, mit „Klampfe" auf dem Rücken und Pfadfinderhut auf dem Kopf, mit dem Fahrrad erst zum Pfarrheim St. Georg und später zu unserem „Heim" auf dem alten Flughafen von Vechta fuhr und Sippenabende, Stammestreffen und ab und zu auch Elternabende besuchte. Das Heim hatten wir selbst gebaut, aus Steinen, die aus der Rollbahn des Flughafens gebrochen worden waren. Mein Freund Werner Timphus hatte einen Großteil der Arbeit geleistet: leider war die Zuwegung dorthin ganz miese. Ich fuhr immer durch den Darener Wald und musste fast jedes Mal die letzte Strecke über einen außerordentlich nassen und dreckigen Feldweg fahren, so dass mein so schön gepflegtes und geputztes Fahrrad danach nicht mehr wiederzuerkennen war, was mich gewaltig ärgerte. Auf dem Rückwege hatte ich regelmäßig Angst, wenn ich die Wege im Darener Wald, im Herbst vom vielen Laub zugedeckt, nicht fand und außerdem seltsame Geräusche, die der Fahrtwind mit dem Laub hinter meinem Rad erzeugte, vernahm.

Es folgten Lager, unter anderem von mir als Stammesführer organisiert, und weitere Fahrten, so auch eine Tramptour mit Werner Timphus. Wir wollten vierzehn Tage mit 30 DM überstehen und schafften es auch, indem wir zum Beispiel sehr viel Obst von Wiesen klauten.

In Weingarten gerieten wir an ein Benediktinerkloster, nachdem uns eine Frau am Dorfbrunnen einen Liter Most angeboten hatte. Wir tranken ihn aus, ohne zu wissen, dass Alkohol mit im Spiel war. Leicht angesäuselt oder auch sehr gut gelaunt baten wir die Benediktiner um Quartier, erhielten es und durften sogar als Gäste am „Vorstandstisch" sitzen.

In Friedrichshafen am Bodensee regnete es dermaßen, dass alle Zeltplatzbewohner am nächsten Morgen ihre Decken auswrangen. Nur wir, die mit dem schlechtesten Zelt, blieben trocken. Wir hatten es nämlich auf einer leichten Anhöhe gebaut und nach alter Manier mit einem Graben rundherum versehen.

Von Friedrichshafen bis Freiburg sind wir zu Fuß gelaufen, zweihundert Kilometer: niemand nahm uns mit.

In Emmendingen an der Autobahn wollte uns auch niemand mitnehmen. Ich betete einige Rosenkränze, und siehe da, es klappte.

Durch die Pfadfinderei kam ich in Schwulitäten mit dem Fußballverein SC Schwarz-Weiß Bakum, denn die Spiele fanden ja sonntags statt, und sonntags gab es auch manchmal Pfadfinderveranstaltungen, zusammen mit Freunden von der evangelischen CP, der Christlichen Pfadfinderschaft.

So ungefähr mit vierzehn Jahren hatte ich eine neue Aufgabe zugeteilt bekommen, nämlich im Frühjahr unseren Garten umzugraben und ihn danach zu bestellen.

Der Garten lag etwa zwei Kilometer von unserem Hause entfernt, maß etwa zweitausend Quadratmeter und war mit einer beträchtlichen Anzahl von Apfelbäumen bestückt, die ich im Herbst abernten musste. Frau Bednarczyk aus Harme und manchmal auch Herr Giersch halfen beim Graben. In jede Furche kam eine Lage Mist, den uns unser Pächter Josef Schlotmann lieferte. Richtig viel Spaß machte das Ganze nicht. Außerdem kostete es Kraft.

Im Nachbargarten, von unserem durch eine Hecke getrennt, wurstelte Konerts Marie, eine alte Frau, die jeden Tag denselben Weg an Hopings Mühle und Kornfeldern vorbei zu ihrem Garten tippelte. Jeder wusste, dass im Nachbargarten jemand ackerte, wir sprachen aber nie miteinander.

Konerts hatten in ihrem Garten auch einen ziemlich großen Hühnerstall, aus dem Tochter Irmgard, ein Jahr älter als ich, abends die Eier herausholte.

Einmal hatte sie mich gegen Abend überlistet, in ihren Garten zu kommen. Danach sollte ich ihr beim Eiersuchen helfen. Auf einmal nahm sie mich zur Brust und verpasste mir einen Kuss, den ersten meines jungen Lebens. Ich war vollständig von den Socken, wusste nicht, wie mir geschah, ließ es aber geschehen. Plötzlich hörten wir lautes Rufen: „Irmgard! Irmgard!" Konerts Mama vermisste ihre Tochter, die zu lange weggeblieben war. Mir sackte das Herz in die Hose. Ich befürchtete, Konerts Mama würde mich samt Tochter im Hühnerstall erwischen und sich alles mögliche Schlimme vorstellen. Irmgard rettete die Situation, indem sie forsch der Mama entgegenging.

Wir haben uns ein paar Tage später für ein Treffen in Berdings Busch verabredet. Das war ziemlich weit von der Dorfmitte entfernt, aber sicherer als der dorfnahe Pastors Busch. Ich kam zu Fuß von Vechta, wo ich an einer Probe für eine Kinderoper teilgenommen hatte und singen musste: „Guten Tag, Frau Waschfrau. Was gibt's denn heut zu tun?", worauf die Waschfrau erwiderte: „Viel. Die Wäsche ist schwarz", oder Ähnliches. In Berdings Busch angekommen konnte ich sie zunächst nicht finden. Dann aber nahm sie mich wieder zur Brust und ging zur Tat über. Das war der letzte Kuss, den ich mir von ihr verpassen ließ. Mich störte der Mundgeruch.

Ab meinem sechzehnten Lebensjahr habe ich in den Sommerferien und auch in anderen Ferien „gehandlangert", Stundenlohn 1,30 DM, zehn Stunden am Tag, Arbeitsbeginn sechs Uhr morgens. Konerts neue Kneipe nebst Wohnhaus, Tapken Büllis Haus, die Mauer um die Kirche: alle Steine dieser und anderer Gebäude habe ich in der Hand gehabt. Bei Arbeiten in der Nähe der Kirche warf ich immer um zehn vor sechs kleine Steinchen an Schmutten Elisabeths Schlafzimmerfenster im ersten Stock ihres Hauses und freute mich sehr, wenn sie sich im Nachthemd am Fenster zeigte.

Mehr weiß ich nicht.

# THEKENDIENST AN NACHMITTAGEN

Eigentlich war es gar nicht so schlimm, dass ich als Obersekundaner, das heißt als Schüler einer 11. Klasse des Gymnasiums in Vechta, nachmittags, so ab 15 Uhr, die Kneipe hüten musste. Es war in der Regel nicht viel los, weil das Dorf schlief, aber nicht in dem Sinne, dass allenthalben Siesta gehalten wurde: Das Geschäftsleben war für eine Weile auf Eis gelegt.

Nach Schulschluss um 13.15 Uhr war ich mit einem Klassenkameraden, Peter Becker, dem Sohn eines der Ärzte im Dorf, mit dem Fahrrad nach Haus geradelt, war sehr oft klatschnass vom Regen angekommen, so dass die Lederhose, die ich im Verlaufe des Jahres von, sagen wir Mai bis Oktober trug, ganz weich geworden war – um dann danach, wenn ich sie ausgezogen sie zum Trocknen senkrecht in mein Zimmer gestellt hatte, steinhart zu werden.

Nach dem Mittagessen musste ich meistens eine ganze Menge Geschirr abwaschen, weil im Bünnemeyer'schen Hause in der Regel drei bis fünf Dauergäste zu Mittag aßen. Das waren zwei bis drei Lehrer oder Lehrerinnen nebst dem oder den Rendanten der Volksbank oder der Oldenburgischen Landesbank. Dazu kamen fast täglich einige Reisende, das heißt Leute, die Spirituosen, Tabakwaren oder Kurzwaren unters Volk bringen wollten. So gegen zwei Uhr waren sie wie wir mit dem Mittagessen fertig, und dann musste natürlich das gebrauchte Geschirr nebst Tellern und Töpfen gesäubert werden. Das ging so vor sich, dass irgendjemand, sagen wir Doris oder ich, im steinernen Waschbecken mit Waschpulver die Sachen säuberte und sie dann nach links beförderte, so dass die zweite Person es mit einem Geschirrtuch trocken rieb. Das dauerte meistens ziemlich lange, weil ja auch viel Geschirr zu reinigen war. Erst sehr viel später – nach meiner Eheschließung – ist mir klargemacht worden, dass unser Verfahren wenig hygienisch war: Niemandem von uns Beteiligten ist jemals klar gewesen, dass mit Waschpulver gereinigte Teller vor dem Trocknen mit klarem Wasser hätten gespült werden müssen. Nun ja, das ist längst vorbei, und niemand von unseren Gästen ist daran gestorben, so dass man davon ausgehen kann, dass nicht alles, was für unbedingt richtig angesehen werden kann, auch unbedingt richtig ist. Dreck scheuert den Magen, hieß es immer bei uns. Vielleicht hat Waschpulver einen Reinigungseffekt für denselben Körperteil.

Nachmittags ging also selten jemand aus dem Dorf in eine Kneipe oder Gaststätte. Aber weil unsere Kneipe, genauer gesagt die meiner Mutter, von sechs Uhr morgens bis ein Uhr nachts geöffnet war, musste auch zu Zeiten, in denen kaum Kundschaft auftauchte, immerhin jemand da sein. Wenn ich gerade sagte, dass bis ein Uhr nachts Betrieb war, so stimmt das nicht ganz. Die Polizeistunde, also die Stunde, in der Lokale zu schließen hatten, wurde des Öfteren bis 1.30 Uhr hinausgeschoben, illegalerweise. Dazu mussten die Verdunkelungsrollos herabgelassen werden, fast wie im Krieg bei Bombenangriffen. Und erst danach konnte die Theke für den folgenden Tag präpariert werden: Gläser waschen, Aschenbecher säubern und, vor allem, die Metallteile der Theke wienern. Dazu brauchte derjenige, der den letzten Thekendienst geleistet hatte, auch noch eine halbe Stunde, so dass er erst gegen zwei ins Bett kam, aber um 5.30 Uhr schon wieder aufstehen musste.

Ich mit meinen fünfzehn Jahren brauchte diesen Dienst nicht zu verrichten. Ich konnte in meiner „Dienstzeit", das heißt an den Nachmittagen, eigentlich alles tun, was ich wollte: lernen zum Beispiel, oder Klavierspielen oder Tischbillard üben oder aus dem Spielautomaten nacheinander im Abstand von etwa zehn Sekunden 10-Pfennig-Stücke herausklopfen. Herr Krautwurst, der Bierfahrer vom Bierverlag Beuse an der Falkenrotterstraße in Vechta, hatte mir den Trick gezeigt. Ab und zu kam er uns besuchen. Er hob dann zwei Fass Haake-Beck-Bier vom pferdebespannten Bierwagen, setzte sie, natürlich nacheinander, auf seine Lederschürze und bugsierte sie vor unsere Kellerluke auf der einen Straßenseite unserer Gaststätte. Er kam danach in den Thekenraum, um anzukündigen, dass er in den Keller gehe und die Luke öffnen wolle, damit er die beiden Fässer an den für sie vorgesehenen Ort befördern konnte. Das war keine so leichte Arbeit. Schließlich wogen die 50-Liter-Fässer das Ihrige. Aber Krautwurst machte das mit links, denn er war von kräftiger Statur, hatte offensichtlich Bärenkräfte. Er und seine beiden Pferde vor dem Wagen passten vortrefflich zusammen, weil sie alle Kraft, gute Laune und Gemütlichkeit ausstrahlten. Ich mochte ihn gern, den Krautwurst, der quasi der Herr unseres Kellers war. Das heißt, er brauchte niemanden, der ihm einen Auftrag gab. Er war sozusagen ganz alleine dafür verantwortlich, dass immer hinreichend Bier zur Verfügung stand. Nach getaner Arbeit trank er selbst noch ein paar Bier. Das war wahrscheinlich sowohl in seinem wie auch des Bierverlegers Sinn. Herr Krautwurst – welch seltsamer Name, nicht wahr? – trank offensichtlich gerne Bier. Man konnte diese Erkenntnis aus der erheblichen Wölbung unter der beträchtlich langen und herrlich glänzenden Lederschürze gewinnen. „Haake-Beck-Geschwür" nannte man eine solche Wampe. Manchmal hatte er eine halb geräuchte Ahlers-Funkspruch-Zigarre aus Wildeshausen auf dem Zahn. Der Rauch der Zigarre verbarg sein gemütliches, rotgefärbtes Gesicht, wenn wir beide uns über Spundflasche von Altona 93 oder Hänschen Appel vom FC St. Pauli unterhielten. Die Ausgabe für die paar Bier – für sich oder für andere, zufälligerweise anwesende Gäste – ließ er sich quittieren. Der Bierverleger hatte ihm wahrscheinlich auferlegt, den Auftrag von hundert Liter Bier durch Verzehr einiger Gläser Bier zu honorieren.

Vierzehn Kneipen gab es damals im Dorf. Wenn er bei jedem Besuch jeweils alle Kneipen hätte besuchen müssen, wäre sein Job sicherlich ein sehr schwerer gewesen. Ich habe ihn nie betrunken, wohl aber des Öfteren angeheitert gesehen. Einmal hatte er mir im Vertrauen gezeigt, wie man dem einzigen einarmigen Banditen, den wir hatten und der neben dem Ausgang zur Kegelbahn befestigt war, Stück für Stück Groschen entlocken konnte. Man musste dazu den Apparat mit Geld füttern, wie wenn man spielen wollte. Dann aber, anstatt den Hebel, mit dem man die Zahlenrolle hinter der Glasscheibe in Bewegung bringen wollte, mit einem Ruck nach unten zu ziehen, musste man den Hebel ganz langsam nach unten bewegen, dabei dreimal nacheinander ein „Klack" hören, nach dem dritten „Klack" den Hebel mit der linken

Hand fixieren und ihm mit der rechten Hand von oben einen leichten Schlag versetzen. Oh Wunder der Natur: Es kam bei jedem Schlag ein Groschen heraus!! Das war also, wie man sich leicht vorstellen kann, eine saubere Beschäftigung für mich, einerseits. Andererseits verursachte sie mir Gewissensbisse, weil ich ja wusste, dass der Gewinn aus diesem Apparat mir nicht zustand, sondern zum Haus gehörte.

Ich hätte die ruhige Nachmittagszeit häufiger zum Lernen nutzen sollen. Griechische Vokabeln fehlten mir zum Beispiel; Latein in Sexta, dem ersten Gymnasial- oder fünften Schuljahr, und Englisch in Quarta waren kein Problem für mich gewesen. Man hänselte mich wegen guter Noten in fast allen Fächern, nannte mich einen Streber. Dabei hatte ich mich für diese guten Noten eigentlich, so jedenfalls glaubte ich, nicht sehr angestrengt, wenngleich ich wohl darauf bedacht war, gute Noten zu bekommen. Ich kann mich noch sehr gut daran erinnern, wie ich am Ende der dritten Gymnasialklasse über mein eigenes Verhalten den eigenen Zeugnisnoten gegenüber erschrocken war. Ich saß in der ersten Reihe einer mittleren Banksäule. Herr Sandrock, unser Sport- und Mathelehrer, der mich gerne mochte, unter anderem weil ich gut im Sport war, wollte mit der Klasse seine Notenvergabe für Mathematik besprechen. Das war für damalige Zeiten – 1951 – sensationell modern. Nun gut, er saß auf meiner Bank, also fast auf Tuchfühlung zu mir, und erklärte meine Note: Durchschnitt Klassenarbeiten, mündliche Leistung, also … da fing ich bitterlich an zu weinen, weil ich glaubte, es käme eine miese Note dabei heraus. Das war aber gar nicht möglich: alles aus dem Vorspann war positiv. Ich bekam eine Zwei, was ja die zweitbeste Note von allen möglichen ist, und schämte mich fürchterlich wegen meiner völlig abstrusen Reaktion. Ich glaube, ich schäme mich noch heute. Natürlich fasste sich die ganze Klasse an den Kopf und fragte sich, ob ich wohl alle Tassen im Schrank hätte. Also: Klar wollte ich gute Noten haben, aber ich habe mich nicht allzu sehr dafür anstrengen müssen, empfand also die Einschätzung der Klasse, ich sei ein Streber, als ungerechtfertigt. Also beschloss ich, in der nächsten Klasse, in der wir Griechisch als dritte Fremdsprache bekamen, dafür zu sorgen, dass dieser Eindruck verschwand: Ich wollte in Griechisch höchstens eine Vier erreichen. Ich wetteiferte mit meinem Banknachbarn, Fritz Brose, darum, in Griechisch schlecht auszusehen. Allerdings glaube ich in der Rückschau, dass Fritz nicht mehr konnte, als er leistete. Wenn wir in einer der ersten Klassenarbeiten noch vom Deutschen ins Griechische übersetzen mussten, beispielsweise den Satz eins: „Die Griechen waren alle … usw.", dann schrieb Fritz in der Regel – ich schreibe jetzt, wie die Buchstaben klingen, nicht wie sie griechisch aussehen, weil das hier nicht möglich ist – „hoi …" (das heißt „die") und gab dann ab. „Bulle" Terheyden, unser Latein- und Griechischlehrer, ein ganz prima, schon sehr alter Lehrer, schrieb dann in der Regel unter die Arbeit „Fast die ganze Arbeit fehlt: Sechs" oder, und das war noch witziger: „… und Stroh: Sechs." Wenn er Fritz dann das Heft zurückgab, sagte er: „Brose!" (Das „o" sprach er fälschlicherweise ganz kurz aus.) „Brose! Prima Kerl, aber von Latein und Griechisch keine Ahnung!" Dabei schlug er dem Fritz ganz freundlich lachend mit seiner Riesenpranke pausenlos auf den Rücken, so dass Fritz in die Knie ging.

Bei mir konnte er sich nicht erklären, wieso meine Leistungen in Latein gut, im Griechischen aber nur „ausreichend" waren. Wenn er dann auf mich einredete und ich mir wegen seiner ausgesprochen feuchten Aussprache manchmal über die Haare rieb – ich saß ja mit Fritz in der ersten Reihe – oder mich gar etwas nach hinten beugte, dann strich er mir seinerseits über die Haare und sagte, solche Kleinigkeiten – er meinte die feuchte Aussprache – seien doch völlig bedeutungslos. Er hatte natürlich recht, aber ich empfand das anders. Ich glaube, ihm tat es leid, dass ich in Griechisch so schlecht war. Mir aber tat es gut, am Ende des Jahres mit einem „Ausreichend" nach Hause zu gehen, war ich doch auf diese Weise von einem bösen Leumund befreit.

Aber um wieder zum eigentlichen Thema zurückzukommen, meinem Thekendienst in der Kneipe: Die Nachmittage waren wegen mangelnder Kundschaft langweilig. Aber natürlich gab es auch Ausnahmen.

Manchmal tauchte ein älteres Ehepaar auf. Es wohnte, wenn ich mich recht erinnere, bei Övermanns Emma, ein paar Häuser weit rechts, neben unseren Verwandten Zurborg. Dieses Paar ging des Öfteren nachmittags spazieren. Im Winter war der männliche Teil des Paares immer mit elegantem Ledermantel bekleidet. Das war kein einfacher Ledermantel. Was heißt schon einfach? Es war offensichtlich ein kostbares Kleidungsstück, da es von oben bis unten mit Fell, welcher Art auch immer, unterfüttert war. Der Besitzer trug den Kragen hochgeklappt, so dass er unmöglich frieren konnte, ging am Stock und ziemlich gebeugt. Seine Frau, auch sie eine im Dorf auffallende Person, half ihm beim Erklimmen der Stufen am Eingang zu unserer Gaststätte und rückte ihm auch den Stuhl in der Nähe des Kachelofens gegenüber der Theke zurecht. War sie jünger als er? Das konnte ich nicht abschätzen damals. Eines war klar – für mich und, so glaube ich, auch für andere Kenner der Szene –: Beide waren irgendwie elegant. In jedem Falle fielen sie auf, allein schon wegen der Tatsache, dass sie an einem ganz gewöhnlichen Werktag spazieren gingen und „einkehrten", meistens bei uns. Warum sie gerade bei uns einkehrten, ist mir nie ganz klar gewesen. Ich sage „nie", weil mir später einiges klar wurde. Aber davon später.

Herr Fechner bestellte immer einen Tee für seine Frau und danach einen Grog für sich. Wenn der Grog ihm zu schwach erschien, wollte er mehr Rum. O. k. Kein Problem.

Meine Mutter hatte mich gelehrt, mich um die Gäste zu kümmern. „Traktieren" nannte sie das. Im privaten Bereich, das heißt, wenn Besuch da war, bedeutete das, die Gäste zum Essen und natürlich auch Trinken zu animieren, indem man ihnen zuprostete oder Platten mit Speisen kursieren ließ. Ich bin froh, diese Unterweisung genossen zu haben: ich komme ihr noch heute mit Vergnügen nach und genieße den Ruf, ein gastfreundliches Haus zu führen.

In Bezug auf Kneipendienst war gemeint, die Gäste irgendwie zu unterhalten. Eigentlich fiel es mir nicht schwer, dieser Aufgabe nachzukommen, aber ich hatte, zumindest zu Anfang, einige Hemmungen, wenn besagtes Ehepaar so gegen fünf oder sechs Uhr nachmittags sich langsamen Schrittes dem immer gleichen Platz näherte. Ich erledigte die Bestellung, nicht ohne vorher höflich gefragt zu haben, was es denn sein dürfe, obwohl völlig klar war, wie die Antwort lauten würde. Aber der erhebliche Altersunterschied und wohl auch die Eleganz der Kleidung der Gäste im Vergleich zu meiner Lederhose im Sommer und den Knickerbockers – 6-Wochen-Lokus hießen sie in der Sprache des Volkes – im Winter erschwerten mir unmittelbaren Kontakt. Doch das waren anfängliche Hemmnisse, denn sehr bald erfuhr ich, dass dieses Paar lange Zeit in Sankt Petersburg gelebt und dort viel Geld verdient hatte. Von Sankt Petersburg wusste ich nicht sehr viel, außer dass ein Zusammenhang zwischen dem „Holzschuhtanz" in der Oper „Zar und Zimmermann" und Peter dem Großen existierte und dass es in Sankt Petersburg einen Newski-Prospekt gab. Das Letzte wusste ich aus meiner vielfältigen Lektüre, der ich, solange ich denken konnte, hoffnungslos verfallen war. Ich hatte neben sicherlich zehn Bänden Tarzan-Büchern und „Tecumseh, der zum Sprung ansetzende Berglöwe", von einem Autor namens Stephenson, den Inhalt des Bücherschranks in der alten Stube in unserem Haus verschlungen, „Die Brüder Karamasow" und den „Großinquisitor" von Dostojewski, Tolstois „Kreutzersonate", Dudinzews „Der Mensch lebt nicht vom Brot allein" und andere Russen, konnte aber nicht sagen, aus welchem dieser Bücher ich den Newski-Prospekt, offensichtlich eine Prachtstraße in Sankt Petersburg, der „Kö" in Düsseldorf oder der „Mönckebergstraße" in Hamburg vergleichbar, kannte. Alle diese „Russen" hatte mir Sieverdings Bernd empfohlen, ein eleganter Bauer, ehemaliger Vertreter des Zentrums im Oldenburger Landtag, also ein Compagnon von Onkel Bitter aus Ramsloh, der in der Bakumer Bauernschaft Install „Nutrias", will sagen Bisamratten, züchtete – man stelle sich so etwas vor: ein Bisamrattenzüchter in Bakum! Das musste ein besonderes Exemplar von Kerl sein! Und sonntags nach dem Hochamt stand er immer mit der „Welt" oder der „Frankfurter Allgemeinen" in der rechten Manteltasche an der rechten Kopfseite der Theke, Funkspruch rauchend, und trank zwei Steinhäger und zwei Bier. Es gingen übrigens einige Gerüchte um, dass er der leibliche

Vater von Schlotmanns Elfriede, dem angenommenen Kind unserer Pächter, gewesen sei. Keiner weiß es, aber jeder weiß, dass sie mit ihrem späteren Mann Jüchter aus Emstek nach seinem Tode als Erbe seiner Besitzung, die nicht von schlechten Eltern war, eingesetzt worden ist.

Wie auch immer: Meine durch Bernd gewonnenen Kenntnisse von Alexander Newski und dem nach ihm benannten Prachtboulevard von Sankt Petersburg erfreuten Herrn Fechner, so dass wir fast immer über Sankt Petersburg sprachen. Ich hörte vom Panzerkreuzer Potemkin, vom Winterpalais des Zaren und von der Eremitage, und nach und nach kam ich zu der Erkenntnis, dass Familie Fechner kurz vor der Oktoberrevolution 1917 Russland entkommen war.

Frau Fechner mischte sich selten in das Gespräch, nickte nur ab und zu und schaute dabei ins Leere, wie wenn sie irgendwie in Erinnerungen schwelge.

Manchmal bat mich Herr Fechner, ihm auf dem Klavier „Vilja, oh Vilja, du Waldmägdelein …" oder das Wolgalied vorzuspielen. Das war leichtes und zugleich angenehmes Spiel für mich, verbrachte ich doch an Nachmittagen enorm viel Zeit am Klavier, weil es mir einfach viel, nein, sehr viel Spaß machte.

Mit dreizehn Jahren hatte ich mit Unterricht angefangen bei Fräulein Jonzek, einer sogenannten „Flüchtlingsfrau", die am hinteren Ausgang unseres sehr langen Hausflures, in dem gegenüber der Tür zum „Wohnzimmer" an der Decke Würste und Schinken, Ergebnisse der letzten Schlachtung, hingen, ein Zimmer bewohnte, in dem neben ihrem Bett nebst Nachttopf darunter auch ihr Klavier stand. Sie spielte herrlich Klavier: es war schön, ihr zuzuhören, wenn sie in ihrer freien Zeit für sich – und gleichzeitig – für mich spielte.

Nun gut: In diesem Zimmer erteilte sie Klavierunterricht, jeden Tag, ungefähr von 14 bis 20 Uhr. Es war für mich interessant zu erleben, wie eine Menge junger, jedoch auch halbwegs erwachsener Leute aus dem Dorf, aber auch aus umliegenden Bauernschaften, sogar aus Vestrup – einer davon war ein Junge namens Nieske, schwarzhaarig, etwas schüchtern ausschauend, aber hochbegabt: das merkte ich –, das zwar zu Bakum gehörte, aber immerhin eine eigene Kirche hatte, zu uns ins Haus kam, um sich musikalisch ausbilden zu lassen. Mit großer Spannung und hoffnungsvoller Erwartung sah ich dem Augenblick entgegen, wenn Lisa, die Tochter eines „großen" Bauern aus Westerbakum, den schmalen Gang am hinteren Teil unseres Besitztums befuhr und zu „Bünnemeyers" kam. Sie war hübsch und sehr musikalisch, wie ich aus den Stücken, die sie spielte, und aus der Art, wie sie diese Stücke spielte, entnehmen konnte. Außerdem wusste sie ganz genau, wie es um mich ihr gegenüber stand. Wir besuchten ja dieselbe Schulklasse.

Natürlich war sie mir in „Liebesdingen" haushoch überlegen: Sie beachtete mich relativ wenig, obwohl sie exakt wusste, dass ich immer auf sie wartete.

Noch interessanter war es zu erleben, wie Fräulein Jonzek einmal im Jahr an einem sogenannten Vorspielabend ihre Schüler den Eltern vorführte. Die Kleinsten fingen an, und die Ältesten, und damit auch die Besten, bildeten den Abschluss. Jedem Stück ging eine Erklärung seitens der Lehrerin voraus.

Das Ganze fand natürlich in unserer Gaststätte statt, mit unserem „Kneipenklavier", um nicht zu sagen unserer „Bierorgel".

Die Eltern klatschten, und ich konnte zwischen Zuhören und Klatschen einige „Sie-Knallkopp" = Sinalco, Regina oder Bier an den Mann beziehungsweise die Frau bringen.

Wie gesagt: Irgendwann wollte auch ich die Kunst des besseren Klavierspiels erlernen. Ich hatte vor dem Start bei Fräulein Jonzek schon eine Menge von meiner sieben Jahre älteren Schwester übernommen, das heißt, ich konnte z.B. die A-Dur Sonate von Mozart, die „Schäumerei von Trumann", will heißen die „Träumerei von Schumann", wie mein Bruder Clemens alberte, fast auswendig spielen.

Mein eben genannter Bruder Clemens spielte fast immer nachts, in seiner „freien" Zeit, so von 1.30 Uhr oder zwei Uhr bis drei oder vier

Uhr, wenn die Theke sauber und alles für den folgenden Tag präpariert war. Ich wunderte und wundere mich noch, dass das so war. Das ganze Haus hörte natürlich mit, so auch ich. Aber auch andere hörten mit: die ganze Familie, und natürlich auch „die Herren", das heißt die Gäste, die bei uns logierten. Ob er nie Rücksicht auf sie genommen hat oder ob nur spielte, wenn kein Logisgast bei uns wohnte, weiß ich nicht. In jedem Falle habe ich niemals irgendein böses Wort über nächtliches Klavierspiel von irgendeiner Seite gehört.

Er spielte ja auch prima, frei nach Schnauze, Schlager zum Beispiel, die damals in Mode waren. „Die Fischerin vom Bodensee ist eine schöne Maid, juchhe!" Ach, ist das nicht ein herrlicher Text? Wie wächst die Nostalgie in der Erinnerung! „Und fährt sie auf den See hinaus, dann wirft sie ihre Netze aus. Ein weißer Schwan ziehet den Kahn mit der schönen Fischerin auf dem blauen See dahin." Bescheuert, aber so war der Text.

Ich bewunderte meinen Bruder, suchte ihn zu imitieren und tat es auch: Er spielte ja im Gegensatz zu meiner Schwester, die das offensichtlich nicht konnte, meistens „frei nach Schnauze". „South of the border …" war mein erster Versuch: g, c, e, g … Viervierteltakt … C-Dur. Die Akkorde C, G7, F mitsamt ihren Umkehrungen waren dazu nötig. Das Ganze übertrug ich dann in F oder G: das waren ja die leichtesten Tonarten. Aber von ihnen ausgehend war es nicht schwer für mich, entsprechende Akkorde auch für die kompliziertesten Tonarten zu finden. Ich war nach etwa einem Jahr fähig, jedes mir bekannte Lied, in welcher Tonart auch immer, zu spielen oder – falls nötig – pianistisch zu begleiten.

Diese Übertragung von einer Tonart in die andere war möglich, weil Willy Gildon, ein Blitzableiterbauer aus Westerkappeln, der während der Woche bei uns logierte, mich in das Gitarrenspiel eingewiesen hatte. Diese Blitzableiterbauer nutzten damals offensichtlich ein Loch, um ihre Blitzableiter bei quasi allen Bauern der Umgebung unterzubringen.

Er hatte sich, ich weiß nicht wie, eine uralte, miese Holzgitarre von Tegelers „Klotz", einem Klempner im Dorf, geliehen und spielte mir dann unter anderem vor: „Der Südwind, der weht, und ein Gaucho, der steht in der Sierra. Sein Herz ist gefangen …" Ist das nicht herrlich verführerisch für einen 15- bis 16-Jährigen? Ich glaube, dass jeder sich vorstellen kann, wie einem Jugendlichen quasi die Sinne schwinden bei solcher Melodie und solchem Text. Seine abgekauten Fingernägel störten mich kaum, die Musik samt Text hingegen berauschte. F, C7, b, das heißt C, G7, f für C-Dur beherrschte ich bald und konnte sie bald auch mühelos auf das Klavier übertragen. Keiner komme auf die Idee, dass das so einfach ist. Es kostete viel Mühe, die Akkorde zusammenzusuchen und danach anzuwenden. Aber ich wandte diese Mühe auf, so dass ich bald jede Melodie, von wem auch immer in welcher Tonart gesungen, begleiten konnte. Das – nebenbei gesagt – können nicht sehr viele Leute, nicht einmal Experten der konzertanten Musik.

Ich kam also erheblich vorbelastet zu Fräulein Joncek. (Gerade fällt mir ein, dass sie vermutlich „Jonczek" geschrieben wird.) Sie ließ mich – vermutlich richtigerweise – Etüden und Tonleitern üben, erlaubte mir allerdings nicht, am Vorspielabend die „Stephanie-Gavotte" von Czibulka zu spielen, vermutlich weil sie ihr nicht klassisch genug schien, willigte aber schließlich zähneknirschend ein, weil ich mich querstellte, und hatte nach einem halben Jahr einen Schüler weniger, denn ich weigerte mich, weiterhin zu ihr gehen, nachdem sie mir, wiederum vermutlich völlig zu Recht, gegen meinen erklärten Willen die Fingernägel mit ihrer Schere gekürzt hatte.

Mit sechzehn Jahren war ich, wie gesagt, in der Lage, sämtliche mir und anderen bekannte Melodien in wirklich allen Tonarten, sie mochten noch so viele Kreuze oder B's aufweisen, zu spielen. Herr Fechner freute sich, wenn ich seinen Wünschen nachkam. Mir machte es Spaß, einer oft langweiligen, weil schon des Öfteren geführten Unterhaltungen entkommen zu sein.

Manchmal wurde dieses angenehme Spielen weniger lustig, nämlich dann, wenn der Herr Köhler sich unvermittelt, vom hinteren Eingang kommend, zu uns gesellte.

Herr Köhler, Erich mit Vornamen, war „Flichtling" aus Schlesien, SPD-Mann, neben Herrn Pohl aus der Bauernschaft Schledehausen, der auch der SPD angehörte, Mitglied im Gemeinderat und arbeitete als „Flüchtlingsminister" bei der Gemeindeverwaltung. Er war ein kleiner Mann und immer äußerst korrekt gekleidet und gekämmt. Irgendwie glich er Dr. Gwodz, einem Latein- und Griechischlehrer am Gymnasium Vechta. Im Gegensatz zu ihm beliebte Erich zu trinken, und zwar Schnaps. Ich habe ihn oft bedient, aber niemals erlebt, dass er Bier trank. Dummerweise liebte er es auch, „anschreiben" zu lassen, das heißt nicht zu bezahlen, sondern die Zahlung auf einen späteren Zeitpunkt zu verschieben, weil er entweder kein Geld bei sich hatte – was ja vorkommen kann – oder im Moment nicht über allzu viel Geld verfügte. Im zweiten Falle machte der Wirt einen „Deckel", was bedeutete, dass er die schuldig gebliebene Summe auf einen Bierdeckel schrieb, der dann in einer Schublade verschwand. Größere Summen und vor allem Summen von Leuten, bei denen man annehmen konnte, dass sie sie vermutlich erst nach einiger Zeit wieder ausstreichen ließen, wurden in einem eigens dafür vorhandenen Anschreibebuch festgehalten. Jahre später, als wir den Gast- und Restaurationsbetrieb aufgaben und ich per Fahrrad die säumigen Kunden besuchte, um sie zur Zahlung der schuldigen Summe zu bewegen, habe ich erst erfahren, welches Ausmaß an Geld ausstand.

Zurück zu Herrn Köhler. Dummerweise liebte er es auch, sich „englisch" zu verabschieden, das heißt nach einer anständigen Zeche einfach so zu verschwinden. So etwas passierte in der Regel abends.

Wenn er tagsüber erschien, war er des Öfteren nüchtern, meistens aber leicht angeheitert. Er versuchte, diesen Zustand durch bewusst gerade Körperhaltung zu verbergen, aber wenn er, den hinteren Eingang zwischen Kegelbahn und Gastraum nutzend, geradewegs auf mich am Klavier zusteuerte und dabei sagte: „Seit ich die Menschen kenne, liebe ich die Tiere", wusste ich, was los war: Er hatte entweder während der Arbeitszeit oder kurz danach Konerts Marie oder Beckmanns Louis, beides Kneipen, die, der Gemeindeverwaltung nahe, sich rings um die Kirche scharten, besucht, dort jeweils einige Schnäpse inhaliert, um sich dann über den hinteren Eingang bei uns einzuquartieren. Auf diese Weise fiel sein schwankender Gang weniger auf, war doch der hintere Eingang ideal dafür geeignet, unbemerkt zu uns zu kommen, weil er über eine von Hecken bewehrte Zuwegung zu erreichen war.

Dieser Satz von Erich Köhler, der die Liebe von Menschen zu Tieren propagierte, hatte mich lange verwirrt, weil ich den Zusammenhang zwischen Menschenkennen und aufblühender Liebe zu Tieren nicht ganz durchschaute und also auch nicht auf ihn in seinem Beisein irgendwie vernünftig reagieren konnte, bis ich dann irgendwann, vielleicht durch Zufall, bemerkte, dass dieser Satz ja richtig philosophisch zu verstehen war. Was war der Grund für späte Erkenntnis? Die „Schlesianer" – so wurden die Flüchtlinge aus Schlesien im Dorf genannt, obwohl eigentlich die Leute aus der Bauernschaft Schledehausen so genannt wurden – sprechen ein „ü" wie „i", was wir Schulkinder oft parodierten, weil wir es von Erwachsenen gehört hatten:

F wie Flichtling,

E wie Ejisbejin,

L wie Lastenausgjlejisch,

I wie Iberstunden und

X wie Jesangsverejin

ergibt die Art, wie die „Flichtlinge" *Felix* buchstabieren. In der Tat konnte man diese Aussprache lediglich auf die Ostpreußen münzen. Schlesier sprachen anders.

Ich glaubte also sehr lange, der Köhler'sche Satz bedeute, dass er nach Kennenlernen von Menschen die „Türe" liebe. Und das wollte nicht in meinen Kopf. Entschuldigung, Erich!

Schlimm war es für mich, wenn Erich darauf bestand, ich solle „Im Lande des Indara" spielen. Ich kannte das Lied nicht, kenne es auch heute noch nicht, sollte es aber dennoch spielen, ihm zuliebe, wie er sagte. Um ihn abzulenken, spielte ich dann „Dein ist mein ganzes

Herz", weil ich wusste, dass er dieses Lied auch liebte. Er sprach immer von „halber Lunge" statt „ganzem Herzen", womit gleichzeitig gesagt ist, dass er guten Humor besaß. Mit „Gern hab ich die Frau'n geküsst" konnte man ihn auch begeistern. Er sang dann, halbwegs entrückt, aber keineswegs falsch, mit, und das war schlimm: Ich musste dann, weil er hinter mir stand und seinen rechten Unterarm auf meine rechte Schulter gelegt hatte, seine Schnapsfahne inhalieren. Schade auch, dass er nach ein bis zwei gelungenen Ablenkungsmanövern wieder auf „Im Lande des Indara" zurückkam!

Der „Köhler Erich" – die Flüchtlinge sagten fast nie nach Oldenburger Art „Erich Köhler" – war eigentlich ein ganz netter Kerl, auch wenn er manchmal unseren Gemeindedirektor Cl. K., einen älteren Herrn mit Holzbein, gewaltig verfluchte, auf seine Art: „Dem Kreitzmann, dem Deibel, dem werd ich!", sagte er dann manchmal vor sich hin, ab und zu aber auch recht laut, so dass alle anderen Gäste, die das mithörten, wussten, dass der Gemeindedirektor ihm wieder mal einen Streich gespielt oder ihn hatte auflaufen lassen. „Ja, was wirst du ihm?" Die Ohren langziehen? Falls das oder Ähnliches gemeint war, wäre der Dativ ja korrekt gewesen. Weil aber offenblieb, was er meinte, klang dieser Satz grammatisch unsauber, abgesehen davon, dass er ja dem „Kreutzmann", nicht dem „Kreitzmann", ans Fell wollte. Das war Schlesisch. Fertig! Die Leute aus dem Ruhrgebiet, deren Vorfahren auch zum großen Teil aus Polen oder Oberschlesien kamen, sagten zum Beispiel: „Ich gehe im Kino." Damit wollten sie nie ausdrücken, dass sie im Kino einen Spaziergang zu veranstalten beabsichtigten. „Ich hab ihm gesehen", sagten die „Ostpreißen", besser die Ostpreußen. Vielleicht deswegen, weil auch sie von Polen durchmischt sind? Ich weiß es nicht, aber der seltsame Gebrauch des Dativs fiel mir immer auf – und ärgerte mich seltsamerweise nicht, obwohl falscher Komparativ oder durch „weil" nebst „obwohl" – man möge mir die Redundanz verzeihen – eingeleitete Hauptsätze mich auch schon als relativ junger Knabe ärgerten.

Die Verwünschungen, die Herr „Kehler" ab und zu ausstieß, konnte ich gut verstehen. Ich kannte Clemens, weil ich wöchentlich bei ihm die Kirchenzeitung „Kirche und Leben" nebst „Sämann" ablieferte und manchmal von ihm, meistens allerdings von seiner Schwester, die ihm den Haushalt führte, empfangen wurde. Er war immer äußerst nett und höflich und gab mir in der Regel auch ein kleines Trinkgeld, wenn ich einmal im Monat die Gebühren für diese beiden katholischen Blätter einsammeln musste. Das war nicht selbstverständlich und freute mich sehr. Ich war auch deswegen ganz gut mit ihm bekannt, weil sein „Ziehsohn" Werner – einer der Söhne eines „großen" Bauern namens Kreutzmann in der Bauernschaft Westerbakum, der ihn ihm wohl überlassen hatte, der sozusagen sein Adoptivsohn war und mit mir auf der Straße und auf dem Schulhof Fußball spielte, zwar nicht so oft, weil er bei seinen Zieheltern relativ weit von uns auf der Straße nach Büschel wohnte – mich immerhin ab und zu dazu veranlasste, mit ihm zu seinen „Eltern" zu gehen. Ich nehme an, dass sich Tante und deren Bruder in der Elternrolle darüber gefreut haben, dass ein Junge aus anderen Verhältnissen mit ihrem „Sohn" Kontakt pflegte. Werner, nebenbei sei es gesagt, war fußballerisch viel besser als ich, obgleich kleiner und ein Jahr jünger. Er spielte links, ich rechts. Wir harmonierten wunderbar, wenn wir in der Jugendmannschaft und später auch in der „Ersten" zusammenspielten. Er war, wie gesagt, klar besser als ich. Beider Stärke war die Technik, weniger die robuste Inzielnahme des Tores. Wir waren Präparatoren, andere die Vollender. Er machte nach dem „Einjährigen", das heißt nach der 10. Klasse, eine Ausbildung und arbeitete bis zur Erbleichung des Haares am Finanzamt Cloppenburg, nicht ohne vorher wichtige Funktionen im ehemals gemeinsamen Verein SC Schwarz-Weiß Bakum eingenommen zu haben und im später gegründeten Tennisverein oder -club einigen Leuten gezeigt zu haben, wer technisch versiert ist und mit Bällen jeglicher Art umgehen kann, auch ohne verheiratet zu sein.

Clemens war katholisch, richtig katholisch, was immer das auch heißt, ebenso wie Rosenbaums Aloys und Hölschers Clemens, die zusammen den Kirchenvorstand bildeten, der, glaube ich, einmal im Monat nach dem Hochamt bei uns in der kleinen Stube tagte, und wenn er getagt hatte, einen entsetzlichen Geruch nach gerauchten Funkspruch-Zigarren hinterließ. „Triumvirat", würde man sagen.

Offensichtlich ist er, trotz südoldenburgisch katholischer Frömmigkeit und – das kommt hinzu – mit einer auch oldenburgischen Dickköpfigkeit ausgestattet, des Öfteren mit schlesischer, aus der Not geborener, aber auch vielleicht ganz persönlicher Schlitzohrigkeit zusammengerasselt, die ihre Ursache darin hatte, dass Erich als „Flüchtlingsminister" das Beste für seine Schicksalsgenossen gegen den vermutlich heftigen Widerstand der katholischen Oldenburger herauszuholen suchte.

Alfons Düwel ist ein weiterer Gast, der bisweilen nachmittags, den hinteren Eingang zur Gaststätte nutzend, hereinkam, um schnell zwei bis fünf Schnaps herunterzustürzen. Er hatte wohl Angst vor seiner Frau, einer spindeldürren, eigentlich ganz netten Frau, wie mir schien. Sie musste aber in der Tat wohl eine Frau gewesen sein, die ihm das Leben zur Hölle machte, so dass er ab und zu einfach verschwand. Man sagte dann im Ort, er sei in das Ruhrgebiet zu irgendwelchen Verwandten gereist. Ob er tatsächlich aus dem „Kohlenpott" stammte, weiß ich nicht mit Sicherheit. Wohl aber weiß ich, dass im Dorf Witze gerissen wurden, bösartige, über Frau Düwel.

Er war beliebt im Dorf als Friseur, dessen Laden man natürlich von der Hauptstraße aus erreichen konnte. Der Eingang zu seiner oder ihrer Wohnung befand sich allerdings seitlich des Hauses. Von ihm aus waren es nur ein paar Schritte, die am Maler Honkomp vorbei zu dem heckengesäumten Weg Richtung hinteren Eingang zu unserer Kneipe führten. Und den nutzte Alfons, wenn gerade kein Kunde zu bedienen war. Viel Zeit zum Reden blieb ihm nicht bei diesen Blitzbesuchen. Ihm kam es auf die paar Schnäpse an. So schnell, wie er gekommen war, verschwand er auch.

Ich mochte ihn gern und hatte daher irgendwie eine Antipathie gegen seine Frau entwickelt, obwohl sie möglicherweise völlig ungerechtfertigt war. Er war immer ganz lustig und wusste viel zu erzählen. Aber das Beste für mich war, dass er in seinem Friseurladen eine Sportzeitung hielt, die montags herauskam und die ich dann dienstags in seinem Laden las. „Er, Werner Höger vom Bremer SV und sein Kollege (Name nicht erinnerlich) vom SV Werder sind die beiden ewigen Rivalen der Bremer Stadtmannschaft." Solche und andere Sätze sind auch heute noch in meine Birne eingebrannt. Ich las von Ottmar und Fritz Walter, von Spundflasche und Hänschen Appel. Auch den Mittelstürmer der SpVgg Fürth nebst irgendeinem Spieler vom VfB Stuttgart, der nur einen Arm besaß, verehrte ich. Wenn Alfons „geflüchtet" war, konnte ich diese Lektüre natürlich nicht genießen.

Als nicht so schön empfand ich es allerdings, dass Alfons, wenn er mir die Haare schnitt, leise, aber ziemlich beständig furzte, mit entsprechend lästigen Gerüchen als Folge. Ich hatte nie den Mut zu sagen, er solle das wenigstens heute einmal lassen. Trotz dieser nicht so angenehmen Begleiterscheinung beim Haareschneiden bin ich nie zu seiner später hinzukommenden Konkurrenz, August in der Nähe des Bahnhofs, gegangen. Er wohnte in unserer Nähe, und meine Mutter hatte mir beigebracht, man müsse „die Kirche im Dorf lassen", was besagen sollte, dass Geschäfte, gleich welcher Art, zuerst mit Leuten aus dem Dorf gemacht werden müssten und nicht mit anonymen Typen aus der Stadt, auch wenn sie mehr Auswahl anzubieten hätten und sehr wahrscheinlich auch billiger wären.

Auf Alfons bezogen bedeutete das natürlich, dass er unser Friseur war, weil er uns näher wohnte und auch mal ein paar Schnäpse bei uns trank.

Manus manum lavat, sagte meine Mutter auch noch. Eine Hand wäscht die andere.

Ich hielt und halte diese Denkweise auch heute noch für richtig, verfahre auch gemäß dieser von meiner Mutter erfahrenen Devise, was meinen Wohnort betrifft, dessen Geschäftsleute ich natürlich nicht alle kenne, die ich aber unterstütze, soweit ich kann.

Clemens Hoping kam quasi jeden Tag, so gegen fünf oder sechs. Er war der Seniorchef einer Maschinenfabrik am Ende des hinteren Weges zu unserer Kneipe – so stand es jedenfalls über dem Eingang zu seinem Haus –, machte jeden Morgen eine Runde durch das Dorf, trank in jeder Kneipe zwei Bittern und wiederholte diese Runde am späten Nachmittag.

„Bittern", das war ein Glas Schnaps, mit ein wenig Boonekamp angereichert. Wir, das heißt Bünnemeyers, lieferten den Boonekamp aus einer speziellen Flasche, deren Ausguss ein vorsichtiges Dazutun von Boonekamp erlaubte. Andere Gaststätten hatten eigens für Bittern präparierte Flaschen zur Hand.

Alle vierzehn Gaststätten konnte Clemens nicht besuchen. Aber wenn man vier bis fünf davon abzieht, weil sie nicht in für einen älteren Herrn erreichbarer Nähe lagen, zum Beispiel Schlachter/Kneipe Börgerding am Ortsausgang Richtung Vechta oder Lübben Ida in Richtung Vestrup, blieben immerhin noch acht bis neun übrig, in denen er jeweils zwei Bittern trank. Wenn man bedenkt, dass man aus einem Dreiviertelliter Schnaps dreißig, bei gutem Guss zweiunddreißig Glas Schnaps servieren konnte, ergibt eine überschlägige Rechnung doch ein erhebliche, für mich bewundernswerte Menge Alkohol. Das Ganze wiederholte sich, wie gesagt, am Nachmittag.

9 x 2 = 18 x 2 = 36 Glas Schnaps, genauer gesagt Bittern, plus die entsprechende Anzahl von Funkspruch-Zigarren: Wenn eine ausgeraucht war, wurde die nächste in Angriff genommen.

Ich als sehr junger Mann hatte überhaupt kein Problem mit dem doch schon recht alten Herrn. Wir unterhielten uns über Gott und die Welt. Ich könnte mir vorstellen, ohne dafür die Hand ins Feuer legen zu können, dass Clemens mit mir als „Gastwirt" wohl zufrieden war.

Es ist mir nicht in Erinnerung, dass ich jemals in Bredouille gekommen bin, wenn Clemens erschien. Ich muss zugeben, dass es mich nicht erstaunt, wenn ein kaum 16-jähriger Junge sich mit einem 70-, 80-jährigen Mann unterhält und dabei keine komische Spannung entsteht. So etwas ist und war, glaube ich, nur auf einem Dorf möglich. Vielleicht – das Folgende mag wohl ein bisschen seltsam klingen – hing es auch damit zusammen, dass ich mich gern mit Leuten jedweder Couleur unterhielt.

Er war nicht sehr redselig, erzählte aber trotzdem des Öfteren, als wenn er mich als Gesprächspartner nicht missachtete. Einige Geschichten wiederholten sich, was ja ganz natürlich ist, wenn man sich jeden Tag sieht.

Normalerweise konnte ein neutraler Beobachter des Verhaltens dieses Herrn keinesfalls annehmen, dass er im Laufe eines Tages schon mehr als eine Flasche Schnaps zu sich genommen hatte. In der Regel verließ er unser Lokal nach den üblichen zwei Schnaps durch den hinteren Ein- und Ausgang und war nach Querung des schon einmal erwähnten heckenbegrenzten Fußweges schnell zu Hause.

Manchmal allerdings endete sein Nachmittagsspaziergang zwar auch bei uns, aber anders als normal. Das war dann der Fall, wenn sich zu ihm als einzigem Kunden noch ein weiterer, möglicherweise zwei Kunden gesellten, denen es auch nicht schwerfiel zu reden oder die, weil sie Clemens kannten, ihn also schon öfter erlebt hatten, das Gespräch auf Krieg, besonders den Ersten Weltkrieg brachten. Dann erzählte Clemens die interessante, allerdings schon hundertmal gehörte Geschichte von seiner Dienstzeit.

Er hatte damals als Panzerfahrer erlebt, wie die Kette seines Panzers abgesprungen war, und zwar während der Fahrt. Und dann hätten er und seine Besatzung die Kette wieder neu montiert, und zwar während der Fahrt. „Junge", sagte er „dor mössen wi aover drokke wän!"

Wenn Marie, seine spindeldürre, immer vollkommen schwarz gekleidete Frau, im hinteren Eingang zum Lokal auftauchte, fühlte ich mich unwohl, sehr unwohl. Sie kam nur, wenn Clemens sehr viel länger als üblich bei uns geblieben war. Und das war dann der Fall, wenn Leute als Gäste auftauchten, die interessant waren und erzählen konnten und die ihm dadurch seine eintönige Existenz versüßten. Mir aber tat es in der Seele weh, wenn die Frau ihn, der immer an der rechten Frontseite der Theke nahe der Hintertür stand, aus dem Lokal zu ziehen suchte, indem sie ihn an einem Arm zog und dabei sagte: „Tau, Clemens, kumm!" Gott sei es gedankt, dass Clemens meistens keine Probleme machte und sofort mitging.

Ein nicht so angenehmer Gast – für mich – kam immer sonntags nachmittags, so um vier Uhr herum. Ich hatte vornehmlich, um Gäste anzulocken, Klavier gespielt, weil die Melodien, die ich spielte, tatsächlich Gäste reizen sollten, hineinzukommen in der Annahme, es sei „was los" im Lokal. Wenn dann Walter hereinkam, war ich immer enttäuscht.

Er stammte aus einer Maurerfamilie, die in Richtung Büschel gegenüber dem Haus meines besten Freundes „Hinnik", Karl-Heinz, Dierkes wohnte. Er war der Drittälteste von fünf Jungs und zwei Mädchen. Der Älteste, Heini, sein Halbbruder, auch Maurer, war verheiratet und wohnte nicht mehr im Hause. Der Zweite, Hermann, ebenso Maurer, hatte als Einziger von allen einen Meistertitel, arbeitete selbständig und wohnte an der Büscheler Straße. Walter, Günther und Ewald konnten nur einen Gesellenbrief aufweisen und waren deswegen, wenn sie einen Bau „angenommen" hatten, auf den Titel des Bruders Hermann angewiesen, denn ohne Meistertitel durfte kein Maurerbetrieb Häuser erstellen.

Günther war am stärksten von allen Brüdern mit seinem Beruf verwachsen, ja war stolz darauf, Maurer zu sein. Jahre später, als ich in der „Klapsmühle" Clemens-August-Klinik zu Neuenkirchen im Radio ein chilenisches Lied hörte, das mit der Frage „Y tu padre, ¿que hace?" („Und dein Vater, was macht der?") begann, worauf dann die Antworten folgen, musste ich zuerst an Günther denken, brach allerdings am Ende des Liedes in Schluchzen aus.

Die gleiche Reaktion zeigte ich dann noch später, wenn ich dieses Lied meinen Spanischschülern nahebringen wollte, weil ich es so liebte und weil, von diesem Text ausgehend, der Lehrer so viele sprachliche, noch viel mehr menschliche Köstlichkeiten, aber auch nachdenklich Machendes vermitteln konnte. Hinzu kam, dass die Melodie so eingängig war, ja geradezu zum Mitsingen zwang.

Der eine Junge antwortet: „Ja, mein Vater, der ist Maurer. Der erstellt Häuser für verschiedene Zwecke: für kleine und große Leute, für Regierungen und für die Verwaltung; er baut Residenzen, Kirchen und

Paläste. Wenn es ihn nicht gäbe, stünde es schlecht um die Menschen. Wenn ich einmal groß bin, will ich werden wie er!"

So hätte „Nomi", Günther Rasche, sprechen können. Immer wenn er ein paar Bier zu sich genommen hatte und mein Gast war, freute ich mich, weil er so absolut begeistert von den verschiedenen „Verbänden" erzählte, mit denen die Maurer, also unter anderem er, Stein auf Stein setzen. Er forderte mich dann auch auf, doch einmal zu diesem oder jenem Bau zu gehen, um mir diesen oder jenen Verband anzusehen.

Ebenso begeistert berichtete er von den verschiedenen „Ecken", die noch viel mehr Handwerkerkunst erforderten. Ich gebe zu, dass ich mich manchmal auch langweilte bei seinen Erzählungen, weil ich ihnen schon öfter zugehört hatte.

Einmal war ich ihm sogar einigermaßen böse, und das kam so:

Ich war sein Handlanger beim Bau eines neuen Hauses in der Ortsmitte, genau gegenüber der Kirche. Wir fingen um sechs Uhr morgens an. Günther und Walter hatten den Bau „angenommen", das heißt, für die und die Summe wollten sie den Bau erstellen. Nach Stundenlohn zu arbeiten bedeutete, möglichst viele Stunden an einem Objekt zu tun zu haben. Annahme hieß, möglichst wenig Stunden mit dem Bau zu verbringen. Aber Schnelligkeit durfte nicht auf Kosten der Qualität gehen.

Günther als der bessere Maurer der beiden Brüder – Ewald arbeitete woanders – hatte es übernommen, die Ecken, die Prunkstücke der Mauerkunst, zu mauern.

Ich als Handlanger hatte ihm dafür Steine ohne jeglichen Fehler, also völlig unbeschädigte Steine, auf sein Gerüst zu liefern. Ich versuchte das auch mit größter Sorgfalt. Er aber untersuchte jeden Stein, bevor er ihn in der Ecke vermauerte, mit Argusaugen und warf dann ungefähr die Hälfte davon, die ich als sehr gute dem Steinhaufen entnommen hatte, auf den Boden, so dass ich mich fragte, was ich mehr konnte, als ich tat, und verfiel dann auf eine List: Ich suchte zwar neue Steine, mischte aber nach und nach einige der schon vorher hochgehievten Steine darunter. Die meisten von ihnen hatten zwar durch das Herunterfallen vom Gerüst jetzt tatsächlich eine Macke davongetragen, aber mich ärgerte, dass, wenn er sie herunterwarf, sie völlig ungeordnet auf dem Boden lagen und dadurch, dass weitere Steine von oben dazukamen, noch mehr Macken erhielten.

Die Methode funktionierte ganz gut: Er hatte das Gefühl, sehr sorgfältig zu sein, ich brauchte nicht alle pingelig ausgesuchten aber für nicht gut genug befundenen Steine einer anderen Verwendung zuzuführen.

Mir war es sehr peinlich, als ich ihm meine Verfahrensweise irgendwann mal verraten habe. Ich hoffe, dass er bei dieser Gelegenheit auch ein wenig alkoholbenebelt war und sich daher die Sache nicht allzu sehr zu Herzen genommen hat. Die Ecken sind jedenfalls gut gelungen, mein Stundenlohn war miese: 1,30 Mark.

Der dritte Junge übrigens – ich überschlage den zweiten – sagt, nach dem Beruf seines Vaters befragt, sein Vater sei General. Er wisse alles über Waffen, die alles töten und in Schutt und Asche legen könnten. Er habe auch Waffen, die Chemie versprühten, die Menschen und Tiere, sogar Kinder, alles töteten. Und darum sagte er, dass er, wenn er einmal groß sei, im Gegensatz zu der großen Mehrheit der Kinder niemals wie sein Vater sein wolle. „No, no, no!"

In diesem Augenblick musste ich versuchen, meine Tränen zurückzuhalten, ohne es zu können. Der arme Kerl, der seinen Vater nicht lieben kann, weil der einen so schrecklichen Beruf hat, von dem er aber erzählt, um uns zu erklären, warum er, im Gegensatz zu seinen Klassen- oder Alterskameraden, seinem Vater nicht nacheifern will, und auf der anderen Seite der Hörer des Liedes, ich, der seinen Vater sicherlich geliebt hätte, wenn er ihn bewusst hätte erleben können.

„Nomi" war auch deswegen mein Freund, weil er für Fußball schwärmte. Auch nur dann, wenn er ein wenig Alkohol verzehrt hatte, schwärmte er vom Schalker Kreisel. Er begeisterte sich für Fritz Szcepan, Ernst Kuzorra und Berni Klodt von Schalke 04. Ich wusste zunächst nichts vom Schalker Kreisel und hielt Nomi für ein wenig verrückt, wenn er, beide Arme erhoben, mir vor der Theke die Aktionen des Schalker Kreisels vorzuführen versuchte. In der Tat war Nomi aus meiner Sicht nicht ein unbedingt glänzender Spieler. Doch immerhin hatte er es dahin gebracht, für eine relativ lange Zeit „den Posten eines Linksaußen zu bekleiden". Die Anführungsstriche könnten dem Leser einigermaßen komisch vorkommen. Aber so war die Ausdrucksweise, wenn man offiziell von irgendeiner Funktion wo auch immer sprach. Ich habe sogar einige Male mit ihm zusammen in der „Ersten" gespielt.

Walter war auch jemand aus dieser oben erwähnten Maurerfamilie, aber erheblich weniger unterhaltsam als sein Bruder Günther.

Er bestellte, durch Klaviermusik oder einfach durch die Vorstellung, in mir einen Gesprächspartner zu finden, angelockt, ein Glas Dunkelbier oder „Ammenbier", wie man diese Art von Bier nannte, weil es so süß schmeckte und anscheinend Frauen während der Laktanz dazu verhalf, mehr Milch zu produzieren. Es war kaum anzunehmen, dass irgendjemand aus dem Dorf hätte sagen können, was das Wort „Amme" bedeutet.

Er hatte immer ein für mich seltsames, undefinierbares Lächeln auf den Lippen. Wir hatten sehr viel Mühe, ein Gespräch in die Wege zu leiten, was er sicherlich wünschte. So verging der Nachmittag sehr schleppend. Ich versuchte, ihn zu unterhalten, schaffte es aber nicht; er trug nichts dazu bei. Zu allem Unglück verzehrte er auch nicht mehr als dieses eine Glas Dunkelbier. Man stelle sich vor: Ein Mann sitzt fünf bis sechs Stunden vor einem Glas Bier und möchte auch noch unterhalten werden! Das ist Höchststrafe für den, der ihn unterhalten soll. Aber so war es. Vermutlich ging er dann nach Hause in der Annahme, einen unterhaltsamen Nachmittag und Abend verbracht zu haben.

Auch ihm habe ich mehrfach als Handlanger zugearbeitet.

Einmal bauten wir ein Haus rechts der Straße von „Eismann" Börgerding in Richtung Molkenstraße. Es war das Haus von Tapken Bülli. Offensichtlich hatte Walters Halbbruder Heini, ein ganz prima

Kerl, den Bau angenommen oder wollte ihn im Stundenlohn errichten. Heini mauerte selbst mit.

In der Frühstückspause, die eigentlich nur eine Viertelstunde dauern durfte, fuhr Heini mit seinem Moped über den Bahndamm, der von der Stelle, an der das Haus gebaut werden sollte, gut einsichtig war, nach Hause, um seine Schweine zu füttern. Diese Aktion dauerte natürlich länger als die für die Pause vorgesehene Viertelstunde. Wir, der Handlanger, ich, und der Maurer Walter, Halbbruder des Mannes, der dieses Haus errichten sollte, hatten es uns zum Verzehr des Butterbrotes nebst Kaffee aus der Thermosflasche in den „Hocken" bequem, nein sehr bequem gemacht.

„Hocken" sind Getreidebündel, die nach der Maht von Roggen oder Weizen von in der Regel weiblichen Erntehelfern gebunden wurden, um sie nach Endigung der Maht zum Trocknen in Fünfer- bis Siebenergruppen so gegeneinanderzustellen, dass die Spitzen sich jeweils trafen, die unteren Enden einen Kreis von, sagen wir, drei bis vier Metern bildeten.

Darin Platz zu nehmen war ein Vergnügen, gaben sie doch einerseits Schatten und vermittelten einem Jüngling wie mir im Schwarmalter das Gefühl, in einer Höhle zu wohnen.

Ich wunderte mich in der Tat, dass nach Beendigung der vorgesehenen Zeit Walter nicht zur Fortsetzung der Arbeit aufforderte. Ich wunderte mich, ärgerte mich aber nicht. Je länger ich den Aufenthalt in den „Hocken" genießen konnte, desto besser schien es mir. Es ereigneten sich nämlich manchmal äußerst komische Sachen. Wenn wir so eine halbe Stunde ruhig gelegen hatten, konnte es vorkommen, dass man plötzlich ein leises Rascheln hörte. Das waren Mäuse, die sich an dem in Hülle und Fülle vorhandenen Getreide gütlich tun wollten.

Wenn das Geräusch des Mopeds zu hören war und kurz danach in der Ferne die Figur von Heini sichtbar wurde, sprangen wir aus den Hocken. Ich schmiss die Mischmaschine an, und es ging weiter. Es versteht sich von alleine, dass ich Walter nie bei seinem Bruder angeschwärzt habe trotz aller Verwunderung über das Verhalten ihm gegenüber.

Sehr viel später habe ich mich über ein anderes komisches Verhalten von Walter gewundert. Ich sah ihn des Öfteren in der ersten Halbzeit eines Fußballspiels von Blau-Weiß Lohne hinter einer Marquise stehen, die unbehindertes Betrachten des Spieles verhindern sollte. Walter stand aber dort, er reckte sich bis in die Zehenspitzen, um einiges von den Aktionen erhaschen zu können und dann nachher in der zweiten Halbzeit, wenn kein Kassierer mehr da war und Eintrittspreise verlangte, ganz wie ein normaler Zuschauer zum Platz zu gehen und das Spielgeschehen zu verfolgen. „Von't Spaoren unt Waohren kummt Häb'n von her", hätte meine Mutter gesagt, was so viel heißt wie „Vom Sparen und Bewahren stammt der Wohlstand". Man kann es auch übertreiben, hätte ich gesagt: Da fährt ein Mann zehn Kilometer mit dem Fahrrad, steht danach fünfundvierzig Minuten auf den Zehen, um danach weitere fünfundvierzig Minuten ein Fußballspiel so sehen zu können, dass es Spaß macht, und das Ganze, um eventuell zwei, drei Mark zu sparen.

Günther hat sich – Gott sei es getrommelt – spät, aber immerhin verheiratet. Er wohnte mit seiner Frau in Goldenstedt und ist leider sehr früh verstorben. Heinis Sohn Ludger trat in die Fußstapfen seines Vaters und betreibt ein gut gehendes Baugeschäft. Meine Tochter hat diesem Sohn einen Bauplatz verkauft, den ich ihr zur Finanzierung ihres Eigenheims in der Nähe von Frankfurt geschenkt hatte und auf den Ludger schon länger scharf war, den auch ich ihm seinerzeit für einen guten von ihm gebotenen Preis schon verkaufen wollte, es aber letztlich nicht tat, weil ein Bankfritze mir geraten hatte, es nicht zu tun, weswegen er mir recht böse war.

Bussen Aloys oder Dr. gr. Siemer, Cousin meiner Mutter und Bruder meines Taufpaten Hannes gr. Siemer aus Harme, einer Bauernschaft, die in einer Entfernung von circa drei Kilometern vom Zentrum lag, kam sporadisch, so gegen vier, und zwar immer dann, wenn er Lust verspürte, mich im Tischbillard zu schlagen. Ob auch verwandtschaftliche Gründe ihn bewegten, zu uns zu kommen, wage ich nicht zu behaupten.

Seine Arztpraxis hatte er nämlich im acht bis neun Kilometer entfernten Nachbarort Dinklage. Seine Sekretärin oder die Arzthelferin musste an solchen Spieltagen bei uns im Lokal unter Nr. 117 anrufen, falls er zu irgendeinem Kranken eilen sollte. Das kam häufiger vor. Und dann unterbrachen wir das Spiel, um es nach seiner Rückkehr fortzusetzen. Man sagte von ihm, er sei ein guter Arzt. Vor allem seine Diagnosen seien fast treffend.

Eigentlich war ich unschlagbar in diesem Spiel. Der Billardtisch war etwas anderthalb mal zweieinhalb Meter groß, mit einer grünen Samtdecke belegt und in der Mitte mit vier rechteckig angeordneten Gummistopfen ausgestattet, deren Spitzen jeweils auf die beiden Löcher an den Kopfseiten des Tisches wiesen. Ziel des Spieles war es, mit einem Stab eine Kugel von einer Kopfseite des Tisches unter seitlicher Bandenbenutzung in das gegenüberliegende Loch zu befördern.

Darin hatte ich es, wie gesagt, durch eifriges „Training" zur Meisterschaft gebracht, unabhängig davon, an welcher Kopfseite ich stand. Ich hatte durch stundenlanges Üben herausgefunden, an welchen Punkt der seitlichen Bande ich die Kugel mit welcher Intensität zu befördern hatte. Damit während der Trainingsphase die Bälle, zehn Stück an der Zahl, die man dem Tisch nur entlocken konnte, wenn man ein Eine-Mark-Stück in einem Schlitz am Tischrahmen versenkte, nicht in Windeseile in den dafür vorgesehenen Löchern verschwanden, deckte ich diese Löcher mit einem geknickten Haake-Beck-Bierdeckel zu.

Onkel Aloys kam immer mit einen fröhlichen „Du bist tot" in die Kneipe. Das „o" des Wortes „tot" sprach er ganz kurz aus in Anspielung auf den Namen des bekannten Naziführers Todt, dessen Organisation, die „Organisation Todt", im Krieg eine bedeutsame Rolle bei der Erledigung harmloser, aber auch ganz schlimmer Aufträge, über die ich mich an dieser Stelle nicht weiter auslassen möchte, gespielt hat.

Er sprach – nebenbei sei es erwähnt – auch das Wort „groß" in seinem Nachnamen sehr kurz aus, aber immer nur dann, wenn er ab und zu abends, leicht oder mittelschwer alkoholisiert, in unsere dann fast immer voll besetzte Gaststätte kam. „Dr. gr. Siemer", so stellte er sich dann vor, obwohl alle ihn kannten, und fügte, ab und zu reichlich hochnäsig, hinzu: „Gib dem ein Bier, dem zwei, dem keines, dem eine Flasche Sekt!"

Diese Hochnäsigkeit, die auch für die kurze Aussprache des „o" ursächlich war, soll eines Tages dazu geführt haben, dass einige Personen, die sich durch eben geschildertes Gehabe beleidigt fühlten, ihn fürchterlich verprügelt haben. Ich weiß das nur aus Erzählungen.

Wir spielten um „Runden". Verlor ich, musste ich Onkel Aloys ein Bier einschenken. Statt Bier bekam ich eine Tafel Schokolade, wenn ich gewann. Ich mochte am liebsten Milka mit Trauben.

Siegessicher startete er. Das Spiel konnte maximal 10:0 oder 0:10 ausgehen. Um ihn nicht zu entmutigen, ließ ich ihn die ersten ein bis vier Spiele nur knapp verlieren, 3:7 oder 4:6, so dass er nicht aufgab. Er neigte aber sowieso nicht dazu, schnell die Geduld zu verlieren, behielt vielmehr immer guten Humor und lächelte weiter das „Bussenlächeln", mit dem alle Bussenkinder, von denen ich sieben kannte, ausgestattet waren. Ich kann es schlecht beschreiben, habe aber die Mimik und die Laute, von denen ihr Lachen begleitet war, noch lebhaft in Erinnerung.

Die Schokolade, meine Siegesprämie, stapelte ich auf der Theke, fühlte mich manchmal unwohl, ja schämte mich gar, wenn sich ein regelrechter Schokoladenturm angehäuft hatte und war daher des Öfteren ganz froh, wenn er zu einem Kranken gerufen wurde. Er kam dann meistens, von den Niederlagen erholt, siegessicher wieder. „Du bist tot!" Nein, ich lebte weiter und gewann noch mehr Schokolade, die ich schließlich bis auf eine Tafel wieder dahin zurückbeförderte, von wo ich sie genommen hatte. Das war Reinverdienst, und darauf kam es mir an.

Wochentags seltener, aber sonntags ziemlich regelmäßig durfte ich zwei Damen bedienen, deren Erscheinung ebenso auffällig war wie die des ehemaligen Geschäftspaares aus „Sankt Petersburg".

Die eine der Damen war sehr groß, schlank und fiel durch eine Pinocchio-Nase auf, die sie nicht verunzierte. Begleitet war sie immer von einer eher kleinen Frau, die auch schlank war und ebenso „bemalt" wie ihre Begleitung einherlief und ebenso den Sinn für elegante Kleidung mit ihr teilte.

Die Größere der beiden wohnte in Daren, einer Bauernschaft Richtung Vechta, unmittelbar hinter Molkenstraße, in einem ziemlich großen, längs zur Straße gebauten Haus links vor der Gaststätte Sieverding, in Richtung Vechta. Das wusste ich, ohne sagen zu können, wo die andere Frau wohnte und wer mich über den Wohnort der einen aufgeklärt hatte. Wohl aber wusste ich, dass beide irgendeine, nicht einmal verwandtschaftliche, Beziehung zu der blinden Marie pflegten, die mit ihrer körperlich erheblich größeren Schwester Anna in unserem Heuerhaus kurz vor dem Sportplatz rechts in Richtung Harme wohnte. Möglicherweise war ihre Beziehung zu Marie und Anna aber doch verwandtschaftlicher Art: die überaus nette Art, wie sie mit diesen beiden Tanten umgingen, ließe diesen Schluss zu.

Ich hatte relativ oft Kontakt zu Anna, weil sie auch die Kirchenzeitung bezog, deren Verteiler in diesem Teil der Gemeinde ich war. Abgesehen davon, dass wir uns auch sonst freundlich begrüßten, wenn wir uns irgendwo trafen, habe ich sie deshalb in freundlicher Erinnerung, weil sie mir manchmal samstags, wenn ich ihr das Kirchenblatt brachte, ein paar frische Eier, die ihre Hühner gelegt hatten, mitgab.

Des Öfteren traf ich eben beschriebenes Gästepaar bei ihr, wenn sie mich reinrief und ich, nach Querung der kleinen Diele, den Wohnraum betreten hatte, in dem auch die Blinde sich aufhielt. Die Blinde hielt den Kopf immer ein wenig schief, wirkte aber sonst so, als wenn sie nicht mit ihrem Schicksal haderte.

Unsere beiden Heuerhaus-Bewohner hatten offensichtlich auch ein besonderes Freundschaftsverhältnis zu „Heidbössen Fitti", mit dem auch die beiden Damen ganz nett umgingen. Das war mir einige Male auf der Straße aufgefallen. Auch ihn habe ich hin und wieder bei Klänen getroffen.

„Heidbössen Fitti" war ein älterer, nein, ein ziemlich alter Mann, der von Zeit zu Zeit, zu Fuß mit einem Bollerwagen von Vechta kommend, im Dorf auftauchte, um Besen zum Straße- oder Hof fegen an den Mann zu bringen. Diese Besen waren Handarbeit, von ihm aus längeren Reisern hergestellt, sie waren unverwüstlich und fegten gut. Ich weiß das deshalb, weil wir zu Hause auch ein Exemplar davon besaßen, das manchmal ich, aber viel öfter mein Bruder Clemens nutzte, um am Wochenende unsere ziemlich lange Straßenfront in Schuss zu bringen.

Die „Lange" rauchte, und zwar Mercedes. Ich weiß das deswegen so genau, weil ich ihrem Wunsch, diese Marke an ihren Tisch zu bringen, nie nachkommen konnte, wenn sie darum baten, einfach deshalb, weil wir diese Marke nicht führten. Mit „Ofenholz", das heißt Overstolz, in rosa Packung, mit Eckstein, in grüner Packung, von welcher Marke es sogar Fünferpackungen gab, konnte ich dienen. Juno, „lang und rund", wie die Werbung sagte, von der Günther Schulz, ein weiterer Gast, gebürtig aus Danzig, aber sagte, dass, wer Juno rauche, auch in fremde Betten gehe und außerdem Häuser anstecke, nebst der unverwüstlichen Ova, nach meiner Schätzung wohl die meistgerauchte Zigarette, weil wohl die stärkste, konnten wir natürlich auch anbieten. Aber Mercedes? Das war eine Damenzigarette der feineren Art! Oder eine Zigarette der „feineren Damen"! Ebenso wie Astor-Filter-Zigaretten für feinere Männer zu sein schienen, rauchten „feinere Damen" Mercedes.

Mercedes-Zigaretten waren einerseits kleiner als andere Sorten, wiesen aber noch eine weitere Besonderheit auf: Sie sahen aus, als ob sie gebügelt worden seien. Beide Längsseiten waren scharfkantig wie eine gut gebügelte weiße Hose. Sie waren, wie alle Zigaretten mit

Ausnahme von eben genannten Astor-Filter, „aktive" Zigaretten, also filterlos.

Die Lange rauchte, wie gesagt, Mercedes, und zwar mit Zigarettenspitze. Das war der Gipfel der Arroganz. Es war gar nicht so leicht, eine „gebügelte", filterlose Zigarette in einer Zigarettenspitze zu befestigen. Aber was sein muss, muss sein: Sie schaffte es und konnte damit glänzen.

Auch die Art und Weise, wie sie sich mit ihrer Begleiterin unterhielt, erregte Aufmerksamkeit, zumindest meine, wenn auch nicht immer.

Es wirkte geheimnisvoll auf mich, geradezu konspirativ, wenn sie von Zeit zu Zeit ihre Köpfe zusammensteckten, sich dabei mit Zigarettenrauch einnebelten und kaum zuließen, dass irgendein weiterer Gast geheimer Teilhaber ihrer Unterhaltung werden konnte. Vielleicht war diese Art der Unterhaltung, wenn auch unbewusst, Part irgendeiner Strategie oder Taktik, die Aufmerksamkeit des Umfeldes zu erregen, dachte ich. Mir kam dieser Gedanke des Öfteren in den Sinn, wenn ich sie im Auge behalten musste für den Fall, dass sie gerne noch irgendeine Bestellung aufgeben wollten.

Nippers Heini, Anstreicher oder Maler wie unser Nachbar „Kathen" Rudi, der ja richtig Honkomp hieß, im Volksmund den Namen „Nippers Circus" hatte, kam nicht so oft zu uns. Wenn er kam, dann immer mit weißer Malermontur ausgerüstet, natürlich von oben bis unten mit Farbe vollgeschmiert. Dieser Auftritt besagte, dass er von der Arbeit kam. Man sagte von ihm, er arbeite nicht so sehr oft oder, wenn man es anders ausdrücken wollte, selten. Aber wenn er arbeitete, sagte man, dann richtig.

Wenn er bei uns auflief – das war so um fünf oder zehn Uhr –, war er meistens angeheitert oder, wie die Dörfler sagten, angeschossen. Er nahm meistens den zweiten Hocker links vom eisernen Pfeiler rechts der Theke. Wenn kein weiterer Gast zugegen war, hatte ich Probleme mit ihm. Wir versuchten dann, uns über seinen Sohn, der ein Jahr jünger war als ich, aber mit mir denselben Klassenraum teilte, zu unterhalten.

Sein Sohn konnte als getreuer Ableger seines Vaters bezeichnet werden, das heißt, er machte auch „Circus".

Wir Schüler mussten damals in der Volksschule täglich jeweils ein Stück Torf mit zur Schule bringen, um im Winter den Ofen im Klassenraum zu heizen.

Der „Heizer" war Nippers „Circus", weil er offensichtlich den Lehrer davon überzeugt hatte, dass er die Materie am besten beherrschte. Das Schönste für uns, den Rest der Klassenkameraden, war aber, wenn dieser „Circus" tatsächlich Zirkus vorführte. Er machte nämlich Kopfstand auf der ungefähr fünfmal fünf Zentimeter großen Fläche eines umgekehrten Stuhlbeins, natürlich unter Zuhilfenahme zweier anderer Stuhlbeine, auf denen er sich abstützte.

Sein Vater war, wie gesagt, meistens ein wenig oder sogar schwer „angeschossen", weswegen er sofort anfing zu sprechen, und zwar ununterbrochen. Weil er aber dummerweise über ein Gebiss verfügte, das ihm Dentist Büssing aus Schledehausen wohl ein wenig zu schlecht angepasst hatte, drohte es ihm ständig während des Sprechens aus dem Mund zu fallen, was ihn aber nicht daran hinderte, weiterzureden, und ihn so dazu zwang, alle Naselang sich vor den Mund zu schlagen, um dieses verdammte Gerät wieder in die dafür vorgesehene Position zu befördern.

Gesprächsthemen mit ihm, waren wir alleine, gab es wenige, obwohl er ständig, wie gesagt, über irgendetwas redete, was ich auch deswegen nicht verstand, weil mangelnde Artikulation auch einem Kerl, der sich mit der Welt von „Circus" Nipper auskannte, das Verständnis erschwerte. Eines allerdings bewunderte ich an ihm, nämlich dass er lauthals zu verkünden wagte, bei ihm im Kühlschrank faulten so circa fünfzig Pfund Rehfleisch vor sich hin, die er als Ergebnis seiner Wilddieberei noch nicht habe verzehren können. Ob diese Storys reine Storys waren oder zumindest einen Teil an Wahrheit für sich verbuchen konnten, weiß ich nicht. Es wird ja, wusste ich, niemals mehr gelogen als in der Politik und nach der Jagd. Dass er wilderte, stand außer Frage. Aber mit den Erfolgen seiner Wilddiebereien hausieren zu gehen, hielt ich, aber nicht nur ich, für sehr kühn. Weil bei so kräftiger Übertreibung kaum auszumachen war, ob der oder die Hörer dieser Jagdgeschichten es mit Dichtung oder Wahrheit zu tun hatten, ist wohl niemand auf die Idee gekommen, den Wahrheitsgehalt der Erzählungen zu überprüfen und ihn danach gerichtlich zu belangen.

Für eines bin ich Nippers „Circus" allerdings dankbar, ohne dass er, ohne dass überhaupt irgendjemand davon weiß: Durch ihn habe ich Spagat gelernt, und zwar Männer- wie Frauenspagat. Wie das?

In jedem Dorf, vermute ich einmal, gibt es Leute, die irgendetwas können, was andere nicht beherrschen.

Wenn Nippers Heini, der immer wenig Geld zur Verfügung hatte, um sich Sauftouren leisten zu können, bei uns mit mir zusammensaß und sich ein weiterer Gast einfand, von dem er annehmen konnte, dass er seine Kunststückchen noch nicht kannte, dauerte es nicht allzu lange, bis er diesem neuen Biertrinker erklärte, er könne einen Groschen mit dem Mund vom Boden aufheben, ohne dabei die Hände benutzen zu müssen. Er wolle es ihm wohl sofort zeigen, falls der Neue ihm dafür ein Bier bezahle.

Wenn es dann zur Abmachung gekommen war, verlangte er einen Groschen von mir, warf ihn auf den Boden, baute sich mit weit gespreizten Beinen vor ihm auf, stützte die Arme in die Hüften, beugte sich nach vorne und hob das Geldstück tatsächlich, zum Erstaunen des anderen, mit dem Mund auf, wobei ihm des Öfteren besagtes Gebiss aus dem Mund zu fallen drohte. Anschließend forderte er mich, den 15-Jährigen, der aufgrund seines Alters eigentlich mindestens genauso gelenkig sein musste wie er oder noch gelenkiger, dazu auf, es ihm nachzumachen, was ich leider nicht konnte.

Irgendwann aber beschloss ich, dieses Kunststück auch zu beherrschen, und übte dafür abends vor dem Bett, zog mir unzählige Male Zerrungen der Adduktoren zu, weil ich mich ja nie vor Beginn der Übung warm gemacht und die Muskeln gedehnt hatte, war aber nach etwa einem halben Jahr in der Lage, Nippers Heini Paroli zu bieten. Ja, ich wurde im Laufe der Zeit noch besser als er, weil ich weiterhin trainierte, bis ich, wie gesagt, beide Sorten von Spagat ziemlich mühelos beherrschte.

Ich konnte bald darauf mit einem weiteren Kunststück glänzen, das ich mir auch beibrachte, weil mein Ehrgeiz es nicht zuließ, schlechter zu sein als er, das mir aber außer ein paar Bier nur körperlichen Schaden eingebracht hat. Es bestand darin, einen Besenstiel im Kammgriff so hinter dem Rücken zu halten, dass die Hände die rechte und linke Hüfte berührten. Und nun mussten die Arme samt Besenstiel mit einem Ruck und – das war der schwierige und geradezu verrückte Teil der Übung – ohne dass die Arme in den Ellenbogen gebeugt werden durften, vor den Körper befördert werden. In der Tat wurden bei einem solchen Unterfangen immerzu die Schultersehnen überdehnt, so überdehnt, dass mir später bei Übungen am Reck und bei Stürzen auf dem Trampolin mehrfach die rechte Schulter aus dem Gelenk sprang.

Einmal saß ich mit ausgekugelter rechter Schulter im Wartezimmer eines Sportarztes, hatte höllische Schmerzen und war ziemlich böse, dass der Arzt so lange auf sich warten ließ. Als er dann nach etwa einer Stunde erschien und ich auf ihn zuging, spürte ich ein paar komische Bewegungen in meiner Schulter und konnte dem Arzt erklären, er brauche sich nicht zu bemühen. Die Schulter habe sich gerade selbst wieder eingerenkt.

Einen Besenstiel im Ristgriff vor sich zu halten, und zwar so, dass beide Hände den Körper berühren, im Hocksprung über den Stiel zu springen und danach in einem Rückwärts- Hocksprung den Stiel wieder vor den Körper zu bringen, ist eine weitere Übung, die nicht ganz so leicht auszuführen ist, aber Ruhm und Bier einbrachte. Man sage also nicht, dass Halbwüchsige nur Unsinn lernen, wenn sie in einer Kneipe aufwachsen!

Als Sohn einer Familie, die von einer Gastwirtschaft lebte, war es für mich ein Ärgernis, bei unseren Konkurrenten, also in anderen Gasträumen, eine Musikbox vorzufinden, so dass sich die Gäste ihre Musik selbst aussuchen konnten, die sie allerdings auch bezahlen mussten und so dem Besitzer der Box zu weiterem Verdienst verhalfen. Wir hatten nur einen Zehner-Plattenspieler in der „kleinen" Stube, die an den Gastraum grenzte, aufzuweisen.

Zehn Schellackplatten konnten nacheinander abgespielt werden. Waren alle Platten abgespielt, musste der ganze Packen umgedreht werden, und es ging von Neuem los.

Manchmal fiel nach Beendigung einer Platte nicht die nächste, sondern die übernächste herunter.

Eine Riesenauswahl an Platten war auch nicht vorhanden, so dass ich im Laufe der Zeit alle Musikstücke in- und auswendig kannte und darauf hoffte, dass es den Gästen nicht ähnlich ging.

Einige Stücke gefielen mir besonders, zum Beispiel sogenannte Hawaii-Musik. „Alo-ahe …", summte die Vokalstimme, von „Zittergitarre", wie wir das nannten, begleitet, und entführte das Gemüt des Pubertierenden in ganz ferne Weiten.

Wer aus unserer Generation entsinnt sich nicht mit Begeisterung an „Das machen nur die Beine von Dolores" – manche sangen „von unsrer Doris" –, „dass die Señores nicht schlafen gehn?" War das Rudi Schuricke oder Vico Torriani?

Auch die schon einmal erwähnte „Fischerin vom Bodensee" konnte für sich punkten. „Ein weißer Schwan zieht den Kahn mit der schönen Fischerin auf dem blauen See dahin. Im Abendrot schimmert das Boot …" Welches pubertierende Gemüt konnte bei solchem Text und entsprechender Musik dazu unbeeindruckt bleiben? Vermutlich durch solche Musik veranlasst, wollte ich unbedingt Tante Christinchen, eine uralte Dame, die in Überlingen am Bodensee wohnte, besuchen und habe es dann auch mit Werner, einem Freund aus Pfadfinderzeit, getan.

Das größte Interesse weckten in mir aber „Die Insulaner", eine Kabarett-Gruppe aus Berlin.

„Weil Heuss bei uns in Germany so allerlei passiert, da dacht ich mir: ‚Genug von hier! Ich bin schon mal marschiert.' Drum zog ich übern großen Teich. Mein Eindruck war enorm: Anstatt 'nen Pass verpasst man mir 'ne UNO-Uniform. Na sehn Se, sind Se da nicht platt? Doch die andern sagen nur: ‚Wer hat, der hat." Heuss? Klar: erster Bundespräsident. Opa Heuss. Schwäbelnd. Zigarre auf dem Zahn. Freundlich lächelnd. Präsident des Wirtschaftswunders. Erhard. Adenauer. Alles eine Wichse. Wiederbewaffnung. 1945: „Nie wieder Krieg!" 1954 und folgende Jahre: Wiederbewaffnung. Proteste dagegen. „Ohne uns!" Später dann: „Nie wieder Krieg ohne uns!"

„Dann wurde ich ganz plötzlich in den Süden kommandiert. Ich fand es sehr ergötzlich, was dort heute noch passiert!" Ja, was denn? Rassentrennung. Ku-Klux-Klan! Und das bei denen, die uns Demokratie beibringen wollen, denkt der UNO-Soldat aus Deutschland, der schon einmal gedient hat, dieser Scheiße aus dem Weg gehen will, in die USA auswandert und plötzlich mit einer UNO-Uniform versehen wird. Koreakrieg? Um Gottes willen, nein!!

„Kinners, ick sing ein Lied von Balin, von die Stadt, die mir alles is. Nu könn'n wir endlich wieder hin! Oh, wie hab ick die Stadt vermisst!! Isset nicht wirklich wunderschön, dass die Blockade is hin? Nu könn'n wir endlich wieder hin zum schönen Strand der Spree!!"

Ein schöner Text! Allein die seltsame Grammatik der „Baliner"! Wohl entstanden durch die Mischung der Bevölkerung von Berlin mit allen möglichen anderen Völkern, vor allem aus dem Osten.

„Ick hab so 'n Heimweh nach meinen Balin!"

Da singt einer, dem es wegen der Blockade 1948 versagt ist, nach Berlin zu fahren, und der jetzt, nach Ende der Blockade, erneut die Chance hat. Blockade, Rosinenbomber Flughafen Tempelhof als Start- und Landebasis für diese „Bomber", eine Bezeichnung, die nur Berliner erfinden können. „Und war ick ooch in Frankfurt, Hamburg, München oder Wien, das ist doch alles nüscht, denn Balin bleibt doch Balin. Ick hab so 'n Heimweh …"

Ick ooch! Warum? Weeß ick nich! Hauch der Geschichte, auch der jüngsten, gar nicht so schönen, der durch Berlin weht, als Ursache? Kunstforen? Preußenschwärmerei? Ick weeß et nich!

Bei Erinnerung an selbstgemachte Musik darf die Erinnerung an „Ginter" Schulz nicht fehlen. „Du hast so wunderscheene blaue Augen. Wenn du mich damit ansiehst, bin ich hin. In Deinen wunderschönen blauen Augen, da liegt der ganz Sinn des Lebens drin." Sang er. Und ich glaubte es, ohne aber sagen zu können, auf wessen blaue Augen hier wohl ein Loblied gesungen wurde.

Günther war Danziger, wohnte irgendwo in der Nähe des Sportplatzes, verprügelte, wie man sagte, ab und zu seine Frau, wenn er mal wieder getrunken hatte, war der beste Handlanger bei der Firma Rasche, die sich aber nicht auf ihn verlassen konnte, weil er zu häufig einfach nicht zum Dienst erschien, und erwies sich für uns als guter Kunde. Kunststücke, die er beherrschte, habe ich außer einem nicht zu imitieren versucht, weil sie einfach zu verrückt und auch schmerzvoll waren. Zum Beispiel steckte er sich eine Nähnadel von innen durch die Mundhaut und zog sie außen wieder heraus. Oder er steckte sich einen richtigen Nagel senkrecht in den Bizeps. Er konnte auch ein Stück Packband zerreißen, indem er es sich derart um die linke Hand wickelte, dass durch einen kräftigen Zug am freien Ende mit der rechten Hand Bandteile in der linken Hand sich rieben, also heiß wurden, und zerrissen. Diese Fertigkeit habe ich auch erworben. Sie tat höllisch weh, in beiden Händen, weil ich keine Maurer- oder Handlangerhände hatte.

„*Eine* Meinung: Schulze Kleidung! Das größte Versandhaus für Unterwäsche und sonstige Wäsche!", tönte er, wenn er, meistens gut gelaunt und „blau", vielleicht deswegen gut gelaunt, weil blau, bei uns erschien. Falls er mich am Klavier vorfand, ging er fast immer in die Küche, holte sich zwei Löffel, deren Rundungen und Stiele, durch den Zeigefinger der linken Hand getrennt, er aufeinanderlegte und denen er dann mit der Rechten gute Rhythmen entlockte. „Du hast so wunderschöne blaue Augen ..." Die Löffel bekamen übrigens durch häufigen Schlagzeugersatz Beulen nach innen und wurden peu à peu als zum Essen gebrauchsunfähig erklärt.

134

## DER SAAL

Der Gedanke an unseren Saal erweckt viele Reminiszenzen in mir.

Es gab drei Säle im Ort:

Den von Meistermann, unserem unmittelbaren Nachbarn, der nur von Jägern und Bauern besucht wurde – auch von denen, die sich lediglich dafür hielten –, aber von „richtigen" Bauern, also solchen, die fünfzig und mehr Hektar Land beackerten, nicht als solche angesehen wurden. Bauern, die fünfundsiebzig und mehr Hektar an einem Stück besaßen, so dass sie eigenes Jagdrecht ausüben konnten, also nicht auf eine Jagdgenossenschaft angewiesen waren, gab es nicht in sehr großer Zahl. Wenn diese „großen" Bauern also unter Ihresgleichen feiern

135

wollten, mussten sie nolens volens in Kauf nehmen, dass sich auch Leute mit nur zwanzig Hektar Eigentum unter sie mischten.

Ich staune noch heute über einen jungen Mann dieser Sorte von „kleinen" Bauern, Josef B., der ein Auge auf die in der Tat sehr hübsche Tochter unseres Nachbarn geworfen hatte und, obwohl er zwar nur wenig Landbesitz aufzuweisen hatte, dennoch bei den „Großen" geduldet wurde, weil er natürlich ein Pferd besaß, wirklich gut reiten konnte und bei Dressur- wie Springreiterprüfungen seinen Reiterverein besser vertrat als viele Söhne großer Bauern.

Er war und ist auch heutzutage noch bescheiden, äußerst bescheiden, hatte und hat auch heute noch schöne rote Bauernbacken. Leider hat er nie gemerkt, wie Wilma – so hieß die Angebetete –, die als gelehrige Tochter der Eltern ihn nicht völlig zurückwies, sondern ihn durch hier und da zugeworfenes Lächeln in die Hoffnung versetzte, doch irgendwann nach geduldiger Buhlschaft ihre Gunst erwerben zu können, ihn sozusagen schmoren ließ, damit er weiterhin ein hervorragender Vertreter seines Vereins blieb und gleichzeitig auch sein Geld bei ihnen statt woanders ließ: Geachtet wurde er nicht, das war aus allem Gebaren ihm gegenüber ersichtlich.

In unmittelbarer Nähe zur Kirche befand sich Beckmanns Saal, nur über eine relativ steile eiserne Treppe von der Kirchenseite zu erreichen. Ihn besuchten bei Tanzveranstaltungen vor allem Leute aus der Kolpingfamilie, weil sie dort ja auch ihr Vereinslokal hatten.

Unser Saal, also der Bünnemeyer'sche Saal, war ebenerdig. Er diente als Kino, als Kirchenraum, dem Theaterspiel, als Garage, zum Tanzen und wurde auch zur Ausrichtung eines Totenkaffees genutzt.

Wer von meinen Vorfahren die Idee entwickelt hat, die ersten fünf bis sechs Meter hinter dem Eingang in den Saal zu betonieren und den Beton dann dunkelrot zu tönen, entzieht sich meiner Kenntnis. Man muss diese Idee aber als genial bezeichnen, weil dort wenigstens ein Volkswagen, bei sauberer Nutzung der Fläche auch zwei Gefährte von Reisenden, die bei uns nächtigten, Platz finden konnten. Entscheidend für ökonomisches Parken war, ob, erstens, die breite Doppeltür zum

Eingang in den Saal von mir ganz oder nur halb geöffnet worden war und ob, zweitens, der erste Parker, wenn er ungünstig stand, zu einigen Parkmanövern bereit und fähig war.

Es klingt schon ein wenig verrückt, einen Saal unter anderem als Garage zu benutzen, aber ob es mir gefiel oder nicht, es war so. Und es gefiel mir in der Tat nicht. Ich schämte mich vor den „Herren", ihnen als Garage nur unseren Saal anbieten zu können. „Was werden die denken?", dachte ich. „Tiefste Provinz!"

Es kann gut sein, das sie solche Gedanken überhaupt nicht gedacht haben. Vielleicht war bei anderen Gasthäusern alles noch viel schlechter geregelt.

„Die Herren", wie meine Mutter sagte, waren übrigens Reisende, die bei uns nächtigten.

Wir hatten zwölf Betten anzubieten. Wie viele davon in Doppelzimmern standen, ist mir nicht mehr erinnerlich.

Clemens hatte sich, um mehr als nur ein Bett anbieten zu können, in eine gewaltige Investition gestürzt, weil sie nötig war, und wohl auch, weil er nach seiner zweijährigen „Lehrzeit" in einem Gasthof in Stadtlohn Besseres als bei uns zu Hause gesehen hatte.

Ursprünglich konnten wir nur mit einem Zimmer hinter der sogenannten „besten Stube", die in der Tat nichts von „bester" Stube an sich hatte, feucht war und nur zu Weihnachten benutzt wurde, aufwarten. Dieses Zimmer war im Winter sehr kalt, da es nach Norden gelegen und nicht zu beheizen war. Der Gast musste außerdem ohne fließendes Wasser auskommen. Wie in Saloons des Wilden Westens wartete eine Waschwanne nebst gut mit Wasser gefülltem Kübel auf Nutzung.

Ich hatte mich auch dieser Verhältnisse wegen oft vor den Gästen geschämt und fand die Veränderung, die Clemens ansteuerte, als befreiend, obwohl ich mir dessen sehr bewusst war, dass dieses Bauvorhaben eine Menge Geld kosten würde. Aber wir alle hofften darauf, dass im Zuge des Baues der Autobahn – der A1 –, nicht weit von uns entfernt, es an Gästen nicht mangeln würde.

Der Umbau, der auch das Äußere des Hauses wegen des damit verbundenen Ausbaus des Daches verbessern würde, wurde vor Beginn meines Studiums an der Universität, also vor 1958 in Angriff genommen.

Die Bauphase habe ich deswegen sehr gut in Erinnerung, weil ich einerseits als Handlanger nützliche und völlig freiwillige Hilfe leistete, aber andererseits das Festnageln von Spanplatten an Zimmerwänden und, über Kopf arbeitend, an Zimmerdecken als in höchstem Maße unangenehm empfand, denn Spanplatten als ganz mieses, später sogar, weil krebserregend, verbotenes Baumaterial verdammte denjenigen, der damit arbeitete beziehungsweise arbeiten musste, dazu, ein Menge Feinstaub einzuatmen, der sich in den Lungen festsetzt, wie man später sagte.

Im Zuge dieser Baumaßnahme bekamen wir auch eine neue Heizung. Dazu musste die ganze Küche total ausgekoffert werden, das heißt, es entstand per Hand und Schaufel ein Riesenloch, in dem danach die Heizung nebst Brennmaterial, sprich Kohle oder, richtiger, Koks Platz fand.

Wir hatten eine Heizung, waren also modern! Welche Freude – ein wenig getrübt, jedenfalls bei mir, durch die bange Frage, ob und wann sich diese Investition wohl amortisieren würde!

Eine Übernachtung kostete 4,50 DM. Das war ein lächerlicher Preis, dachte ich damals und denke ich auch heute noch. In diesem Preis war das Putzen von Schuhen eingeschlossen. Das ärgerte mich doch sehr, musste ich doch sehr, sehr oft diese mir überhaupt nicht wohlgefällige Arbeit verrichten. Bankfritzen und Lehrerinnen, die bei uns im Abonnement zu Mittag aßen, zahlten 3 DM oder 3,50 DM. Stimmte das Verhältnis zum Logispreis? Ich glaubte es nicht.

Mich hat es als Junge auch ziemlich geärgert, dass ich zweimal die Woche den Saal säubern, das heißt fegen musste: einmal für die „Evangelischen“, will sagen für den Gottesdienst der im Ort ansässigen Flüchtlinge, ein zweites Mal für die wöchentliche Wanderkino-Vorstellung.

Das Fegen war nicht so problematisch, wenn mir jemand half, die 200 bis 250 Stühle zu bewegen, so dass ununterbrochen hätte gefegt werden können. Da ich aber normalerweise alleine mit diesem Job beschäftigt war, machte er nicht so richtig Spaß. Es staubte, nebenbei sei es gesagt, nicht unerheblich.

Für die „Flichtlinge" musste ich die Stühle senkrecht zur Bühne, also mit der Front zur rechten Außenseite des Saals, stellen, weil dort, an der rechten Seite, der „Altar", der gar keiner war, wie ich meinte, stand.

„Flichtlinge" waren übrigens Vertriebene aus dem Osten Deutschlands, die den einzelnen Ortschaften nach dem Kriege von der Kreisverwaltung und einem dort dafür zuständigen Beamten zugeteilt worden waren. Wenn diese Vertriebenen von sich sprachen, nannten sie sich gemäß ihrem Dialekt „Flichtlinge" und wurden daher auch von der Dorfbevölkerung so genannt.

Sie waren meistens evangelischen Glaubens und kamen aus West- wie Ostpreußen, Nieder- wie Oberschlesien, Mecklenburg-Vorpommern, Pommern, Sachsen und dem Sudetenland.

Warum so wenig katholische Christen nach Südoldenburg verpflanzt worden sind, habe ich erst relativ spät aus einer Autobiographie von Pfarrer Albertz erfahren, einem evangelischen Pastor, der in schwierigen Zeiten der Bundesrepublik Deutschland Regierender Bürgermeister von Berlin war und im Gefecht gegen die RAF sich seinerzeit in Mogadischu/Äthiopien der RAF als Geisel zur Verfügung gestellt hatte.

Er war laut eigener Darstellung unmittelbar nach dem Krieg Flüchtlingsminister in Niedersachsen, war also kraft seines Amtes in die Bewältigung der besonders nach 1946 einsetzenden Flüchtlingswelle involviert. Er redet in seinem Buch natürlich von den auftretenden Schwierigkeiten, die unter anderem darin bestanden, dass er in seinen Gesprächen mit Amtspersonen des katholischen Kreises Vechta, aber auch mit Vertretern der Kirchenverwaltung, konkret dem

Offizial, auf erheblichen Widerstand stieß, weil nach deren Meinung allzu viele evangelische Neubürger das friedliche Zusammenleben in Südoldenburg in Gefahr bringen könnten.

Dass so viele Protestanten dem katholischen Südoldenburg zugewiesen wurden, war Wille der Alliierten. Sie wollten Deutschland umerziehen, demokratisieren, und dazu gehörte, Protestanten mit Katholiken zu mischen, so dass zwei Diasporen entstanden: eine katholische im evangelischen Norden Oldenburgs und eine evangelische im Süden.

Bei Oma, also im Bünnemeyer'schen Hause, lebte schon seit Februar oder März 1945 eine Flüchtlingsfamilie aus Pommern, die wohl zu einer der ersten Familien gehörte, die ihre Heimat wegen der sie überrollenden Front verlassen mussten. Sie hieß Glass, es war eine Mutter mit drei Kindern.

Als unsere Familie im März 1945 im Saterland ausgebombt worden war, konnte Mama mit ihren fünf Kindern nicht in ihr Elternhaus umziehen, weil es schon besetzt war. Erst 1950, als Oma starb und Mama, ihre Nachfolgerin, das Geschäft natürlich nur dann weiterführen konnte, wenn sie auch im Hause wohnte, waren Glass' bereit, zwei Häuser weiter zu Zurborgs zu ziehen.

Ich traf einen Sohn der Familie Glass, Manfred, in Schledehausen auf dem Hof von „Höffens Johnny", auf dem damals auch Flüchtlinge untergebracht gewesen waren und wo diese evangelischen Pfadfinder, die „CPer", Freunde der katholischen Sankt-Georgs-Pfadfinder in Vechta, ihr 50-jähriges Gründungsjubiläum feierten, wozu Peter Trosche, gebürtig aus Breslau, damaliger Mitbegründer der CP, jetzt Kriminalbeamter in Hannover, mich zusammen mit Hermann Rauber als Vertreter damaliger katholischer Pfadfinderei eingeladen hatte.

Das muss um das Jahr 2002 gewesen sein.

Manfred war über fünfzig Jahre nach der Auswanderung der Familie Glass zu Zurborgs noch böse auf die Familie Arlinghaus, eben weil die Familie Glass, durch wen auch immer, zum Umzug genötigt worden war. Ich habe damals von den Umständen des Umzuges nichts mitbekommen.

„Mensch, Manfred", sagte ich ihm, „begreifst du nicht, dass das nötig war? Ihr hättet eigentlich schon viel eher umziehen müssen. Meine Mutter hatte fünf Kinder, war Witwe wie deine und konnte euretwegen nicht in ihr eigenes Haus, ihr Elternhaus ziehen. Die Familien hätten tauschen können: ihr zu Onkel Josef, wir zu Bünnemeyers. Niemand hat euch gedrängt damals. Das war schon eine komische Situation, nicht wahr? Eine ausgebombte Familie aus Südoldenburg kann nicht in das Elternhaus der verwitweten Mutter ziehen, weil es besetzt ist, weil eine andere Familie ‚schneller' war!! Nach fünfzig Jahren noch verbittert sein, dafür habe ich kein Verständnis."

Wir wohnten bei einem Vertreter des katholischen Klerus, meinem Onkel, dem Vikar des Ortes. Ihm gefiel es sicherlich besser, Verwandte bei sich wohnen zu haben, als Fremde, denn er konnte in der Nachkriegszeit wohl kaum verhindern, überhaupt Leute in Notlage bei sich aufnehmen zu müssen. War Onkel Josef der Grund dafür, dass nach dem Bombardement und dem Verlust der gesamten Habe in Ramsloh keine ernsthaften Versuche unternommen wurden, Mama mit Familie in ihrem Elternhaus unterzubringen? Onkel Josef war nicht dumm, eher gerissen, wie ich ihn charakterisieren möchte, Tante Maria, Cousine meiner Mutter und Onkel Josefs Haushälterin, nicht weniger. Überlegungen dieser Art sind vielleicht zu verwegen. Vielleicht tun sie Onkel Josef unrecht. Und die Vorstellung, dass eine evangelische Familie beim erzkatholischen Vikar des Ortes wohnte, ist auch nicht unbedingt berauschend, für beide Seiten.

Die Flüchtlinge insgesamt hatte ein nicht unbedingt leichtes Los getroffen. Vertrieben und dann nach irgendwohin verpflanzt zu werden, wo dich keiner haben will, ist schon schlimm.

Es geht in Südoldenburg die Geschichte um, eine „Ladung" Flüchtlinge sei an einem Sonntag des Jahres 1946 in irgendeinem Ort Südoldenburgs angekommen, habe den Ort festlich geschmückt und voller Leute vorgefunden, habe deshalb geglaubt, hier trete ein

141

Empfangskomitee auf, und sei dann aber schlimm enttäuscht gewesen, als bei einsetzendem Platzregen das vermeintliche Empfangskomitee von der Bildfläche verschwunden sei und sich herausstellte, dass der Festschmuck nicht dem ankommenden Flüchtlingstreck galt, sondern schlicht und ergreifend Fronleichnamsschmuck war.

Die Flüchtlinge lebten in einer katholisch „verseuchten" Diaspora, ohne Kirche, bis irgendwann – ich weiß allerdings nicht mehr, wann genau – eine amerikanische Initiative sie mit einer Holzkirche beglückte, die in Berdings Busch in Richtung Install, also ziemlich am Rande der Gemeinde, aufgestellt wurde.

Später, als Heimatkundler, meinetwegen auch Historiker, sich mit der Situation von Diaspora-Flüchtlingen nach dem Krieg befassten, stellte sich heraus, dass in der Regel evangelische Pastoren im Norden von Oldenburg den Katholiken ihre Gotteshäuser zur simultanen Nutzung zur Verfügung gestellt hatten.

Pastor Bohmann in Bakum, um nur einen Vertreter der südoldenburgischen katholischen Geistlichkeit zu nennen, hatte sich wie alle katholischen Geistlichen der Gegend strikt geweigert, seine schöne Kirche den Protestanten zur Verfügung zu stellen.

Pastor Grebe, mit einem Holzbein und einem Sohn, Jost, späterem Klassenkameraden auf dem „Gennasium", bewaffnet, musste also für lange Zeit für seinen Gottesdienst mit unserem Saal vorliebnehmen.

Ich mochte ihn, liebte aber die Verpflichtung überhaupt nicht, für ihn und seinen Verein den Saal herrichten zu müssen. Und damit waren die Flüchtlinge insgesamt – völlig abstruserweise – bei mir nicht sehr beliebt.

Wenn sie einmal im Jahr bei uns im Saal Fasching feierten, mit Verkleidung und Maskierung – eine Neuheit im Dorf, die das ganze Unternehmen befremdlich und gleichzeitig interessant erscheinen ließ –, und dann irgendwann ihre „Nationalhymne" anstimmten, in der von Rübezahl und Riesengebirge, dem „deitschen Jebirge", die Rede war, dabei Schnött und Kiel heulten und damit eine Rührung ausdrückten, die sicherlich auch mit dem Verzehr von Alkohol zu tun hatte, wunderte ich mich ob dieser Gefühlsausbrüche und liebte die Sänger gleichzeitig, weil es ja irgendeinen Grund zum Flennen geben musste.

Grundsätzlich muss man sagen, dass einige Flüchtlinge, für die Vertreibung und Verpflanzung in kulturell fremdes Gebiet schon ein hinreichend schweres Los bedeuteten, zusätzlich unter besonders mieser Aufnahme in der neuen Heimat zu leiden hatten, obwohl man nicht generalisierend behaupten darf, alle Südoldenburger hätten die Neuankömmlinge schlecht behandelt. Sie konnten ja selbst nicht mit unbedingt komfortablen Wohnverhältnissen prunken und mussten für die neuen Mitbewohner oft sehr eng zusammenrücken.

Was die sanitären Verhältnisse betrifft, so war ein Plumpsklosett – welch bezeichnende Beschreibung!! – das Normale, ein WC hingegen die völlige Ausnahme.

Wenn jemand seinen Hühnerstall zur Wohnung für sein ihm zugeteiltes Flüchtlingskontingent ausbaute, so konnte das – von außen betrachtet – als despektierlich angesehen werden. Ich sah es damals jedenfalls so.

In der Tat war diese Vorgehensweise keinesfalls unverschämt, sondern der verzweifelte Versuch, aus der eigenen Misere das Beste für beide Parteien zu machen.

Viele ehemalige Flüchtlinge sehen das heutzutage ebenso, ich denke beispielsweise an Harry Hübner, aber auch an andere.

Auf Südoldenburger Seite geben viele Leute heute zu, dass in zahlreichen Fällen die verdammten „Flichtlinge" ihre Dörfer kulturell bereichert haben.

Es ist ja kaum zu bestreiten, dass in Not und unter daraus resultierendem Zwang, aktiv tätig zu werden, um eine Besserung der Lebensverhältnisse zu erreichen, unterstützt von Marshall-Plan und Währungsreform im Jahre 1948, besonders die Flüchtlinge mit ihrem Elan das geschaffen haben, was international als deutsches Wirtschaftswunder bezeichnet wird.

Es hat nicht allzu lange gedauert, bis die ersten Flüchtlinge den Ort wieder verließen, um vor allem im Ruhrgebiet eine neue Existenz zu begründen. Auch Siegfried Glass und seine Schwester, eine Schönheit, wie ich mich erinnere, deren Name mir aber entfallen ist, verschwanden bald.

Es waren vor allem die Oberschlesier und Sachsen, die so beweglich waren. Norddeutsche, also Mecklenburger oder Ostpreußen, zogen es eher vor, im Norden zu bleiben und hier ihr Glück zu suchen.

Auch „Ginter" Schulz blieb. Einer seiner Söhne, von der Physiognomie her ein getreues Abbild seines Vaters, ist Maurer von Beruf und im Ort stolzer Besitzer zweier prächtiger Häuser.

Auf einem Hof in Molkenstraße lebten Leute, mit denen unsere Familie über die Mutter meines Vaters, meine Oma also, verwandtschaftlich verbandelt war. Wie genau, habe ich erst sehr viel später herausgefunden, als ich eigene Forschungen in Bezug auf das väterliche Herkommen anstellte. Damals war mir nur klar, dass wir verwandt waren.

Es lebten dort ein alter Mann mit zwei erwachsenen Töchtern, Maria und Josefa, ein noch älterer Mann, Bruder des ersten, unverheiratet und darum „use Unkel", will heißen „Onkel", namens Joop, und ein relativ junger Mann namens Emil oder auch Kurren Emil.

Emil war B-Soldat, was immer das auch heißen mochte, stammte jedenfalls nicht aus unserer Gegend und war in den Nachkriegswirren irgendwie auf „ol Hus"-Hof gelandet.

Mit „ol Hus", besonders mit Emil, verbinde ich schöne Erinnerungen.

Palmsonntag gingen wir Kinder natürlich alle mit Palmstöcken bewaffnet zur Kirche. Wir in der Familie hatten immer einen relativ kurzen, dafür aber sehr schönen Palmstock.

Ich beneidete die Kinder aus der Bauerschaft Büschel, weil sie immer mit einem unglaublich langen Stock aufwarteten, der sich unter der Last des Apfels, der an der Spitze jedes Stockes steckte, fast bog. Die ganze Länge des Stocks – zwei Meter oder mehr – hatten deren Eltern einfach stramm mit einem bunten Band umwickelt.

Ich vermute, dass es einige Mühe gekostet haben dürfte, einen solchen Stock heil über den Esch zwischen Bauernschaft und Kirche zu transportieren.

Entscheidend dafür, dass ich diese Kinder beneidete, war, dass sie mit ihrem Stock während des Gottesdienstes Kindern, die zwei oder gar drei Bänke vor ihnen saßen, mit ihrem Apfel auf den Kopf schlagen konnten und es auch taten. Sie selbst bekamen von Kindern hinter ihnen „welche aufs Dach", so dass insgesamt ein eifriges Hin-und-her-Schwenken langer Palmstöcke den langweiligen Gottesdienst verschönte.

Wir Arlinghäuser brachten unsere Palmstöcke nachmittags über den Esch nach Molkenstraße zu Kurren und handelten uns dafür als Belohnung ein, an Ostersonntag in Molkenstraße Ostereier suchen zu dürfen.

Das war immer schön. Maria und Josefa gaben sich sehr viel Mühe, dieses Ereignis spannend zu gestalten. Sie und auch Emil hatten allerdings selbst auch sehr viel Spaß daran, miterleben zu dürfen, wie Kinder eifrig suchen, etwas finden, da und dort vergeblich suchen, sich lenken lassen durch Rufe wie „Heiß!" oder „Kalt!", „Sehr heiß!" und so weiter.

Dieser Hof war uns Kindern so ans Herz gewachsen, dass wir, auch ohne einen Anlass zu haben, des Öfteren dorthin gingen.

Später half ich bei der Ernte von Heu oder Getreide. Auch das war schön, vor allem die Endphase.

Zunächst einmal war es – das ist mir erst sehr viel später aufgegangen – gar nicht so leicht, das Heu oder das Getreide so auf dem Wagen zu verteilen, dass kein Ungleichgewicht entsteht. Danach musste der „Baum" befestigt werden.

Der „Baum" war ein Pfahl, der von vorne nach hinten über Heu oder Getreide gelegt wurde, hinten ein wenig überstand und mit einem

„Reip", einem Seil, unten am Wagen befestigt wurde. Auch das war, glaube ich, gar nicht so einfach. Ziel des Unterfangens war, zu verhindern, dass die Ladung vom Wagen fiel.

Verwegenere oder begabtere Stapler fuhren mit höherer, die etwas vorsichtigeren Knaben begnügten sich mit geringerer Last.

Das Schönste aber bei dieser Aktion war es, jedenfalls für mich, oben auf dem gepackten Wagen nach Haus schaukeln zu dürfen. Man musste dazu am Seil, mit dem der Balken befestigt war, hochklettern, um auf die Wagenoberfläche zukommen. Herrlich! Schwanken und die Welt von oben besehen!

Am Hof angekommen war die Arbeit nicht getan. „Hochsticken"? Nein, dazu war ich zu klein. Aber entgegennehmen – das konnte ich. Und es machte Spaß! Ich hatte manchmal allerdings Angst, beim Entgegennehmen – ich weiß nicht, ob es einen speziellen Ausdruck dafür gibt – in die Forke oder Gabel, auf der die entgegen gereichte Gabe steckte, zu greifen: Es ist nie vorgekommen.

„Hochsticken", plattdeutsch, hieß übrigens, die Ernte vom Wagen, der dazu auf die Diele gefahren war, durch ein Loch auf den Boden über der Diele zu befördern. Wenn dann später das Vieh davon fressen sollte, musste das Heu zum Beispiel wieder vom Boden in die Diele befördert werden.

All diese mir Spaß machenden Arbeiten, bei denen ich helfen durfte, wurden unter der Regie von Emil ausgeführt. Er war so lieb! Lachte immer, war nie böse! War offensichtlich auch fromm.

Er saß immer rechts der Männerseite – Männer und Frauen saßen rechts beziehungsweise links des Haupteingangs in der Kirche; hatte der Pastor die Befürchtung, dass den Kerls oder auch den Weibern, säßen sie zusammen, die Andacht wegen unzüchtiger Gedanken verlorenging? – in den kleinen Bänken, die auf den Beichtstuhl folgten, nicht ganz vorne, auch nicht hinten wie Espelage Bernd, sondern schön in der Mitte. Vor ihm saß immer ein Bauer mit Holzbein und zentimeterdicken Brillengläsern.

Emil kam manchmal sogar werktags zur ersten Messe, in der normalerweise nur die alte Piepers Marie – die nach der Epistel immer einschlief, dabei mit der auf der Bank aufgestützten einen Hand ihren Kapotthut, unbewusst, in den Nacken schob und mit verwegener Hutmontur dann sich der Kommunionbank näherte – und Jungfer Brinkhus aus Westerbakum, mit dem schiefen Kopf und noch schieferen gefalteten Händen, vertreten waren, denen ich dann als häufigster – möchte ich mal behaupten – Messdiener der ersten Messe um sechs Uhr morgens bei der Kommunion nicht „aufs Maul", wie bei Luthern, sondern ins Maul gucken konnte oder musste, weil es damals üblich war, dass, wenn der Herr Pastor irgendjemandem die Kommunion gab, ein anderer ihm die Patene, das heißt einen goldenen Teller, mit dem der Kelch bedeckt war, unter die Hand reichen musste, damit auch ja nicht ein Fitzelchen des Leibes Christi auf dem Boden landete.

Aus dem gleichen Grund, nämlich damit nichts verlorengeht, hielt der Zelebrant nach der Wandlung Daumen und Zeigefinger krampfhaft zusammen, bis nach der Kommunionausteilung, gegen Ende der Messe, der Ministrant, von der rechten Seite das Altars kommend, dem Zelebranten mit Wasser die Hände wusch, das der Geistliche in der Annahme, darin könne noch etwas von dem Leib oder Blut Christi enthalten sein, auch noch trank. Ja, ja, so streng waren damals die Bräuche! Ja, so bescheuerten Vorstellungen hing man an!!

Kartoffeln suchen auf dem Molkenstraßer Esch brachte 5 Mark ein, und wenn man Glück hatte, auch noch einen Sack Kartoffeln, den man dann am nächsten Tag irgendwie per Fahrrad, schiebend, abholen musste. Das waren, glaube ich, Einheitspreise, als wenn die Bauern sie abgesprochen hätten.

Auch diese Arbeit machte Spaß, mir jedenfalls, und zwar deswegen, weil irgendjemand zur Hälfte des Nachmittags die sogenannte „Vesper" lieferte, die dann im großen Haufen mit allen zusammen, entweder auf dem Boden oder auf Kartoffellaub sitzend, eingenommen wurde. „Vesper" hieß Butterbrote und Prütt-Kaffee.

Nach Feierabend, das heißt, wenn das Feld abgeerntet war, gab es im Haus des Bauern warmes Abendessen.

Bei Kurren war es so, dass Onkel Joop, der immer das Kopfende des langen Tisches in der Küche besetzte, wenn die Fleischplatte mit schöner Soße kam, seinen „Priemen", seinen Kautabak, aus dem Mund nahm, auf den Rand des Fleischtellers legte – woraufhin sein brauner Priemensaft sich mit der Bräune der Soße mischte –, vom Fleisch aß und anschließend sich wieder den Priemen hinter die Kiemen schob. Schön war das nicht. Aber was willst du machen? Keiner nahm ihm das übrigens übel.

Zu Beginn des Suchens steckte der Bauer oder der Knecht, der den Kartoffelroder bediente, am rechten wie linken Rand des Feldes, das bearbeitet werden sollte, mit Birkenzweigen oder anderem Gehölz sogenannte „Pfänder" ab, die eine oder manchmal auch zwei Personen abzusuchen hatten. Ich kann mich nicht mehr an das Maß der Pfänder entsinnen, aber es dürften ungefähr fünfzehn Meter gewesen sein.

Wir suchten manchmal, ohne dass der andere es merkte, die eigenen Pfänder zu verkleinern und die Pfänder der anderen zu vergrößern, indem wir die das Pfand begrenzenden Gehölze verstellten, was natürlich zu erheblichen Wutausbrüchen führte, falls es bemerkt wurde.

Fernerhin suchte man, einige Kartoffeln, die der Roder ausgeworfen hatte, in den Boden zu treten, um sie nicht aufheben zu müssen. Meistens zeigte sich später, dass diese Idee keine gute gewesen war, weil nach dessen Bearbeitung ein kluger Bauer das Feld noch einmal mit einem Pflug, der alles Weggetretene wieder zum Vorschein brachte, durchpflügte.

Mein größtes Problem war, den vollen Korb auf dem Wagen zu entleeren. Ich musste dazu auf die Wagenachse klettern, ohne den Korb unten stehen lassen zu dürfen, um ihn im zweiten Akt im Wagen zu entleeren. Das war für einen kleinen Kerl gar nicht so leicht.

Über allem schwebte der Geist Gottes, nein, der Geist von Emil. Das heißt für mich, dass er mich ermunterte, wenn mich der Rücken schmerzte, mich aufforderte, doch mehr vom Fleisch zu nehmen, und so weiter. Herrlich! Ich liebte ihn.

Der verwitwete Papa Kurre nebst Onkel Joop verstarben irgendwann. Emil, der ursprünglich als B-Soldat und Knecht bei Kurren wirkte, tat sich mit der Jüngeren, Maria, zusammen, die trotz kräftigeren Körperbaus ein wenig attraktiver schien als Josefa, obgleich auch Josefa mit sonnigem Gemüt ausgestattet war, bekam mit ihr fünf Kinder, die alle gut gerieten, und war so ein angesehener Bauer in der Nachbarschaft, der aus einem anfänglich kleinen Hof ein schönes Anwesen geschaffen hat.

Leider nur selten habe ich ihn und seine Familie besucht.

Als er verstarb, erfuhr ich erst, was „B-Soldat" bedeutet.

So hießen die, die nach dem Krieg, in dem sie als junge Leute hatten dienen müssen, nicht in ihre von Polen besetzte Heimat Oberschlesien zurückkehren konnten, geblieben sind und dann zusehen mussten, wie das weitere Leben zu gestalten ist.

Es kamen einige nahe Verwandte von Emil aus Oberschlesien/Polen zur Beerdigung. Mir tat es weh zu erleben, wie jüngere Geschwister von Emil, ursprünglich deutscher Herkunft, jetzt unter polnischer Verwaltung, Probleme mit der deutschen Sprache hatten. Ob er sie wohl von Zeit zu Zeit hat besuchen können?

In der Volksschule gab es nur eine Klasse für evangelische Schüler, die Herr Koth unterrichtete. Seine Schüler standen immer sauber links aufgestellt, wenn wir nach Ende der Pausen, in Reih und Glied postiert, klassenweise vor dem Eingang zur Schule darauf warteten, hineingelassen zu werden. Herr Koth hatte Ordnung in seinem Haufen, besser als die anderen Lehrer.

Warum wir uns fast täglich mit den evangelischen Schülern prügelten, ist mit auch heute noch ein Rätsel. Irgendwie muss es damit zusammengehangen haben, dass sie von uns als fremd empfunden wurden.

149

Ein Fall von Missverhalten ihnen gegenüber ist mir besonders im Gedächtnis haften geblieben.

Georg Schröder aus Büschel, einer meiner Klassenkameraden, ein Junge, der auch uns als Klassenkameraden immer ein bisschen rätselhaft und mit Vorsicht zu genießen vorkam, schlug eines Tages – es war in der Nähe des Sportplatzes – einem Flüchtlingsjungen namens Petereit einen etwa fünf Zentimeter langen rostigen Nagel, der aus einer circa einen Meter langen Dachlatte herausragte, mit voller Wucht in den Hintern.

Georg ist später nach Amerika ausgewandert, tat es seinem Bruder Franz, ein Jahr älter als er, nach.

Als ich ihn, der mit Franz zusammen durch Parkettlegen in den USA sein Brot verdiente, einmal in der Nähe von Cincinnati besuchte, wir über dieses und jenes sprachen und auch auf den eben erwähnten Zwischenfall zu sprechen kamen, war er keineswegs reuig gestimmt, sondern eher irgendwie stolz auf seine Tat.

Anlässlich des 50-jährigen Jubiläums der evangelischen Pfadfinderei fragte ich diesen Petereit, der später Pilot geworden war, ob auch er sich erinnern könne, von Schröders Georg so misshandelt worden zu sein. Als Antwort verzog er sein Gesicht schmerzvoll, als ob er erneut den heftigen Schmerz verspürte, den er damals verspürt haben muss.

Immer wenn später, schon auf dem Gymnasium, unser „Oberleichenzehrer", das heißt Oberzeichenlehrer Schleicher, den Kunstunterricht dadurch eröffnete, dass er mit einem Stück Dachlatte kräftig auf den ersten Tisch schlug, durchzuckte mich der vermutliche Schmerz des Jungen Petereit.

Herr Koth, der Lehrer der evangelischen Schülerschaft, genoss im Dorf ein großes Ansehen, weil er sich im Sportverein SC Schwarz-Weiß Bakum engagierte und als treibende Kraft bei der Neugründung der Fußballmannschaft beteiligt war, in der die angebeteten Helden meiner Kindheit Lorbeeren für den Verein, hauptsächlich aber für mich, erwarben: Kallagen Benno aus Vestrup in erster Linie, mit einem herrlichen Torschuss ausgestattet, auch mit dem Kopf erfolgreich,

150

Olberdings Hermann als Rechtsaußen, Helmut Schäfer auf der halbrechten Position.

Als Verteidiger operierte links Fissers Anton, Hellbernds Franz rechts. Unüberwindbar erschien mir als Mittelläufer Többen Aloys.

Auch Tapken Bülli spielte mit. Zurborgs Walter stürmte links. Kreyenborgs Jung muss auch irgendwo eingeordnet werden. Ganz am Ende, aber dauerhafter als alle anderen, stand Meyers Jupp im Tor, als Einziger mit irgendwas um die Knie herum bewickelt.

Ganz zu Anfang der Neugründung zogen sich die Kameraden bei uns im Saal um und fuhren dann auf Lastwagen, die mit Bänken aus unserem Saal versehen waren, zu Auswärtsspielen, kamen danach zu uns zurück und feierten hinter einer Tuchabtrennung, noch nicht Ziehharmonika-Tür, die erst später installiert wurde, zwischen eigentlichem Gastraum und Klaviertrakt, ihren Sieg oder – auch das kam ja vor – ihre Niederlage.

Später zogen sie sich in einer rechtsseitig des Sportplatzes hinter einem Stacheldraht gelegenen Hütte um.

Für uns Kinder war es ein riesiges Ereignis, ihnen lauschen zu dürfen, wenn sie in der Pause irgendwelche Taktiken – wenn es überhaupt welche gab – besprachen. Dass sie mit Unterhose oder was auch immer bekleidet erschienen, war völlig unwichtig, weil wir ja genauso aussahen.

Ein anderer Lehrer, Herr Dubowi, mein Lehrer im dritten und vierten Schuljahr, genoss einigen Ruf, weil er die Kunst des Geigenspielens beherrschte. Bis zu welchem Grade er dieses Instrument beherrschte, also ob er wirklich gut war oder nicht, entzieht sich meiner Kenntnis.

Mich konnte seine Spezialkenntnis wenig beeindrucken, obwohl ich bei diesem Lehrer einen sogenannten „Stein im Brett" hatte.

Ich mochte Herrn „Tibowi" – so nannten ihn die Dörfler, weil sie seinen für sie fremd klingenden Namen nie richtig auszusprechen gelernt hatten: „Tibowi" war leichter auszusprechen als Dubowi –

deswegen nicht so gerne, weil er eine Unart praktizierte, die, obwohl ich überhaupt nicht von ihr betroffen war, mir nicht gefiel.

Im Sportunterricht, den wir nur sporadisch erlebten, stach er Jungen, wenn wir „Klemmzüge" am Reck machen mussten, mit einer Nadel in den Hintern, um sie zu einer größeren Anzahl von Klimmzügen zu veranlassen.

Ich weiß noch, wie ein Klassenkamerad, Kempers Alois, den alle, weiß der Henker warum, „Wiesel" nannten, mir leid tat, als er am Reck hing, schon zwischen zehn und fünfzehn – er war stark – Klimmzüge hinter sich gebracht hatte und eigentlich am Ende seiner Kräfte angelangt war, aber vom Lehrer Dubowi durch Nadelstiche in den Hintern zu noch größerer Leistung angetrieben wurde, dazu jedoch nicht in der Lage war und dennoch nicht die Erlaubnis bekam, abzuspringen, also weiter gepikst wurde, ohne noch mehr leisten zu können, und deswegen eine Miene zog, die unbändige Wut und einen derartigen Hass ausdrückte, dass man annehmen konnte, er hätte Herrn Dubowi erwürgt, wenn ihm die Erlaubnis dazu gegeben worden wäre.

Begleitet wurde das Ganze durch Gefeixe und Gejohle der Umstehenden, von denen einige zumindest erwarten durften, dass ihnen in Bälde das gleiche Schicksal bevorstand.

Kempers Wiesel war Maurer und hat sich leider totgesoffen, ist also relativ früh gestorben. Meine Erinnerung an Kempers Familie ist weiterhin verbunden mit Erinnerung an seinen zwei Jahre älteren Bruder Clemens, der eine Weile in der zweiten Mannschaft als rechter Läufer spielte und manchmal auch in der „Ersten", in der ich spielte, und mit seiner Schwester, die sich mit Tholen Georg, einem ganz prima Kerl aus Büschel, verbunden hat.

Eine weitere Übung am Reck, deren Ausführung mir verwehrt war, weil ich sie schlicht und einfach nicht beherrschte und deswegen diejenigen, die dazu in der Lage waren, sehr beneidete, wurde seltsamerweise häufiger von Mädchen als von Jungen ausgeführt.

Sie bestand darin, dass man sich in den Kniekehlen mit dem Kopf nach unten am Tiefreck auf hing und nach heftigen

Schaukelbewegungen des gesamten Körpers ohne Benutzung der Hände am Boden unter dem Reck zum Stand kam.

Dass Mädchen häufiger als Jungen dieses Kunststück vorführten, hing vermutlich damit zusammen, dass die Mädchen hier eine der wenigen den Mädchen möglichen Gelegenheiten nutzten, den Jungen zu zeigen, was Mädchen alles können. Ihnen, den Mädchen, blieb ja nicht viel: Sie konnten bei Hinke-Pinke glänzen, bei dem man hinkend mit dem Fuß einen möglichst flachen Stein von einem circa ein Meter mal ein Meter in den Boden geritzten Quadrat in andere Quadrate gleicher Größe befördern musste. Wenn der mit dem „Hinkefuß" beförderte Stein über das nächste Ziel hinausschoss oder auf einer das folgende Quadrat begrenzenden Linie liegen blieb, war der nächste Spieler an der Reihe.

Es gab Mädchen, die wahre Meisterinnen ihres Faches waren.

Mädchen konnten auch bei Völkerball glänzen.

Bei diesem Spiel muss man erstens werfen, zweitens fangen können.

Wenn Mädchen ihre Schürzen – womit quasi jedes Mädchen ausgerüstet war – so zum Fangen nutzten, dass sie die Enden der Schürzen anhoben, konnten sie kaum „abgeworfen" werden, weil sie sozusagen jeden auf sie abgefeuerten Ball fingen.

Ich konnte Herrn Dubowi auch deswegen nicht so gut leiden, weil ich mit meinem Banknachbarn Hans Geising, mit dem ich mich, was das Besetzen des ersten Platzes in der Klasse anging, ablöste, so etwa jeden zweiten Tag, schätze ich, sein Fahrrad wienern musste, und zwar während des Unterrichts. Gerätschaften dafür lagen in Schrank rechts der Tafel: ein großes Tuch als Unterlage für das umgekehrte Fahrrad, Öl in einer speziellen Flasche, um die Fahrradteile, speziell die Speichen, einzuölen, und sehr viele Lappen.

Auf das vor dem Pult ausgebreitete Tuch wurde das Fahrrad umgekehrt aufgestellt. Wir hatten Anweisung, zunächst das Grobe an Dreck zu entfernen, um danach mit der Feinarbeit zu beginnen, das heißt jedem Teil des Rads, inklusive Speichen, Glanz zu verleihen. Es machte Freude, nach getaner Arbeit dem Hinterrad durch einige Drehungen der „Pendalen" – so hießen Pedalen bei uns – Schwung zu verleihen und dabei den Glanz der Speichen zu beobachten.

Hans und ich wechselten uns als „Oberste" ab. Bei dem „Untersten" gab es kaum einen Wechsel. Er, den es erwischt hatte, hatte „lebenslänglich" und tat mir deswegen sehr leid.

Diese Methode, die Klassen nach Leistungsvermögen zu ordnen, wurde von uns Kindern, aber auch von den Eltern, nie diskutiert. Sie war dennoch nach meinem Gefühl eine Riesensauerei, vor allem den Schwächeren gegenüber. Vermutlich war das Empfinden für Gerechtigkeit oder das Missbehagen gegenüber Ungerechtigkeit unbewusst der Grund dafür, dass ich Herrn Dubowi deswegen ablehnte, weil er uns „Obersten" das Privileg verschaffte, nicht am Unterricht teilnehmen zu müssen, um selbst davon zu profitieren.

Er wohnte nur drei Kilometer entfernt von der Schule entfernt in Lohe, einer Bauerschaft. Die Straße dorthin war, wie alle anderen auch, kopfsteinpflasterbewehrt mit einem Sandweg daneben als Piste für Fahrradfahrer und Fußgänger. Weil es in unserer Gegend ja häufiger regnete, somit auch der Sandweg vermatschte, konnte Herr Dubowi natürlich nicht verhindern, dass sein Fahrrad verschmutzte. Aber die Frechheit zu besitzen, von Schülern sein Fahrrad pflegen zu lassen – und es wurde super gepflegt –, verriet mangelndes pädagogisches Feingefühl oder, drastischer ausgedrückt, schlicht und ergreifend Egoismus.

Es gab noch einen anderen Grund, weswegen ich Herrn Dubowi innerlich ablehnte.

Herr Dubowi war ja musikalisch und liebte es wohl auch, uns Kinder mehrstimmig singen zu lassen.

Auch mir gefiel solcher Gesang.

Ihm allerdings missfielen – und ich kann ihn aus der Rückschau sehr gut verstehen –, dass einige meiner männlichen Mitstreiter nicht singen konnten, sondern „brummten", wie er sagte, Sprechgesang pflegten, wie ich sagen möchte.

Um diese Störer auszuschalten, musste ich über Tische und Bänke krabbeln, die einzelnen Kinder abhorchen, während sie sangen, und ihm mitteilen, wer „brummt". Dieser Knabe war dann zum Zuhören verdammt.

Ich fühlte mich in dieser Rolle ausgesprochen unwohl. Ablehnen konnte ich sie in jenen Zeiten, in denen das Lehrerwort als Evangelium galt, nicht. Also übte ich sie aus.

„Schuppenpanzer", Clemens Abeln aus Lohe, Vetter von Abeln Boller aus dem Ort, der später, wenngleich relativ klein von Wuchs, ein toller Torwart wurde und mit mir und viel länger als ich in der „Ersten" Fußball spielte, Clemens also, der diesen seinen Beinamen wegen einer Schuppenflechte am ganzen Körper gnadenlos von seiner Umgebung verpasst bekommen hatte und damit, wie es zumindest schien, problemlos lebte, war anerkannter Brummer und lebte auch, weil er hart im Nehmen war, mit diesem Stigma problemlos zwei Jahre lang, im dritten und vierten Schuljahr. Den untersten Platz besetzt zu halten, besser gesagt, behalten zu müssen, erfordert, wie mir scheint, ein hohes Maß an Souveränität, was das Aushalten von Demütigung betrifft. Es könnte sogar sein, wage ich manchmal zu denken, dass diese harte Schule, in Kindertagen schon erlebt, möglicherweise dazu führt, Schicksalsschläge, die jedes Leben zu bieten hat, besser zu verkraften als andere Personen, die sich häufiger auf der Sonnenseite des Lebens befunden haben.

Der zweite Anlass, zu dem ich den Saal herzurichten hatte, war der wöchentliche Filmabend.

Zu diesem Anlass mussten die Stühle parallel zur Bühne aufgestellt werden.

Die Besitzerin des Metropol-Theaters in Vechta bereiste während der Woche mehrere Dörfer, um dort Wanderkino vorzuführen.

Sie, eine elegante Dame, begab sich nach Ankunft im Ort am späten Nachmittag in die Obhut meiner Mutter, das heißt setzte sich während des Aufbaues der Gerätschaften und während der Vorführung des Filmes selbst an den schmalen und hohen Kachelofen im Gastraum, um sich mit meiner Mutter zu unterhalten, beziehungsweise um sich unterhalten zu lassen.

Alfred Blömer war der Vorführonkel. Ich schaute als 13-, 14-Jähriger interessiert zu, wenn er hinter der fast quadratischen Theke im Saal hantierte, die mit von Tischler Albert Fangmann hergestellten roten Brettern so zugebaut war, dass kein Licht von außen in den Saal dringen konnte.

Die Holzverschalung hatte ein Loch für die Linse, durch die der Film, der hinter ihr auf einer Spule abrollte und mehrfach unterbrochen wurde, weil eine neue Filmrolle aufgelegt werden musste, auf eine Leinwand vor oder auf der Bühne traf.

Ich weiß beim besten Willen nicht, was Alfred veranlasst haben könnte, mir einmal völlig unverhofft Backpfeifen zu verpassen.

Ich war vollkommen verblüfft, entsetzlich beleidigt und entsprechend wütend, weil es das erste und auch letzte Mal war, dass ich erniedrigende Ohrfeigen erdulden musste. Diese Erfahrung lehrte mich aber für mein späteres Leben, nie jemandem eine Ohrfeige verpassen zu wollen, es sei denn, ich wollte jemanden bewusst erniedrigen. Und im Laufe von mehr als vierzig Jahren Lehrtätigkeit ist es nie dazu gekommen.

Ich habe Alfred nie wieder Gesellschaft geleistet. Als er Jahrzehnte später bei einem Busunternehmen, mit dem ich des Öfteren beruflich zu tun hatte, Fahrer war, konnte ich eine Abneigung ihm gegenüber leider nicht ablegen: die Ohrfeigen taten der Seele immer noch weh. Hinzu kam, dass er elendig stinkende Zigarren rauchte, ohne Rücksicht auf das ihm anvertraute Publikum zu nehmen.

Fegen für das Kino war natürlich angenehmer als Fegen für den Gottesdienst.

In jener Zeit veröffentlichte die katholische Kirche eine Filmzensur.

„1" und „2" als Note besagten, dass diese Filme von allen Katholiken gesehen werden dürften, ohne dass sie Schaden an der Seele nähmen. „2E" – ich glaube, „E" bedeutete Einschränkung – als Klassifizierung hieß „Vorsicht". „2EE" verurteilte den, der zur Vorstellung ging, dazu, im Anschluss an diesen Besuch in der Hölle zu landen.

„2EE"-Filme wurden nur ganz selten gezeigt.

Und wenn, dann wetterten die Geistlichen im Ort, Onkel Josef, der Vikar, und Pastor Bohmann, dermaßen von der Kanzel gegen den Besuch, dass niemand kam.

Ich war jede Woche gespannt, wie die Zensur des Filmes dieser Woche wohl ausfallen würde. Sie war in einem Schaukasten auf dem Vorplatz links vom Eingang zum Saal ausgehängt. Wer sie dort aushing, ist mit nicht mehr geläufig.

Es liefen meistens völlig harmlose Filme.

Tarzan-Filme mit Johnny Weissmüller, „Der Tiger von Eschnapur" mit René Deltgen, „Der Herr der sieben Meere" mit Errol Flynn, „Der Förster vom Silberwald mit Rudolf Prack und Sonja Ziemann, Liselotte Pulver trat auf den Plan in „Schwarzwaldmädchen", glaube ich.

Ich durfte sie immer nur zur Hälfte höchstens sehen. Marzella oder Doris kamen im Dunkeln und holten mich, der ich hinten stand, aus dem Saal, weil ich ins Bett musste.

Aber ich hatte ja wenigstens die „Fox – tönende *Knochenschau*", wie wir sagten, gesehen.

Sie zu sehen war schon wegen der dramatischen Einführungsmusik und der markigen Stimme des Sprechers wunderschön.

Abgesehen vom Erleben aktueller Ereignisse der Weltpolitik war das Schönste, den Sportteil miterleben zu dürfen.

Ich sah die Idole meiner Jugend mit wunderschöner Ballbehandlung und grandiosem Tor als Abschluss ihrer Kombinationen: Otmar und Fritz Walter von Kaiserslautern, Morlock vom „Club", Toni Turek von Fortuna Düsseldorf und Helmut Rahn von Rot-Weiß Essen.

Manchmal, zur Tour-Zeit, erschien auch der Radrennfahrer Fausto Coppi. Ach, war das schön.

Im Winter spielten die Vereine im Dorf Theater.

Musikverein und Kolpingfamilie spielte bei Beckmanns, der Gesangverein bei uns.

Einmal bekam ich die Gelegenheit, mitzuspielen in einem Krippenspiel. Ich war der Sohn eines der Hirten und hatte einen bedeutenden Satz zu sagen: „Hast recht, lieber Köbes, hast recht: Die ganz Welt ist miese und schlecht!"

Immer, wenn ich Beckers Alfred, der im Theaterstück mein Hirtenvater war, im späteren Leben irgendwo traf, kaute ich ihm diesen Satz vor, woraus man ersehen kann, wie bedeutsam doch das Theaterspiel für mich gewesen ist.

Alfred – nebenbei sei es gesagt – lachte, wenn er das hörte, und antwortete näselnd in einer Stimmlage, die sich seit 1950 nicht verändert hat.

Kathen Rudi, unser Nachbar, Anstreicher von Beruf, war bei allen Theaterstücken im Ort dafür verantwortlich, die Kulissen, von denen unsere Bühne das ganze Jahr über umstellt war, themengerecht zu bemalen, weil er Geschmack besaß.

Mich verleitete die Bemalung im Verlauf des Jahres des Öfteren dazu, mich in den Kulissen aufzuhalten und träumerischen Idee nachzugehen.

In jüngster Zeit kann man nach langer Pause wieder feststellen, dass in einzelnen Dörfern Theater gespielt wird.

Das ist, glaube ich, eine gute Entwicklung, weil das Theaterspielen für jeden Akteur positive Erfahrungen mit sich bringt, angefangen von erstem gemeinsamen Lesen der Rollen, im Kreis sitzend, bis hin zur kleinen oder größeren Feier, mit der das Unternehmen seinen Abschluss findet.

Die Erinnerung an Tanzkurse, die in unserem Saal stattfanden und auch mit einem Fest, dem Abschlussball, beschlossen wurden, ist mir noch sehr präsent. Die Stühle mussten dazu wiederum anders angeordnet werden, nämlich rechts und links der Saalfläche in einer Linie, die Lehne gegen die Wände gerichtet.

Am liebsten erinnere ich mich natürlich meines eigenen Abschlussballs samt wunderschöner Vorlaufzeit. Ich habe es als Erwachsener allerdings nie verstanden, warum wir in einem so katholischen Dorf in so jungem Alter, mit vierzehn oder fünfzehn Jahren, so genau weiß ich es nicht mehr, tanzen lernten.

Der anerkannte Gott des Unterfangens war Herr Wienholt, der Tanzlehrer aus Mühlen.

Er war ein älterer Herr – so erschien er uns Schnöseln jedenfalls –, der immer mit picobello sitzendem Anzug nebst Krawatte, aber – noch viel wichtiger an seiner Erscheinung – auch astrein gekämmt zum Dienst erschien: Er hatte seine ihm nur noch spärlich gebliebenen Haupthaare so gescheitelt, das sie sich überlappten, so dass sie jemanden, der ihn nicht als Tanzlehrer, das heißt als Respektsperson zu betrachten hatte, unweigerlich zum Lachen reizen mussten, weil sie wie angeklebt wirkten.

Als ich später in meiner Zeit als Lehrer zwei Wienholt-Kinder, Enkel dieses eben beschriebenen Herrn, in einer Wettkampfmannschaft betreute und ihnen irgendwann beiläufig von ihrem Großvater erzählte, da wussten sie genau, worauf ich anspielte, und lächelten verständnisvoll.

Er war eine Respektsperson für die Dörfler und deren Kinder und hat denen von ihnen, die ihm während des Tanzkurses zuhörten, große Dienste erwiesen, was Benehmen betrifft.

Die Aufgabe des Tanzlehrers war nicht darauf beschränkt, den Kindern die elementarsten Tanzschritte beizubringen. Sie lernten auch, wie man einen Tisch deckt, wie man sich am Tisch benimmt, wie man eine „Dame" zum Tanz auffordert, wie man ihr galant den Arm anbietet, wenn man sie nach der Tanzrunde wieder zum Tisch zurückbegleitet – statt sie einfach auf der Tanzfläche stehen zu lassen und sich den eigenen Gefilden zuzuwenden –, wie man ihr am Tisch den Stuhl zurechtrückt, und vieles mehr.

Es war schon lustig, in welcher Form so eine Tanzstunde ablief.

Wir saßen uns in einer langen Reihe gegenüber, die Jungen links, die Mädchen rechts der Tanzfläche, hörten – ganz Ohr – die Unterweisungen theoretischer Art und beobachteten deren Umsetzung in die Praxis.

Auf den Satz „Der Herr fordert eine Dame auf" stürzten die Jungen ungestüm in Richtung Dame ihres Herzens. Manche Jungen hatten keine. Auch nicht schlimm.

Dieses Gerenne führte meistens zu heillosem Fiasko, weil die Wege mehrerer Jungen sich kreuzten und auch kreuzen mussten, wenn mehrere Knäblein dieselbe Dame ansteuerten.

Es ist anzunehmen, dass die „Damen", die sich nach eben abgeschlossenem Tanz in einer ungünstigen Position wiederfanden, was den Standort des erwünschten Partners für den Folgetanz betrifft, sicherlich gespannt verfolgten, wie der nun zu erwartende Wettlauf wohl ausgehen würde.

Was mich betrifft, so erinnere ich mich, eigentlich nur auf ein Mädchen fixiert gewesen zu sein, aber auch, dass ich nie so richtig enttäuscht war, wenn ein Wettlauf nicht so ausging, wie ich es mir gewünscht hatte, denn es waren noch zwei, drei weitere Mädchen vorhanden, mit denen das Tanzen Spaß machte.

Ebenso wie bei den Jungen gab es nämlich auch bei den Mädchen „Trampel", die von jedem Gefühl für Rhythmus unbeleckt waren, so dass das Tanzen mit ihnen zur Qual werden musste.

160

Wiener Walzer, langsamer Walzer, Tango, Foxtrott und natürlich Marsch bildeten das Gerippe dessen, was wir lernten. Schlagworte wie „Wechselschritt" und „Wiegeschritt" klingen mir noch heute in den Ohren.

Lieber Gott im Himmel, alles war schlimm mit tölpelhaften Partnerinnen! Man stelle sich vor: Langsamer Walzer, schöne Musik – und statt von einem langsamen Vorwärtsschritt in eine fließende Bewegung nach rechts überzuleiten und dabei der Partnerin beseligt oder halbwegs beseligt in die Augen oder über die Schultern der Partnerin hinweg ins Leere zu schauen, aber nicht in eine langweilige, sondern in eine von Glück gefüllte Leere, entwickelte sich dieselbe Schrittfolge mit Tollpatschen zu einem verzweifelten Bemühen, die doch so leichte und angenehme Schrittfolge irgendwie durch lautes Mitzählen des Taktes, „Eins-zwei-drei", sowie dadurch zu überstehen, dass die Partner, statt in wunderschönen Körperkontakt über die Tanzfläche zu gleiten, Abstand voneinander suchten, um mit auf den Boden gesenktem Blick zu verhindern, dass sie die Füße des Partners platt traten.

Es ist also ganz natürlich, dass die Jungen oder Mädchen, denen das Tanzen lag, sich, wenn sich das Ende einer Tanzrunde andeutete, für den nächsten Tanz in eine Position zu tanzen suchten, von der aus eine bessere Partnerwahl möglich schien, galt doch die Regel, dass alle Paare sich im Kreis auf der Tanzfläche aufstellten und zu einem neuen Partner kamen, wenn der Tanzlehrer das Kommando „Der Herr fordert die Dame zu seiner Rechten auf" ausgegeben hatte.

Manchmal durchkreuzte der Tanzlehrer solches Vorgehen aber auch, indem er sagte: „Der Herr zwei Damen zurück." O weia: Alles Bemühen vergeblich!

Welche der zur Wahl stehenden Damen die Jungen zum Abtanzball, der Abschlussveranstaltung, einladen wollten, stand für die meisten fest. Falls nicht dummerweise mehrere Jungen ihr Auge auf dasselbe Mädchen geworfen hatten, gab es keine Probleme.

Problematisch schien es hingegen vielen, auf welche Art und Weise sie sich dem Mädchen gegenüber erklären sollten.

Obwohl Lisa genau wusste, dass ich mit ihr den Abschlussball feiern wollte, meinte ich, ihr meinen Wunsch offiziell mitteilen zu müssen, denn so hatte Herr Wienholt uns unterrichtet.

Ich fasste all meinen Mut zusammen und schrieb meinen Antrag auf ein Stück Papier, fuhr mit dem Fahrrad zwei Kilometer in Richtung ihres Hauses – ihre Eltern waren große Bauern – und steckte meinen Antrag in die Blätter einer Butterblume am Straßenrand, von dem ein langer buchsbaumbegrenzter Weg zu dem Seiteneingang des Hauses führte.

Am Abend des Abschlussballs kamen alle Mädchen, so auch Lisa, mit einem selbstgebackenen Kuchen zum Saal. Lisa schritt zu unserem Tisch und, siehe da, ließ den Kuchen fallen, so dass er mit der Sahneseite auf dem Boden zu liegen kam. Auf Sekunden des Entsetzens folgten viele bittere Tränen, die auch nicht aufhören wollten, als Kinder, Kathen Maien, Thoben Monika und andere, die von außen, an der Fensterseite des Saales, sich ihre Nasen an den Scheiben platt drückten, um das Geschehen im Saal zu verfolgen, hereingestürzt kamen und in Windeseile mit Mund und Händen den gesamten Kuchen verputzten und von ihm lediglich einen Fettring hinterließen.

Für jede Tanzveranstaltung bei uns im Saal, sei es ein Vereinsball nach Beginn der Ballsaison im November oder ein Ball anlässlich der Herbst- oder Frühjahrskirmes, musste der Saalboden eine gewisse Glätte erhalten, damit das Tanzen dem Könner Spaß machte. Das wurde dadurch möglich gemacht, dass der Tanzboden mit einer Schicht von Wachsflocken bestreut wurde, die dann glatt getanzt werden musste.

Meine Schwester Marzella oder „unsere" Doris widmeten sich dieser Aufgabe mit großem Vergnügen. – Die Musik spielte nur für uns. Wir konnten über die Fläche gleiten, ohne Gefahr zu laufen, mit einem anderen Paar zusammenzustoßen. Herrlich!

162

Nach welchem System mein Bruder Clemens die Tanzkapellen engagierte, weiß ich nicht.

An vier kann ich mich erinnern:

An die aus Quakenbrück deswegen, weil der Schlagzeuger der Gruppe, gleichzeitig ihr Chef, das Lied „Granada" beherrschte und es auch mehrfach am Abend gekonnt gesanglich vortrug.

Die Erinnerung an die zweite Band ist einerseits verbunden mit der Figur des Akkordeonspielers.

Er war ziemlich klein, so klein, dass er unter dem Gewicht seines Instruments zusammenzubrechen schien, hatte ganz schwarze Haare und entsetzlich eingefallene Wangen, als ob er nicht genug zu essen bekäme.

Er spielte herrlich, begeistert und begeisternd. Ich sehe ihn noch vor mir, wie sich sein kleiner Körper vollständig zurückbog, wenn er sein Instrument auseinanderzog.

Ich weiß auch noch, dass er mit einem Mädchen aus der Lanfer-Familie in Lohe verheiratet war. Immer hat es mich verwundert, dass dieses Mädchen eine so zigeunerhaft aussehende Person zum Mann genommen hat.

Ein zweites Mitglied dieser Band kam aus Vechta, hatte auch schwarze Haare und war im Gegensatz zum Erstgenannten groß gewachsen.

Er spielte Zugposaune, wie wir sein Instrument nannten, und zwar ganz besonders gut, allerdings nur bis etwa zur Hälfte des Abends, also bis 22 oder 23 Uhr. Der Grund dafür war nicht, dass ihn die Kräfte verlassen hätten, sondern sein Durst. Er orderte im Laufe des Abends viel Schnaps und Bier für die Kapelle, die ihn zunächst besser werden ließen, ihn aber schließlich in solche Euphorie versetzten, dass er die gewagtesten Töne als Begleitung für das Akkordeon heraushaute. Leider spielte er dann auch eine Menge falsche Töne. Und laute, sehr laute! Ich sehe ihn noch über die Bühne gehen und dabei die Posaune in den Bühnenhimmel recken.

Ich hatte regelmäßig Angst vor solchen Eskapaden: er war, betrunken, einfach nicht zu bremsen.

Herr Frätzer aus Vechta, vom Flughafen, spielte auch Akkordeon, konnte aber dem Anderen nicht das Wasser reichen.

Nach dem sogenannten „Einjährigen", der Beendigung der 10. Klasse, schenkte mir meine Mutter mir sein Gerät, das sie ihm für 35 DM abgekauft hatte. Das war eine schöne Überraschung für mich. Ich habe es noch immer in Besitz. Nur stehen mir, wenn ich es heute spiele, die Haare zu Berge. Wie das? Der Balg hat Risse! Ist ja auch schon siebzig, achtzig Jahre alt.

Unserem Klavier im Gastraum hat es sicher nicht gutgetan, wenn es von dort auf die Bühnen im Saal befördert werden musste, allein schon der wechselnden Temperaturen wegen. Es musste aber sein, wenn wir die Kapelle engagiert hatten, in der Herr Seidel spielte.

Herr Seidel war, ebenso wie seine Frau, spindeldürr, hatte sehr feine, ergraute Haare und sah – so kam er mir jedenfalls vor – immer schon alt aus, obwohl das Ehepaar eine ganz kleine Tochter spazieren führte, so dass man, wenn man es nicht besser wüsste, glauben könnte, er sei der Großvater.

Man sagte von ihm, er habe in Amerika gelebt. Warum er zurückgekehrt war, wusste niemand. War er Jude? Nein, das konnte wohl nicht sein, spielte er doch Klavier oder Orgel in der evangelischen Kirche in Berdings Busch in Richtung Install. Aber wieso sollte ein begabter Musiker jüdischen Bekenntnisses nicht gegen Entlohnung in einer evangelischen Kirche den Gemeindegesang begleiten?

Wie dem auch sei: Er war ein As auf dem Klavier. Wie habe ich ihn bewundert, beneidet geradezu ob seiner Fähigkeit, in elegantem Auf und Ab den Tasten die tollsten Melodien zu entlocken! Ganz andere Melodien als die gewohnten gehörten zum Repertoire dieser Drei-Mann-Kapelle: „Ein Amerikaner in Paris", „West Side Story", „St. Louis Blues", „St. James Infirmary Blues", „Porgy and Bess" und andere, für uns fremde Melodien führte er vor.

All diese Titel hatte er in amerikanischen Noten vorliegen, die mit grüner Tinte nummeriert waren.

Ach, Herr Seidel, was bin ich Ihnen dankbar dafür, ihnen zugehört haben zu dürfen, aber besonders dafür, dass Sie, als Sie den Ort, aus welchen Gründen auch immer, verließen, mir beträchtliches Notenmaterial aus Ihrem Schatz überließen!!

Ich versuchte, das bei Ihnen Abgeschaute, Abgehörte umzusetzen, und wage zu sagen, dass es mir in Maßen auch gelang.

Wenn das Klavier einmal im Saal stand, dort stehen blieb für eine Weile, als ob man es vergessen hätte, musste ich bei spärlicher Beleuchtung in einen dicken Mantel gehüllt spielen, weil es einfach kalt war, lausig kalt.

„Ich schäm mich so! Ich schäm mich so! Ich hab mal wieder viel zu viel getrinkt!"

Ich versuchte, meinen so „schönen" Versen, die fast wie Verse von Hanns Dieter Hüsch klingen sollten, Melodien zu verpassen, schaffte es auch und fühlte mich wohl dabei.

„Ein'n Sherry und ein'n Apricot, ein'n Vino, Vino Tintoto! Und dann bin ich umgesinkt!"

Die Moll-Tonart zu Anfang, gewählt, um meinem Schamgefühl das richtige Flair zu verleihen, geht am Ende in Dur über. Das ist ja auch berechtigt bei dem Gedanken an Sherry und anders, glaubte ich.

Die Fastenzeit-Melodie von „O Haupt voll Blut und Wunden" musste herhalten für „Als Gott den lieben Mond erschuf" und ihn dann zu einem „völlig deutschen Gegenstand" macht. Christian Morgenstern hatte diese glänzende Erkenntnis.

Ich versuchte also in vielen Stunden auf der Bühne im Saal, zu guten Texten gute Melodien entweder selbst zu erfinden oder bekannte Melodien den Texten anzupassen.

Die Melodie zu Morgensterns „Handstand auf der Loreley", in der er bündig nachweist, dass ein Augenblick mit zwei gehobenen Beinen mit dem Tod nicht zu teuer bezahlt wird und dass im Bereich der Helden und der Sagen die Überlebenden völlig unwichtig sind, ist ganz von mir.

Klar, würde Morgenstern sagen, dein Vater war ein Held.

Er diente mutig seinem Staat als tapferer Soldat, statt mutig diesem Unrechtsstaat zu entfliehen, mit allerdings bösen Folgen für die kinderreiche Familie, riss als Soldat wahrscheinlich keine Bäume aus, konnte nie mit Tapferkeits- oder Verwundetenabzeichen am Revers flanieren gehen, blieb popeliger Unteroffizier sein Leben lang und verließ dieses Leben auf noch popeligere Weise, nämlich zum Skelett abgemagert, also in kaum heldischer Pose, als Plenni bei den Russen.

Doch, er war doch ein Held: So jedenfalls weisen Totengedenktafeln im Heimatort es aus: „Unseren toten Helden" steht allenthalben eingemeißelt.

Und ich, der Überlebende? Unwichtig!

„Dulce et decorum est

Pro patria mori."

Jawoll, Herr Hauptmann, so ist es!

Ich spielte für mich, nicht für andere, war aber nicht böse, wenn sich ab und zu im Dunkeln die Saaltür öffnete, weil jemand auf der Straße das Klavierspiel hörte und, neugierig geworden, wissen wollte, wer da spielt.

Ab einer bestimmten Zeit hoffte ich sogar, dass jemand käme. Ich denke an Agnes, eine unserer Nachbartöchter.

Agnes war so alt wie meine Schwester, glaube ich, also etwa sieben Jahre älter als ich, vollbusig, Krankenschwester von Beruf und immer freundlich. Ihre Vorderzähne, obgleich vermutlich eigene, standen ein wenig vor und konnten den Eindruck erwecken, es seien miese angepasste Dritte.

Ich bin dankbar. Wofür?

Einmal hatte sie sich, ohne dass ich es gewahr geworden war, in den Saal begeben, trat hinter mich am Klavier, umarmte mich, zog mich zu sich empor, küsste mich, dass mir Hören und Sehen verging, und fragte mich danach ganz unverblümt und freundlich strahlend, ob ich wisse, wie beglückend es sei, wenn eine fremde Zunge das eigene Ohr durchforschte. Auf meine erstaunte Reaktion hin schritt sie gleich zur Tat, um mir zu zeigen, wie die Sache anzufangen ist, und hatte durchschlagenden Erfolg damit: Ich spielte fortan jeden Abend und wünschte mir eine erste, zweite, dritte Wiederholung gelernter Übung herbei.

Nicht bei Vereinsbällen, wohl aber bei Tanzvergnügen anlässlich einer Kirmes mussten die Leute, die teilnehmen wollten, am Eingang des Saals ein Eintrittsbillett erwerben. Das Finanzamt wollte von jeder Karte einen Teil für sich, genau wie die GEMA, eine Vereinigung, die mit Musik zu tun hatte, einen Obolus vom Wirt verlangte, weil er Musik spielen ließ, deren Komponisten nicht leer ausgehen wollten.

Die Eintrittsbilletts zum Ball wurden von einer Rolle gezogen, auf denen alle Billetts vom Finanzamt mit Nummern versehen waren, so dass bei der Abrechnung genau zu erkennen war, wie viele Leute das Tanzvergnügen wahrgenommen hatten.

Ich versuchte, ein wenig Schwarzgeld für unseren Gewinn zu erwerben, indem ich junge, aber auch ältere Leute, denen ich glaubte vertrauen zu können, zwar Eintrittsgeld zahlen ließ, sie aber nicht mit einem Tanzband um den Arm versah. Die Schwierigkeit bestand darin, sie, wenn die Zahl sehr hoch war, falls sie den Saal verlassen hatten, um entweder zu pinkeln oder frische Luft zu schnappen oder – was viel häufiger vorkam – draußen mit einer Neuerwerbung zu knutschen, nicht dem Verdacht auszusetzen, sie hätten nicht bezahlt. Schön, dass mir ein solches Missgeschick nie passiert ist.

Die Weinkarte inklusive „Speisekarte" für Bälle schrieb mein Bruder Clemens mit der Hand, für meine Begriffe immer erst in letzter Sekunde, was mich ein wenig beunruhigte. Er hatte eine schöne, markante Schrift.

Viel musste er ja auch nicht schreiben: die Preise für Schluck und Bier, die normalen Getränke der meisten Gäste, kannte jeder auswendig, sie mussten also nicht extra vermerkt werden.

Ganz im Gegensatz zur üblichen Getränkewahl glaubten die Dörfler, bei Bällen Wein trinken zu müssen. Einige Tischbesatzungen waren bestrebt, am Tisch so viel Wein zu trinken, dass sie mit leer getrunkenen und dann nebeneinandergestellten Flaschen die ganze Länge eines Tisches, etwa zwei Meter, abdecken konnten, ein wahrlich unsinniges Bestreben.

Gängige Weinsorten waren „Oppenheimer Krötenbrunnen", „Niersteiner Domtal", „Zeller Schwarze Katz", „Kröver Nachtarsch" – wir sagten spaßeshalber „Kröver Unaussprechlich" – und die unübertreffliche „Liebfrauenmilch" aus Worms, „unübertrefflich" deswegen, weil dreißig Jahre später, als ich befreundete Schotten, James und Doreen, im englischen „Little Scotland", will sagen Corby in Northamptonshire besuchte, dieser unsägliche Wein noch immer in Kaufhäusern angeboten wurde.

Es waren miese Weine, alldieweil süßlich und charakterlos. Aber sie „gingen", wie es in der Sprache der Wirte hieß. Preise dafür? Zwischen 7,50 und maximal 8,50 DM.

Mein Bruder machte freundlicherweise einen Riesenfehler.

Er hatte eine ziemliche Menge französischen Weines, Menina, für 1,50 DM bei Römanns Edu eingekauft und bot ihn nun für 4,50 DM auf der Karte an in der Annahme, ein solcher Aufschlag von 300 Prozent müsse ausreichen. Wir blieben auf unseren Kisten sitzen. Niemand wollte diesen Wein.

Während des ganzen folgenden Jahres versuchte ich in sonntäglichen Knobelrunden mit Freunden aus der Fußballmannschaft oder anderen Kameraden, bei denen der Verlierer 50 Pfennig in einen „Pott" legen musste und die so lange ausgedehnt wurden, bis 4,50 DM für eine Flasche Wein der Sorte Menina zusammengekommen waren, unseren immensen Vorrat an Menina zu dezimieren. Er sank nur unbeträchtlich.

Aber dann kam eine neue Kirmes, damit eine neue Weinkarte und ein neuer Preis für Menina: 7,50 DM kostete er jetzt.

Um 23 Uhr mussten wir an diesem Tanzabend verkünden, ausverkauft zu sein, was diese Weinsorte betraf. „Die Leute wollen wohl betrogen werden", dachte ich als Kellner und freute mich.

Das ortsübliche Speiseangebot, das so gegen 22 bis 23 Uhr angenommen wurde, bestand aus „Kartoffelsalat und Würstchen", „Kartoffelsalat und Kotelett", „Kartoffeln, Braten und Rotkohl", nicht berauschend reichhaltig, aber normal, wurde in der Küche unter der Leitung meiner Mutter mit einigen Helfern zubereitet und in der Gaststube verzehrt.

Dort war Dr. Bünnemeyer, mein Onkel Anton aus Oldenburg, unumschränkter Herrscher. Er machte seine Sache prima. Ich fand es schön, dass er helfen kam, hatte aber auch immer gewaltigen Respekt vor ihm wegen seiner Macke, nicht eher seinen Thekendienst anzutreten, bis er penibel inspiziert hatte, ob wohl auch alles seinen Vorstellungen entsprechend präpariert war. So bemängelte er zum Beispiel, wenn die Metallplatte auf der Theke, in der Nähe des Zapfhahnes, nicht wunderschön blitzte, auf der die Biere, die „noch in der Mache" waren – Oma sagte immer „Steigt noch, steigt noch" –, abgestellt wurden, bevor sie endgültig, mit einem schönen „Feldwebel" versehen, den Gästen vorgesetzt werden konnten.

Die Aufgabenverteilung war in der Regel konstant.

Ich bediente meistens die rechte Saalseite, Marzella oder eine andere Kraft die linke.

Natürlich versah ich auch oft Thekendienst, wenn es nötig war. Der machte auch Spaß, weil sich an der Theke im Verlauf des Abends viel Personen, hauptsächlich Männer, einfanden, die statt des ihnen eigentlich nicht so richtig mundenden Weines lieber mal ein vernünftiges Bier trinken wollten.

Hinter der Theke musste man ziemlich gut aufpassen.

Einerseits wollten die Kellner an den Tischen schnell bedient werden, andererseits stand immer eine Doppelreihe Männer vor der Theke, die auch zügig Getränke wollten, manchmal auch zu zahlen vergaßen, weswegen man sie nie aus den Augen verlieren durfte.

In einem großen Behälter, in dem normalerweise Wäsche gekocht wurde und der auch an Schlachttagen gute Dienste erwies bei der Herstellung von Grütze und Punkebrot, landeten die Reste aus halb leergetrunkenen Gläsern, auf die sich unsere Schweine, wenn wir gerade eins oder zwei mästeten, schon freuten.

Einmal hatte mein Bruder sieben bis zehn Läuferschweine – das sind ganz kleine, vielleicht 30 bis 40 Pfund schwere Schweinchen – gekauft, um die zu mästen. Auch sie bekamen nach irgendeinem Fest von diesem Gebräu zu trinken.

Am Folgetag lagen alle diese lieblichen Tierchen auf dem Boden ihrer Behausung, ohne sich zu rühren. Mein Bruder fragte „Eismann", einen der zwei Schlachter im Ort, was wohl die Ursache dafür sein könne. „Dei heppt in'n Rüggen. Dei heppt in'n Rüggen!" war seine Antwort, was so viel hieß wie, sie hätten Rückenbeschwerden. Der Viehhändler, von dem die Tiere erworben worden waren, verkündete nach Besichtigung des Geschehens: „Sünt aal besoapen!"

Ein besonderer Umstand verleidete mir allerdings den Thekendienst ein wenig.

In unserem Betrieb gab es damals zwei Toiletten: ein WC, das wir Mitglieder der Familie übers Jahr hinweg auf Geheiß meiner Mutter nicht benutzen durften, weil es den „Herren" vorbehalten war, und ein sogenanntes Plumpsklosett, das sich in demselben Raum befand, im dem auch die Saaltheke stand.

Ab einer gewissen Zeit bildeten sich vor beiden Örtlichkeiten Schlangen, vor allem von Frauen. Mir taten alle weiblichen Wesen leid, die, mit schönen Kleidern ausgestattet, notgedrungener weise die zweite Örtlichkeit aufsuchen mussten. Ich schämte mich auch ein wenig, nein, erheblich, und arbeitete trotz nettem Austausch von Geschichtchen mit den Gästen vor der Theke nicht so gerne dahinter.

Für meine Arbeit als Kellner der rechten Saalseite wollte mir meine Mutter, weil sie es für angemessen hielt, eines Tages einen Anzug verschaffen, einen blauen.

Gemäß der Devise, „die Kirche im Dorf zu lassen", wünschte sie, Familie Zurborg, die ein Kurzwarengeschäft führte und auch Damenunterbekleidung verkaufte, etwas verdienen zu lassen. Sie war mit uns mütterlicherseits verwandt, und zumindest Onkel Edu kehrte bei uns ein und verzehrte einiges, nach Ansicht von Tante Maria, seiner Frau, viel zu viel. Ich bediente ihn gern, weniger gern allerdings seinen Sohn P., „Witze" genannt, späterer Zahnarzt oder, besser gesagt, Dentist, der auch gut verzehrte, aber, wie die Dörfler sagten, „ein Stänkermors" war. Mit ihm als Gast, vor allem wenn er allein war, herrschte immer, jedenfalls für mich, eine gewisse Spannung im Raum.

Walter, der Geschäftsführer, war hingegen ein ganz prima Kerl. Mit ihm fuhren wir in seinem Auto nach Osnabrück, weil er selbst keine Anzüge im Laden anzubieten hatte. Ich bekam auch einen schönen Anzug, musste aber unmittelbar nach dem ersten oder zweiten Tragen sehr betrübt feststellen, dass besagter Anzug nicht gebrauchsfähig war.

Die Jacke schien nach einer halben Stunde zur Kletterweste geschrumpft zu sein, und die schön gebügelte Hose bestand nur noch aus Falten. Was tun? Reklamieren? Kam für Mama nicht in Frage. Also bekam ich eine graue Jacke, die gut zur blauen Farbe der Hose passte, und alles war geritzt. Ich sah umwerfend gut aus. Einziger Nachteil: Ich durfte mich nicht hinsetzen, denn dann war es mit der Herrlichkeit vorbei.

Hiermit ist das Kapitel „Saal" noch nicht abgeschlossen. Meine Brüder Rolf, der Kleinere, das heißt Jüngere, Clemens und ich benutzten ihn auch zum Tischtennisspiel. Wir verfügten zwar nicht über eine richtige Platte, sondern stellten zwei oder drei Tische längs zusammen, so dass sich eine Spielfläche mit zwei oder drei senkrechten Einkerbungen ergab, die natürlich unverhoffte Sprünge des Balles zur Folge hatten, wenn er auf eine dieser Kerbungen traf. Das machte uns aber nicht viel aus, wurden wir doch dadurch zu noch größerer Aufmerksamkeit als bei einer regulären Platte gezwungen, weil ja nicht nur der „Schnitt" des Partners zu berechnen war, sondern auch die mögliche Abweichung des Balles von normalerweise zu erwartenden Richtungen ins Kalkül gezogen werden musste, wenn der Ball – wie eben gesagt – auf eine der Längskerben auf den Tischplatten traf.

Gottfried Nordlohne, der anlässlich des Umbaus unseres Hauses als Angestellter eines Architekturbüros aus Lohne eine Zeitlang bei uns im Hause arbeitete, versuchte in Mittagspausen erfolglos, mich zu schlagen.

Mich hat es hingegen ziemlich geärgert, dass sowohl Clemens wie auch mein jüngerer Bruder Rolf mich fast immer schlugen.

Gab es noch weitere Reminiszenzen, die mit dem Saal in Verbindung zu bringen sind?

Nicht sehr oft, aber doch hin und wieder nutzten Angehörige von kürzlich Verstorbenen unseren Saal zur Ausrichtung des üblichen Totenkaffees. Ereignisse im Zusammenhang damit vermag ich nicht zu berichten.

# DIE KEGELBAHN

Ich kenne zwei, drei Fotos, auf denen Männer mit Bärten und mit „Bibis" – Hüten, wie man sie von Bankern der Londoner City kennt – abgebildet sind. Sie kegeln im Freien, so scheint es. Ich glaube aber, dass dieser Eindruck dadurch entsteht, dass die Seitenwände der Kegelbahn bei Bünnemeyers herausgenommen worden waren, bevor die Bilder entstanden.

In der Tat konnte man die Seitenwände auch zu meiner Kinderzeit, als für mich die Ära „Kegelaufsetzen" begann, herausnehmen, was allerdings, soweit ich mich entsinne, nie geschah.

Bevor Bünnemeyers auf eine richtige Spellmann-Kegelbahn stolz sein durften, mussten die Kegler sich mit einem einfacheren Exemplar begnügen.

Zuerst wurde nur sonntags gekegelt.

Start war nach dem Hochamt, um etwa 11.30 Uhr. Eine Unterbrechung erfolgte, wenn die Kirchenglocken um 14.15 Uhr zur

Nachmittagsandacht oder Christenlehre läuteten. Danach ging es ab 15 Uhr weiter, bis gegen Abend, aber auch teilweise und immer öfter bis in den späteren Abend um 22 Uhr und noch später.

Für mich als quasi offiziellen Aufsetzer bedeutete diese Regelung, dass der Sonntag ein nicht so schrecklich schöner Tag war.

Die Sonntage in der Zeit, als ich noch nicht zum Aufsetzer avanciert war, habe ich in besserer Erinnerung. Wir gingen in dieser Zeit nämlich nach der Andacht durch den Elmelager Esch zu Hölschers, Verwandten, die dort einen Hof bewirtschafteten. Das war sehr schön. Was genau? Alles!

Es begann mit dem Sandweg durch den Esch. Er war schmal, so dass nicht zwei Personen nebeneinander ihn begehen konnten. Links und rechts von ihm wuchs Korn. Am Rand der Felder blühten Kornblumen und roter Mohn. Man konnte so schön aus einzelnen Halmen Flötpfeifen basteln. Wir gingen im Gänsemarsch, Flöten bastelnd, pfeifend und Blumen sammelnd.

Bei Hölschers gab es Tiere, Pferde, Kühe, selbstgebackenen Kuchen mit warmer Milch und viele Spielkameraden im gleichen Alter.

Mit Beginn des ersten Schuljahres endete das Schöne: Hölschers Frieda, ein junges Mädchen auf diesem Hof, wurde meine Lehrerin, und ich wagte es nicht, weiterhin sonntags auf ihrem Elternhof zu spielen.

Ihr tat meine Weigerung weh, meinte sie doch, sie habe mich irgendwie falsch behandelt. Dem war aber nicht so. Man hatte halt Angst oder zumindest Respekt vor einer Lehrperson.

Um diese Zeit überlistete mich mein Onkel, der Vikar, bei dem wir wohnten, das „Staffelgebet", das heißt ein Menge lateinischer Gebete, die ein Messdiener auswendig kennen muss, wenn er Ministrant sein möchte, zu erlernen. Er bot mir fünf Reichsmark. Ich schaffte es, obwohl mir das „Suscipiat ..." doch erhebliche Mühe machte.

Diese Fähigkeit hatte böse Folgen für mich. Ich musste immer einspringen als Ersatz, wenn der oder der Junge, der gemäß Plan dran war, nicht erschien.

Sonntags war es dann fast regelmäßig so, dass ich in der ersten Messe um sieben Uhr diente, dann im Hochamt um zehn Uhr ein weiteres Mal nach der Predigt herangezogen wurde – ich durfte vor Ende der Predigt unser Haus nicht verlassen, um gerufen werden zu können, falls bis zur Predigt jemand nicht zum Dienst erschienen war –, danach dann einen schnellen Blick auf den Sportkasten an Beckmanns Haus warf, um zu wissen, wer für die erste Fußballmannschaft aufgestellt ist, und anschließend mit dem Kegelaufsetzen begann. Wir waren immer zu zweit.

Bei Glockengeläut um 14.15 Uhr hieß es, zur Kirche – Nachmittagsandacht oder Christenlehre – aufzubrechen. Fast alle Kinder mit Ausnahme von mir und meinem Partner liefen danach zum Sportplatz, das Heimspiel zu begucken. Wir beide eilten wieder auf die Kegelbahn, missmutig natürlich.

Wenn eine „Neun" gefallen war, lief einer von uns Malochern nach vorne zum Kegler und bekam 5 oder 10 Pfennig, so genau weiß ich es nicht mehr. Ein „Kranz", das heißt, nur der König bleibt stehen, brachte genau das Doppelte. In diesem Falle musste ein Aufsetzer mit dem König nach vorne laufen.

Wir hatten herausgefunden, dass, wenn man den letzten Kegel waagerecht zwischen ersten Kegel und König legte, dann fast immer, unabhängig vom Winkel, mit dem die heranrollende Kugel den ersten Kegel traf, alle Hölzer fielen. Allerdings gab es drei Dinge zu beachten:

1. Der waagerecht gelegte Kegel durfte auf keinen Fall seine Lage ändern, so dass der Kegler aufmerksam wurde.

2. Dieses Manöver durfte man nicht allzu oft starten, denn anders als bei normalem Wurf fielen bei dieser Taktik die Kegel nicht wild polternd, sondern sozusagen gleitend, schwimmend, sanft. Ein geübtes Ohr konnte hören, dass hier etwas nicht stimmte.

3. Es gab tatsächlich Leute, wenige zwar, die hörten, was sich abspielte; also galt es, bei solchen Leuten den Versuch gar nicht zu unternehmen.

Das Essen und Trinken wurde ab und zu durch ein Fenster rein gereicht: eine Sinalco, ein paar Butterbrote, das war's.

Manchmal, gar nicht so selten, vergaß man uns Malocher: auch diese Situation meisterten wir ohne viel Murren.

Mein Gesicht wurde eines Tages, nein, eines Abends mit einer bleibenden Wunde verschönt.

Es war bitterkalt, das Fenster zur Kegelbahn hatte Eisblumen entwickelt. Wir, die Aufsetzer, verlangten per Zeichensprache nach Verpflegung. Sie wurde auch nach langer Zeit geliefert. Wer immer es auch war, der sie uns brachte: er schlug mir beim Öffnen des vereisten Fensters die Scheibe ins Gesicht. Na ja, auch das ist zu überstehen.

Im Laufe der Zeit hatte ich für das Kegelaufsetzen einen festen Partner bekommen, „Putchimo" mit Namen.

Warum er so genannt wurde, weiß vermutlich niemand. Er war der zweitälteste Sohn unserer Nachbarin von gegenüber, Ida, Schulkameradin meiner Mutter, einer Frau, die, aus welchen Gründen auch immer, kahlköpfig war und deswegen immer ein Kopftuch trug. Sein eigentlicher Name war Reinhold. Er stotterte fürchterlich und war auch nicht sehr klug, dafür aber sehr lieb. Ich liebte ihn, er liebte mich.

Was Kegelaufsetzen betrifft, so waren wir herrlich aufeinander eingespielt, ohne viel sagen zu müssen: Einer fing die Kugel, die links- oder rechtsseitig angekommen war, auf, ohne dass sie die Chance hatte, den Boden zu berühren, beförderte sie auf das Laufband, von dem sie zum Ausgangspunkt zurückrollte, während der andere mit geübten Griffen beidhändig Kegel aufgriff, sie in die dafür vorgesehenen Ausbuchtungen im Boden versenkte und kurz darauf vom anderen unterstützt wurde. Der große Stolz von uns beiden wollte, dass die Kegel schneller wieder am richtigen Platz standen als der Kegler zur zurückgerollten Kugel greifen konnte. Es gelang uns fast immer.

Wir wussten um die Vorlieben der Kegler und auch um die Techniken, die sie anwandten.

Thoben Willem beispielsweise nahm immer die dickste Kugel und strebte ein Einlaufen von rechts an. Gr. Siemers Aloys, ein bedächtiger Junggeselle mit Brille, bevorzugte eine kleinere, nicht die kleinste Kugel, kegelte mit „Drall" und wollte, dass die Kugel den ersten Kegel ganz sanft links streifte. So hatte jeder seine „Macken", die wir, wie gesagt, alle genau kannten.

Nach und nach bildeten sich im Dorf Kegelclubs, die einmal in der Woche ungefähr von 20 bis 23 Uhr kegelten. Das war für alle vorteilhaft:

Wir, die Aufsetzer, bekamen einen festgesetzten Lohn, manchmal auch noch etwas außerhalb dieses Lohnes, zum Beispiel eine Tafel Schokolade; die Kegelbahnnutzung wurde, wenn auch gering, meinem Bruder vom Club bezahlt, und nach der offiziellen Kegelzeit, in der Kegelspiele wie „hohe" oder „niedrige" Hausnummer, „Totenkiste" oder ähnliche Spielchen ausgetragen wurden, kegelten die Kerls um Runden, was mich besonders interessierte, weil es dabei ja um Umsatz ging.

Eine miese Zeit brach an, wenn mein Bruder ein Preiskegeln ausgeschrieben hatte.

Die Regeln waren ganz einfach:

Es ging darum, in vier Würfen möglichst 36 Holz zu werfen. Zweimal 36 Holz war natürlich noch viel besser. 35 Holz und so weiter: Jeder kann sich ausmalen, wie die Preisverteilung weitergeht.

Jeder Satz kostete 50 Pfennig. Ein Satz, das hieß vier Wurf.

Wenn jemand im ersten Satz, sagen wir, sieben Holz erzielt hatte, was zum Erreichen eines der ersten Plätze nicht ausreichen würde, danach aber eine Neun warf, konnte er diese Zahl zum Ausgangspunkt eines neuen Satzes machen, indem er seinen Wunsch dem Aufsetzer wie dem Anschreiber deutlich machte und natürlich weitere 50 Pfennig bezahlen musste.

Wir, die Aufsetzer, kannten uns aus.

Ich kannte mich auch mit dem Risiko aus, das mein Bruder oder überhaupt jeder, der ein solches Preiskegeln ausschreibt, eingeht.

500 DM als ersten Preis, danach 400 DM als zweiten, 300 DM etc. auszusetzen erfordert Mut oder Bereitschaft zum Risiko, denn wenn zum Beispiel am zweiten oder dritten Tag nach Beginn des Wettbewerbs jemand 36 Holz wirft, die Gewähr, dass andere dennoch ihr Glück versuchen und einige Sätze – also Geld – riskieren, erheblich sinkt, so dass möglicherweise der Ausrichter, in diesem Fall mein Bruder, keinen Gewinn, sondern Verlust einfährt.

Es gab schon verrückte Kegler.

Einer von ihnen war ein Herr Cernota aus Visbek. Er, gescheiteter Bauunternehmer, wie man sagte, kam manchmal schon morgens, so dass wir speziell für ihn auch schon morgens als Aufsetzer zur Verfügung zu stehen hatten, was für mich hieß, dass die Schule ausfiel. Na ja, macht nichts.

Wenn morgens jemand erwartet wurde, beispielsweise Herr Staden aus Oldenburg, aber dann doch nicht erschien, spielten „Putchimo" und ich „Köppen".

Wir standen uns hinter dem Haus im Abstand von vielleicht zwei bis drei Metern gegenüber und versuchten, uns per Kopf mit einem Ball zu überlisten, das heißt ein Tor zu erzielen. Derjenige, der es schaffte, einen vom Gegner auf das eigene Tor geköpften Ball mit dem Kopf zurückzuschicken, statt ihn mit den Händen zu fangen, hatte das Recht, von der Hälfte des Abstands zwischen eigenem Tor und dem des Gegners ein weiteres Tor zu erzielen.

Wir waren Experten! Keiner von uns war besser als der andere! Wir köpften uns zu Tode: Es machte Spaß! Wir waren Freunde, Putschimo und ich.

*Oswald Arlinghaus: 1. links*

*ENDE der Geschichten*

Herstellung und Verlag: BoD – Books on Demand, Norderstedt
ISBN: 9783756844807